JON FOSSE
TRILOGIEN

3부작

초판 1쇄 발행 | 2019년 10월 4일
초판 2쇄 발행 | 2023년 10월 9일

지은이 욘 포세
옮긴이 홍재웅
발행인 한명선

주소 서울시 종로구 평창길 329(우편번호 03003)
문의전화 02-394-1037(편집) 02-394-1047(마케팅)
팩스 02-394-1029
전자우편 saeum2go@daum.net
블로그 blog.naver.com/saeumpub
페이스북 facebook.com/saeumbooks
인스타그램 instagram.com/saeumbooks

발행처 (주)새움출판사
출판등록 1998년 8월 28일(제10-1633호)

ⓒ 욘 포세, 2019
ISBN 979-11-89271-92-3 03850

Trilogien
by Jon Fosse

Originally published in Norwegian as Andvake (2007), Olavs draumar (2012), and
Kveldsvævd (2014) by Det Norske Samlaget. All three books were later published
together as Trilogien by Det Norske Samlaget in 2014.
Copyright ⓒ 2014 by Det Norske Samlaget
Korean Edition Copyright ⓒ 2019 by Saeum Publishing Company
All rights reserved.
This Korean edition published by arrangement with Winje Agency through Shinwon
Agency Co., Seoul.
이 책의 한국어판 저작권은 신원에이전시를 통한 저작권자와의 독점계약으로
새움출판사에 있습니다. 저작권법에 의해 한국 내에서 보호를 받는 저작물이므로
무단전재와 무단복제를 금합니다.

- 잘못된 책은 바꾸어 드립니다.
- 책값은 뒤표지에 있습니다.

JON FOSSE
TRILOGIEN
3부작

잠 못 드는 사람들
올라브의 꿈
해질 무렵

욘 포세 연작소설

홍재웅 옮김

새홀

차
례

▀▀▀

일러두기

『3부작(Trilogien)』(2014)은 욘 포세의 작품 「잠 못 드는 사람들(Andvake)」(2007)과 「올라브의 꿈(Olavs draumar)」(2012) 그리고 「해질 무렵(Kveldsvævd)」(2014) 세 편의 중편 연작을 하나로 묶어 출간한 것이다.

잠 못 드는 사람들

I

아슬레와 알리다는 벼리빈*의 거리들을 배회하고 있었는데, 아슬레는 그들이 가진 모든 물건을 담은 보따리 두 개를 어깨에 메고 손에는 아버지 시그발에게서 물려받은 바이올린이 든 가방을 쥐고, 알리다는 음식이 든 그물자루를 들고서, 그들은 이제껏 몇 시간이나 벼리빈의 거리들을 돌아다니며 머물 곳을 찾으려 했다. 하지만 어디서도 방을 빌린다는 것이 불가능했는데, 사람들은 안 돼요, 라고 말했고, 미안하지만 우린 빌려줄 방이 없어요, 안 돼요, 라고 사람들은 말했고, 우리가 빌려주는 방은 벌써 다 찼어요, 라는 게 사람들의 말이었고, 그리하여 아슬레와 알리다는 하는 수 없이 계속해서 거리들을 배회하며 문을 두드리고 집에 빌려줄 방이 있는지

---

* Bjørgvins. 노르웨이의 서남부 해안에 있는 도시 베르겐(Bergen)의 옛 이름.

물었지만, 어느 집에도 빌릴 방은 없었다. 그들은 어디로 가야 할지, 어디서 지금 이 늦가을의 추위와 어둠을 피할 수 있을지, 어디서든 꼭 방을 빌려야 할 텐데, 그나마 다행인 것은 비가 오지 않는다는 것이었지만, 곧 비가 내리기 시작할지 모르고, 이렇게 돌아다닐 수만은 없는데, 어째서 아무도 그들에게 숙소를 제공해 주지 않는 것인지, 어쩌면 알리다의 모습으로 볼 때, 오늘이고 내일이고 곧 출산을 하게 될 것 같으니까, 그것을 알고 그러는 것인지, 아니면 그들이 결혼을 하지 않아서 어엿한 남편과 아내가 아닌 까닭에 떳떳한 사람들로 여겨지지 않아서인지, 그렇지만 누가 그걸 알 수 있을까, 아니, 그것은 가당치 않을 듯한데, 그래도 혹시 가능하지 않았을까, 누구도 그들에게 방을 빌려주려 하지 않는다는 것은 이유가 있음이 분명하니까, 그러나 그것은 아슬레와 알리다가 결혼하길 원하지 않았기 때문이 아니라 교회의 축복을 받지 못했기 때문인데, 어떻게 그들이 그럴 시간과 기회를 가질 수 있었을까, 그들은 둘 다 열일곱 남짓 되었을까, 그래서 결혼을 치를 요건이 되지 않았는데, 그들은 요건이 갖춰지자마자 신부님과 사회자를 모시고 결혼 잔치랑 필요한 모든 걸 갖춰서 떳떳하게 결혼식을 치를 터였지만, 지금은 기다려야만 했고, 예전 방식으로 지내야 했으며 그것도 정말로 꽤 좋았던 것인데, 왜 아무도 그들의 머리 위에 지붕을 드리워 주지 않는 것인지, 그들에게 무슨 잘못이 있는 것인지, 어쩌면 그들은 자신들을 어엿한 남편과 아내라고 생각하는 게 도움이 될지 모르는 것이, 그렇게 생각한다면, 남들이 그들을 죄인으로 살아가는 사람들이라고 생각하기는 어려울 터이니까, 그렇게 그들은 수많은 문들을 두드렸으나 그들이 물어본 사람들 중 누구도 그들에게 방을 빌려주려 하지 않았고 그들은 계속 이러고 있을 수만은 없는데, 날이 저물고 있다, 늦가을이고, 어둡고, 춥고, 곧비도 내리기 시작할 것 같다

나 너무 피곤해, 알리다가 말한다

그러자 그들이 멈춰 서고 아슬레가 알리다를 바라보지만 그는 무슨 말로 그녀를 위로해야 할지 모르는 것이, 그들은 이미 여러 차례 태어날 아기에 대해 이야기하며 서로를 위로했던 까닭으로, 여자아이일까 남자아이일까, 그들은 그런 이야기를 나눴는데, 알리다는 여자아이가 더 다루기 쉽다고 생각했고, 그는 반대로 함께 지내기에는 남자아이가 더 쉽다고 생각했다. 그러나 아기가 남자아이든 여자아이든, 어느 쪽이든 간에 머지않아 아이가 생기고 그들이 부모가 된다는 것은 행복하고 감사한 일이라고, 그들은 그렇게 이야기하면서 머지않아 태어날 아이를 떠올리며 위안을 삼았다. 아슬레와 알리다

는 벼리빈의 거리들을 배회했다. 그리고 아무도 그들에게 방을 임대해 주지 않은 것은, 사실 이제까지 그렇게 걱정스럽진 않았는데, 결국은 잘될 테니까, 아마도 곧 작은 방 하나라도 누군가 분명히 빌려줄 터이니까, 그곳에서 잠깐 머물 수 있으니까, 분명히 잘 풀릴 게 틀림없는 것이, 작은 집도 있고 큰 집도 있고, 벼리빈에는 집이 많이 있으니까, 몇 개의 농장밖에 없고 해변의 작은 집만 몇 군데 있는 될리야와는 다를 터이니까, 그녀는, 알리다는, 브로테에 사는 헤르디스의 딸이라고들 했고, 될리야의 작은 농가 출신으로, 그곳에서 그녀는 어머니 헤르디스와 언니 올린과 지냈으며, 아버지 아슬락은 집을 나가 버린 뒤 돌아오지 않았는데, 알리다가 세 살이고 언니 올린이 다섯 살이었을 적이니까, 아버지에 대한 그때의 기억은 알리다에게 손톱만큼도 남아 있지 않았지만, 오로지 그의 목소리만, 맑고 날카로우면서도 멀리 퍼지는, 지금도 마음속에 남아 있는 그의 목소리만 들을 수 있었다, 하지만 그녀가 아버지 아슬락에게서 간직하고 있던 것은 그게 전부여서, 그의 생김새가 어떠했는지 아무것도 기억해 낼 수 없었고, 기억나는 게 아무것도 없었으니, 그가 노래를 부를 때의 목소리만이, 그녀가 아버지 아슬락에게서 간직하고 있는 전부였다. 그리고 그는, 아슬레는, 다락방의 작은 은신처처럼 꾸며져 있

던, 될리야에 있는 한 보트하우스*에서 자랐는데, 어느 날 아
버지 시그발이 갑작스러운 가을 폭풍으로 바다에서 실종되
어 버릴 때까지, 그곳에서 어머니 실리야와 아버지 시그발과
함께 살았다. 시그발은 바다 서편에 있는 섬에 나가서 고기잡
이를 하고 있었는데, 스토레스테이넨 근해에서 배가 침몰했
다. 그렇게 어머니 실리야와 아슬레가 보트하우스에 남게 되
었다. 그렇지만 아버지 시그발이 실종되고서 얼마 되지 않아
어머니 실리야의 건강이 나빠지기 시작했다. 그녀는 점점 더
야위어 갔고, 너무 야위어져서 마치 그녀의 얼굴을 속까지 들
여다볼 수 있을 것처럼 되었고, 다리는 뼈밖에 안 남았고, 그
녀의 크고 파란 눈은 점점 더 커져서 마침내 얼굴 전체를 거
의 채울 것만 같이, 아슬레에게는 그렇게 보였다. 그녀의 긴
갈색 머리카락은 예전보다 더욱더 가늘어져 갔고, 더 드문드
문해졌는데, 어느 날인가 그녀가 아침에 일어나지 않았고, 아
슬레는 침대에서 생을 마감한 그녀를 발견하게 되었다. 어머
니 실리야는 크고 파란 눈을 뜬 채 옆을 바라보며 누워 있었
는데, 그곳은 바로 아버지 시그발이 누웠던 자리였다. 어머
니의 길고 가느다란 갈색 머리는 그녀의 얼굴 대부분을 덮고

* naustet. 정고(艇庫). 배를 넣어 두는 창고로 다락을 개조해 주거지로 사용하기도 한다.

있었다. 어머니 실리야는 그곳에 누워서 생을 마감했다. 이것이 약 일 년 전, 아슬레가 열여섯 살 무렵이었다. 그러고 나자 그의 삶에 남은 것은 그 자신과, 그곳 보트하우스에 남아 있는 몇 안 되는 물건들과, 그리고 아버지 시그발에게 물려받은 바이올린뿐이었다. 만약 알리다가 아니었더라면, 아슬레는 혼자, 완전히 혼자였다. 어머니 실리야가 죽어서 영원히 회생이 불가능한 상태로 누워 있는 것을 보았을 때 그가 떠올렸던 단 한 가지, 그것은 바로 알리다였다. 그녀의 검고 긴 머리, 그녀의 검은 눈동자. 그녀의 모든 것. 그에게는 알리다가 있었다. 이제 그에게 남아 있는 유일한 사람은 알리다였다. 그게 바로 그가 떠올렸던 단 한 가지였다. 아슬레는 자신의 손을 어머니 실리야의 차고 흰 턱으로 가져가 그녀의 뺨을 어루만졌다. 이제 그에게 남아 있는 사람은 알리다가 유일했다. 그는 그렇게 생각했다. 그런데 바이올린이 있었다. 그는 그것을 떠올렸다. 아버지 시그발은 어부였을 뿐만 아니라, 솜씨 좋은 연주자이기도 했다. 셍나 외곽 전 지역에서 행해지는 모든 결혼식의 연주를 맡은 사람이 다름 아닌 아버지였고, 그렇게 여러 해를 지내자, 어느 여름날 저녁 춤을 출 일이 있으면 음악을 연주할 사람은 다름 아닌 아버지 시그발이었다. 언젠가 그는 레이테에 살고 있는 농부를 위해 결혼식 연주를 할 요량으로 동쪽에서 뵐리야까지 왔는데, 그렇게 아버지와 어머니 실리야가 만났던 것으로, 그때 어머니는 그곳의 하녀로 결혼식 식사 시중을 들고 있었고, 아버지 시그발은 연주를 했었다. 아버지 시그발과 어머니 실리야는 그렇게 만나게 된 것이었다. 그리고 어머니 실리야는 임신을 했다. 그리고 그녀는 아슬레를 낳았다. 생계를 유지하기 위해서 아버지 시그발은 스토레스테이넨에 사는 어부가 바다 바깥쪽 멀리 섬에서 고기잡이를 하는 배에 일자리를 구했는데, 월급의 일부로 시그발과 실리야는 그 어부가 뵐리야에 소유하고 있던 보트하우스에 살게 되었다. 그렇게 연주자인 아버지 시그발은 어부를 겸하게 되었고, 뵐리야의 보트하우스에 살게 되었다. 그렇게 된 것이었다. 그랬던 것이다. 그리고 이제 아버지 시그발과 어머니 실리야는 이 세상에 없다. 영원히 사라져 버렸다. 그리고 지금 아슬레와 알리다는 벼리빈의 거리를 헤매며, 아슬레는 그들이 가진 모든 것을 보따리 두 개에 담아 어깨에 메고, 아버지 시그발이 남긴 바이올린 가방과 바이올린을 들고 있는 것이었다. 어두웠고, 추웠다. 알리다와 아슬레가 여러 집 문을 두드려서 거처에 대해 물어보았지만, 그건 어렵겠네요, 임대해 줄 방이 없어요, 임대하려고 한 방은 이미 임대가 되어 버렸어요, 아니 임대를 하지 않아요, 그럴 필요가 없어요, 그들이 마주한 대답들은 이러했다. 아슬레와 알리다는 걷다가, 멈추고, 어느 집을 바라보는데, 어쩌면 저곳에서 숙소를 구할 수 있을지 모르지만, 다시 안 된다는 대답만 얻게 될 텐데 그들이 감히 저 문을 두드릴 수 있을까, 어쨌든 그들은 이렇게 거리를 돌아다닐 수만도 없으니, 용기를 끌어내 문을 두드리고 빌릴 방을 얻을 수 있을지 물어봐야 하겠지만, 아슬레나 알리다나 어떻게 다시 한번 방을 빌려 달란 얘기를 하고 또 안 된다는 말을 들을 마음을 먹을 수 있을까, 그것은 불가능했다, 그걸로, 그 정도로 정말 충분했다, 어쩌면 그들이 가진 모든 것을 들고서 벼리빈으로 배를 타고 온 것이 실수였을지도 몰랐지만, 그들이 달리 무엇을 할 수 있었을까, 브로테에 있는 어머니 헤르디스의 집, 그곳에는 미래가 없기 때문에 그들이 그곳에 머무르는 것을 헤르디스가 원하지 않았다 하더라도 거기에서 살아야 했을까, 만약 그들이 보트하우스에서 계속 살 수 있었다면, 그들은 그곳에 머물렀을 터였다, 하지만 어느 날 아슬레는 그 나이 또래의 누군가가 보트하우스로 배를 몰아 오더니 돛을 내리고 해변에 정박하는 것을 보았는데 그가 보트하우스 쪽으로 걸어 오더니 잠시 뒤 아랫문을 두드리는 소리가 들렸고, 아슬레가 문을 열자 그 남자가 올라오더니 헛기침을 하고는 저희 아버지가 아슬레 당신의 아버지와 함께 바다에서 사라지셨으니, 이제 제가 보트하우스를 갖게 되었습니다, 지금 제가 보트하우스를 필요로 하니, 당연히 아슬레 당신과 알리다 당신은 여기 머물 수 없지요, 그러니 짐을 싸서 살 만한 다른 곳을 찾으셔야 합니다, 그 수밖에 없습니다, 라고 그가 말했다, 그러더니 그가 배가 부른 채 침대에 앉아 있는 알리다 곁으로 다가갔고 그러자 알리다가 일어나 아슬레 곁으로 자리를 옮겼는데 그 남자는 침대에 드러누워 몸을 쭉 뻗더니 전 피곤해서 이만 쉬어야겠습니다, 라고 말했다, 그러자 아슬레가 알리다를 쳐다본 다음 그들은 아랫문으로 가서 문을 들어 올렸다, 그러고서 그들은 계단을 내려와 밖으로 나왔고 보트하우스 앞에 서 있게 되었다, 배가 불러 있는 알리다 그리고 아슬레

　　이제 우리가 살 곳이 없어, 알리다가 말했다
아슬레는 대답이 없다가
　　그렇지만 그건 그 남자의 보트하우스니까, 달리 어떻게 할 방법이 없을 것 같아, 아슬레가 말했다
　　우리가 머물 곳이 없는걸, 알리다가 말했다
　　늦가을이야, 어둡고 추워, 어디든 우리가 살 곳을 찾아야 해, 그녀가 말했다
그러고서 그들은 그 자리에 묵묵히 서 있었다

난 곧 아이를 낳게 될 거야, 오늘이고 내일이고 아이가 태어날 거라고, 그녀가 말한다

응, 아슬레가 말한다

그런데 어디에도 우리가 갈 곳이 없어, 그녀가 말한다
그러고는 아버지 시그발이 세웠던, 보트하우스 벽 옆에 있는 장의자에 가서 앉는다

내가 그를 죽였어야 했는데, 아슬레가 말한다

그렇게 말하지 마, 알리다가 말한다
그러자 아슬레가 장의자에 앉아 있는 알리다 옆에 다가가서 앉는다

내가 그자를 때려죽일 거야, 아슬레가 말한다

안 돼, 안 돼, 알리다가 말한다

다 그런 거야, 가진 사람도 있고, 없는 사람도 있고, 그녀가 말한다

그런 사람들이, 우리같이 없는 사람들을 함부로 좌지우지하는 거야, 그녀가 말한다

그럴지도, 아슬레가 말한다

분명히 그렇게 돼, 알리다가 말한다

그렇겠지, 아슬레가 말한다
그리고 알리다와 아슬레가 아무 말도 하지 않고 장의자에 앉

17
잠 못 드는 사람들

아 있는데 잠시 후에 보트하우스의 주인이라는 남자가 나오더니 짐을 싸셔야 합니다, 이제 제가 저기 사니까요, 라고 말한다, 당신들이 여길 나가 주셨으면 합니다, 적어도 아슬레 당신은요, 라고 그가 말한다, 그렇지만 알리다 당신은, 그런 처지이니 머물러도 됩니다, 라고 그가 말한다, 전 몇 시간 내에 돌아올 겁니다, 그러면 당신들은, 적어도 아슬레 당신은 나가셔야 합니다, 라고 그가 말한다, 그러고는 자기 배로 내려가는데 그는 정박된 배를 풀면서 잠시 상인에게 다녀올 텐데 제가 보트하우스로 돌아왔을 때는 반드시 집을 비워 두셔야 합니다, 오늘 밤 전 저기서 잘 테니까요, 그리고 어쩌면, 원한다면 알리다 당신도, 라고 말한다, 그러더니 그는 돛을 올리고서 해안을 따라 북쪽으로 미끄러져 간다

내가 짐을 쌀게, 아슬레가 말한다

내가 도울게, 알리다가 말한다

아냐, 당신은 브로테에, 헤르디스 어머님 집에 가 봐, 아슬레가 말한다

어쩌면 오늘 밤 그곳에서 잘 수 있을지 몰라, 그가 말한다

글쎄, 알리다가 말한다

알리다가 몸을 일으키자 아슬레는 해변을 따라 걸어가는 그녀의 꽤 짧은 다리, 둥그런 엉덩이, 아래로 늘어뜨린 길고 두

터운 검은 머릿결을 바라본다. 아슬레가 앉아서 알리다를 지켜보고 있는데 그녀가 몸을 돌려 그를 바라보더니 팔을 흔들고는 브로테 쪽으로 걸어간다 그러자 아슬레는 보트하우스로 걸어가 거기 있던 모든 물건들을 보따리 두 개에 나누어 담고는 그것들을 어깨에 지고 손에는 바이올린 가방을 들고서 해변을 따라 걷는데 보트하우스의 주인인 남자가 배를 타고 다가오는 것이 보인다 그리고 아슬레는 한 손에 든 바이올린과 그 가방을 제외하고는 그가 가진 모든 물건을 담은 보따리 두 개를 어깨에 지고서 브로테 쪽으로 걸어간다 얼마 뒤 그에게로 다가오는 알리다가 보이는데 그녀가 우린 어머니 헤르디스와 함께 지낼 수 없을 것 같아. 어머니는 자기 딸인 날 좋아했던 적이 한 번도 없었어, 왜 그랬는지는 정말 모르겠지만 어머닌 늘 언니 올린을 더 좋아했어, 그러니 난 거기 가고 싶지 않아, 내 배가 이렇게나 부른 지금은 더욱, 이라고 말한다. 그러자 아슬레가 날이 저물어서 어두워질 텐데, 지금은 늦가을이라 밤이 추울 거야, 어쩌면 비도 올 것 같고, 그러니 그냥 몸을 굽히고 브로테의 헤르디스 어머님 집에 잠시라도 머물 수 있는지 물어봐야 할 것 같아, 라고 말한다. 그러자 알리다가 우리가 꼭 그래야 한다면 당신이 물어보도록 해, 난 그러지 않을 거야, 거기만 아니라면 어디서든 자겠어, 라고 말한다. 그러자 아슬레가 내가 물어봐야 한다면 그렇게 할게, 라고 말한다. 그리고 그들이 헤르디스의 집 현관에 서게 되자 아슬레가 사실대로 말씀드리면 보트하우스의 주인이라는 사람이 지금 자기가 거기 살겠다고 해서요. 그래서 저희가 살 곳이 없습니다. 그래서 말인데 저희가 어머님 집에 잠시 머물 수 있을까요, 라고 말한다. 그러자 헤르디스가 그래, 그렇다면 그래야지, 너희를 머무르게 해줄 순 있지만, 잠시 동안만이야, 라고 말한다. 그러고서 그녀는 따라오너라, 라고 말하고는 계단을 올라가고 그러자 아슬레와 알리다는 그녀를 따라가는데 헤르디스는 다락방으로 올라가더니 너희가 여기 머물 순 있지만 잠시 동안만이야. 오래는 안 돼, 라고 말하고는 계단을 내려간다 그러자 아슬레가 그들이 가진 모든 물건이 든 보따리들을 바닥에 내려놓고 바이올린 가방도 구석에 내려놓는다 그런데 알리다가 어머니는 한 번도 날 좋아한 적이 없어, 한 번도, 결코 그런 적이 없어, 난 정말 왜 어머니가 날 싫어하는지 모르겠어 그리고 어머니는 아슬레 당신도 그다지 좋아하지 않는 것 같아, 어머니는 당신을 싫어해, 간단히, 진실을 말하자면, 그런 것 같아. 내가 지금 임신한 상태인데 나와 아슬레 당신이 결혼해 있지 않아서, 그래, 아마도 어머니는 수치스러운 사람을 자기 집에 들여놓을 수 없다고, 말은 안 했지만 그게 분명 어머니 생각일 거야, 라고 말했다. 그러니까 우린 여기 오늘 하룻밤만 머물 수 있을 거야, 라고 알리다가 말했다. 그러자 아슬레가 그럼, 그런 것이라면, 그래, 내일 우리가 벼리빈에 들어가는 것 말고는 더 좋은 해결책이 없을 것 같아, 거기서 우린 분명 머물 곳을 찾을 수 있을 거야, 난 거기 한 번 가 본 적이 있어, 라고 말했다. 아버지 시그발과 함께 벼리빈에 가 본 적이 있는데, 그곳이 어떤지 난 잘 기억하고 있어, 거리들, 집들, 모든 사람들, 소리와 냄새들, 상점들, 상점에 있던 물건들도 전부, 그 모든 게 생생하게 기억이 나, 라고 그가 말했다. 그리고 알리다가 우리가 어떻게 벼리빈에 갈 수 있냐고 묻자 아슬레가 배를 하나 구해서 타고 가야 한다고 말했다

배를 구한다고, 알리다가 말했다

그래, 아슬레가 말했다

어떤 배를, 알리다가 말했다

보트하우스 앞에 정박된 배가 있어, 아슬레가 말했다

하지만 그 배는, 알리다가 말했다

그러자 아슬레가 몸을 일으켜 걸어 나가는 것이 알리다의 눈에 들어온다 알리다는 다락방의 침대에 올라가 누워 몸을 뻗고 두 눈을 감는다 그녀는 너무 피곤하고 너무 피곤하다 그런

데 그녀의 눈에 아버님 시그발이 바이올린을 끼고 앉아서 술병을 들어 올리고 한 모금 들이켜는 모습이 보인다. 그리고 저기 서 있는 아슬레의 검은 눈동자, 검은 머릿결이 보이는데, 그녀는 저만치, 그녀의 아들이 저만치 서 있는 모습에 깜짝 놀란다. 그런데 아버님 시그발이 아슬레에게 손을 흔드는 것이. 그리고 아슬레가 그의 아버지에게 다가가는 것이 보이고, 아슬레가 그 자리에 앉아서 턱 아래에 바이올린을 괴고는 연주를 시작하는데 그러자마자 그녀 안에 있던 무언가가 꿈틀대더니 그녀가 위로 떠오른다 아슬레의 연주 속에 그녀는 계속해서 떠오르고 아버지 아슬락의 노랫소리가 들려온다, 그녀는 자기 삶과 자기 미래를 듣고 그녀가 알고 있는 것을 알게 된다 그녀는 자신의 미래 속에 있는데 모든 것이 열려 있고 모든 것이 어렵다, 하지만 그곳에는 그 노래가 있다 그것이 사람들이 사랑이라고 부르는 노래이리라, 그녀는 오직 연주 속에만 있고 다른 어떤 곳에도 있고 싶지 않다, 그런데 그때 어머니 헤르디스가 나타나 그녀더러 뭘 하고 있느냐고 묻는다. 너 벌써 소한테 물을 갖다 줬어야 하잖아, 눈을 치웠어야지, 넌 무슨 생각을 하는 게야, 집을 치우고, 가축을 돌보고, 요리를 하는 것도 내가 모든 걸 다 해야 한다고 생각하는 게냐, 네가 늘, 맨날, 해야 할 일에 꽁무니를 빼지 않았다면 어렵지 않았을 게 아니냐, 그래, 그건 문제도 아니었을 텐데, 넌 정신 좀 차려라, 네 언니 올린을 좀 본받으란 말이야, 걔는 늘 얼마나 최선을 다해서 도와주니, 생김새도 다른 것들도 자매가 어쩜 이렇게 다를까, 어떻게 이런 일이 있을 수 있는지, 하나는 아빠 닮았고, 다른 하나는 엄마를 닮았고, 한쪽은 엄마처럼 새하얗고, 한쪽은 아빠처럼 거무튀튀하고, 그렇게 생겨 먹었으니 벗어날 길 없이 계속 그 모양이겠구나, 라고 어머니 헤르디스가 말했다. 알리다는 어머니 헤르디스가 늘 나는 악당에 언니는 좋은 사람, 나는 거무튀튀하고 언니는 새하얗다고 욕을 하고 소릴 질렀는데 왜 내가 일을 돕겠느냔 말야, 하고 생각하며 침대 위로 몸을 뻗는다. 이제 무슨 일이 일어날까, 우린 어디서 살지, 오늘이고 내일이고 아이가 태어날 텐데, 그 보트하우스는 무지 좋은 곳은 아니었지만 살 수는 있었어, 그런데 지금은 그곳에 갈 수도 없고 이젠 머물 곳도, 돈도 거의 없어, 내가 지폐 몇 장을 가지고 있고 아슬레도 몇 장 가지고 있지만, 그리 많지 않으니 없는 거나 마찬가지야, 그렇지만 우린 해낼 수 있어, 그건 확신해, 우린 해낼 거야, 그렇지만 아슬레가 얼른 돌아오면 좋을 텐데, 왜냐하면 그 배에 관한 일이, 아냐, 그 일은 생각하지 마, 어떻게든 될 테지, 하고 생각한다. 언젠가 알리다는 어머니 헤르디스의 말을 들을 수 있었는데,

개는 이제 꼭 지 애비처럼 거무튀튀하고 못생겼어, 늘 꽁무니를 빼는 걸 보면 꼭 지 애비처럼 게을러, 라고 어머니 헤르디스가 말한다, 걔는 뭘 해먹고 살는지, 그나마 다행인 건 농장을 물려받을 게 언니인 올린 너라는 게다, 알리다는 쓸모가 없을 테니까, 엉망진창으로 만들고 말 거야, 라고 어머니가 말하는 것이 들리고 그다음엔 언니 올린의 말이 들린다, 농장을 물려받을 게 저라서 다행이죠, 여기 브로테의 농장은 우수하니까요, 라고 언니 올린이 말한다, 그리고 어머니가 알리다 걔는 어떻게 될는지, 아니, 걔는 아무 생각이 없다니까, 라고 하는 말이 들려온다, 그러자 알리다는 신경 끄시지, 어차피 신경도 안 쓰면서, 라고 중얼거리고는 밖으로 나가 그녀와 아슬레가 서로 으레 만나던 장소인 언덕으로 향한다 그곳에 다다르자 아슬레가 그 자리에 앉아 있는데 그는 창백하고 기력이 없는 듯하다 그의 검은 눈이 촉촉이 젖어 있는 것을 알리다가 발견하고 무슨 일이 있음을 알아차리자 아슬레가 그녀를 올려다보며 어머니 실리야가 돌아가셨다고, 이제 그에게 남은 것은 오직 알리다뿐이라고 말하더니 뒤로 드러눕는다 알리다가 다가가서 아슬레 곁에 눕자 그가 그녀에게 팔을 두르고 꼭 껴안으며 오늘 아침에 돌아가신 어머니 실리야를 발견했다고, 어머니는 침대에 누워 있었고 어머니의 크고 파란 눈이 어머니의 얼굴 전체를 덮어 버렸다고 말한다. 그리고 그가 알리다를 꼭 껴안자 그들은 서로의 품 안으로 사라지고 나무들 사이로 바람 소리만이 약하게 들려오다가 어디론가 사라진다 그들은 부끄러움을 가라앉히고 이야기를 나누며 더 이상 생각하지 않는다 그러고서 그들은 언덕 위에 눕는데 그래도 부끄러움이 가시질 않자 그들은 언덕 위에 일어나 앉더니 바다 너머를 내다본다

어머니 실리야가 돌아가셨는데 그런 짓을 하다니, 아슬레가 말한다

그러게, 알리다가 말한다

그리고 아슬레와 알리다는 일어나서 옷매무새를 고치고는 그렇게 서서 바다 서쪽으로 스토레스테이넨에 있는 섬들을 바라본다

아버지 시그발을 생각하고 있구나, 알리다가 말한다

응, 아슬레가 말한다

그가 자신의 손을 허공에 치켜들고는 바람을 맞으며 선다

하지만 너한텐 내가 있어, 알리다가 말한다

그리고 너한텐 내가 있고, 아슬레가 말한다

그러고는 아슬레가 마치 인사를 하는 듯이 자신의 손을 앞뒤로 흔든다

부모님께 손을 흔드는 거구나, 알리다가 말한다

웅, 아슬레가 말한다

너도 그분들을 느낄 수 있어, 그가 말한다

그래, 그분들은 여기에 계셔, 그가 말한다

두 분 모두 지금 여기에 계셔, 그가 말한다

아슬레가 손을 내리더니 그 손을 알리다에게 뻗어 그녀의 뺨을 어루만진다 그러고는 그녀의 손을 자신의 손으로 잡고 그들은 그렇게 서 있다

어떨지 상상해 봐, 알리다가 말한다

웅, 아슬레가 말한다

어떨지 상상해 보라구, 알리다가 말한다

그녀가 잡지 않은 다른 손으로 자신의 배를 문지른다

웅, 어떨지 상상해 보자, 아슬레가 말한다

그리고 나서 그들은 서로 미소를 지어 보이며 손을 잡고서 브로테를 내려가기 시작한다 그런데 아슬레가 다락방 바닥 위에 서 있는 것이 알리다의 눈에 들어온다 그익 머리는 젖어 있고 얼굴에는 고통이 서려 있으며 피곤하고 지친 것처럼 보인다

어디 갔었어, 알리다가 말한다

아냐, 아무 데도, 아슬레가 말한다

하지만 이렇게 몸이 젖었고 차가운걸, 그녀가 말한다

그녀가 아슬레에게 이제 이리 와서 누우라고 말하는데 그는 그냥 그 자리에 서 있다

그렇게 서 있지만 말고, 그녀가 말한다

그러나 그는 그대로, 그냥 그 자리에 서 있다

무슨 일인데, 그녀가 말한다

그러자 그가 이제 길을 떠나야 돼, 배가 준비되어 있어, 라고 말한다

그런데, 좀 자는 게 좋지 않겠어, 알리다가 말한다

우린 떠나야 돼, 그가 말한다

잠시만, 당신 좀 쉬어야 할 것 같아, 그녀가 말한다

오래도 아니고, 그냥 잠시만, 그녀가 말한다

당신 피곤하구나, 아슬레가 말한다

응, 알리다가 말한다

잠을 잤잖아, 그가 말한다

그런 것 같긴 해, 그녀가 말한다

그리고 그는 경사진 천장 아래, 바닥에 그대로 서 있다

아무튼 이리 와 봐, 그녀가 말한다

그러면서 그녀가 자신의 팔을 그에게로 뻗는다

우리는 곧 떠나야 해, 그가 말한다

잠 못 드는 사람들

그치만 어디로, 그녀가 말한다

벼리빈으로, 그가 말한다

그치만 어떻게, 그녀가 말한다

배를 타고, 그가 말한다

그러려면 배가 있어야 하잖아, 그녀가 말한다

배는 구했어, 아슬레가 말한다

먼저 잠시만 쉬자, 그녀가 말한다

그럼 잠시만, 그가 말한다

그러면 옷도 좀 마르겠지, 그가 말한다

그리고 아슬레가 옷을 벗어서 바닥에 던지자 알리다가 담요를 옆으로 젖히는데 아슬레가 그녀가 있는 침대 위로 올라와 그녀 가까이에 눕자 그녀는 그가 얼마나 몸이 차고, 젖어 있는지를 느낀다 그녀가 괜찮냐고 물어보니 그는 응, 응 괜찮았어, 라고 말하고 그녀더러 잘 잤는지 물어본다 그녀가 그런 것 같다고 말하자 그는 이제 잠시 쉬었다가 먹을 것을 최대한 챙겨서, 혹시 어디에서 구할 수만 있다면 돈도 챙겨서, 날이 밝아 아침이 되기 전에 배를 타고 길을 떠나야만 한다고 말하자 그녀가, 맞아, 당신이 생각한 대로 하는 게 최선이야, 라고 말한다. 그러고서 그들은 그 자리에 눕는다 그런데 바이올린을 들고 앉아 있는 아슬레와 그 곁에 서서 듣고 있는 자신의 모습이 그녀의 눈에 들어온다 그녀는 자기 과거로부터의 노래를 듣고, 자기 미래로부터의 노래를 듣고, 아버지 아슬락의 노랫소리를 듣는다, 그녀는 모든 것이 운명 지어진 것이며 그렇게 되어야 하는 것임을 안다 그리고 그녀가 손을 배 위에 올리자 아기가 또 발길질을 한다 그런데 아슬레의 말이 들려온다, 안 되겠어, 아직 어두운 지금 떠나야겠어, 그게 최선이야, 라고 그가 말한다, 너무 피곤해서, 만약 지금 잠든다면 아주 오래 깊은 잠을 잘 수 있을 것 같지만, 그럴 수는 없어, 우린 배에 올라야 해, 라고 아슬레가 말하고는 침대에서 일어나 앉는다

조금만 더 누워 있으면 안 될까, 알리다가 말한다

당신은 조금 더 누워 있어, 아슬레가 말한다

그리고 그가 바닥에 내려서는데 알리다가 불을 켜 줄까 묻자 그는 그럴 필요 없다고 말하고는 옷을 입기 시작한다 알리다가 옷이 말랐는지를 묻자 그가 아니, 안 말랐지만 그렇게 젖은 것도 아니야, 라고 말하면서 옷을 입는다 그러자 알리다가 일어나서 침대에 앉는다

이제 우린 벼리빈으로 가는 거야, 그가 말한다

우리가 벼리빈에서 살게 된다고, 알리다가 말한다

그래, 맞아, 그렇게 될 거야, 아슬레가 말한다

알리다가 바닥에 내려서서 불을 켜는데 그제야 아슬레가 얼마나 격해져 있고 겁에 질려 있는지 보인다 그러자 그녀가 옷을 입기 시작한다

그런데 우린 어디서 지내, 그녀가 말한다

어디서든 거처를 꼭 구해야지, 그가 말한다

그럴 수 있을 거야, 그가 말한다

벼리빈에는 집이 아주 많이 있어, 거기엔 너무 많아서 차고 넘쳐, 아마도 문제없을 거야, 그가 말한다

벼리빈에 있는 그 많은 집들 가운데 우리가 머물 방이 없다면, 그래 그렇다면 나도 모르겠어, 아슬레가 말한다

그리고 그가 보따리 두 개를 집어 들더니 그것들을 어깨에 걸고 바이올린 가방을 손에 든다 그러자 알리다가 촛불을 들고서 문을 연 다음 앞장서서 밖으로 나와 천천히, 그리고 조용히, 계단을 내려가고 그가 그녀를 따라 계단을 조용히 내려간다

먹을 것을 좀 가지고 올게, 알리다가 말한다

좋아, 아슬레가 말한다

밖에 마당에서 기다릴게, 그가 말한다

그리고 아슬레는 현관으로 향하고 알리다는 식료품 저장실로 들어가서는 그물자루를 두 개 꺼내들고 말린 고기와 얇은 빵과 버터를 자루에 집어넣는다 그런 다음 현관으로 가서 문

을 열자 마당에 서 있는 아슬레가 보이는데 그녀가 자루들을
건네자 그가 다가와 받는다

그런데 당신 어머니가 뭐라고 하실까, 그가 말한다

멋대로 지껄이라지, 알리다가 말한다

그래도, 그가 말한다

그리고 알리다가 다시 현관으로 들어가서 부엌으로 들어선
다 그녀는 어머니가 돈을 숨겨 놓는 곳이 찬장 제일 위의 통
안이라는 것을 알고 있다, 알리다는 발판에 올라서서 찬장을
열고 그곳, 그곳 뒤쪽에 있는 통을 잡고는 통을 열어 그 안에
들어 있는 지폐들을 집는다 그러고서 찬장 안으로 그 통을
다시 밀어 넣은 다음 찬장의 문을 닫고 손에 지폐를 든 채 발
판에 서 있는데 거실로 통하는 문이 열리며 촛불을 든 어머
니의 모습이 그녀의 눈에 들어온다

너 뭐 하는 게냐, 어머니 헤르디스가 말한다

알리다가 그 자리에 얼어붙어 있다가 발판에서 내려온다

거기 손에 들고 있는 게 뭐야, 어머니 헤르디스가 말한다

아니, 너, 그녀가 말한다

너 정말 미쳤구나, 그녀가 말한다

지금 여기까지 와서 도둑질을 하는 게냐, 그녀가 말한다

널 잡아다 넘겨야겠다, 내가, 그녀가 말한다

넌 네 엄마의 것을 훔치고 있어, 그녀가 말한다

세상에 이럴 수가, 그녀가 말한다

넌 네 애비랑 똑같아, 넌, 그녀가 말한다

그놈 같은 버러지야, 그녀가 말한다

천하의 잡년이야, 넌, 그녀가 말한다

네가 하는 짓 좀 봐, 그녀가 말한다

그 돈 이리 내라, 그녀가 말한다

어서 그 돈을 내놔, 그녀가 말한다

이 잡년 같으니, 어머니 헤르디스가 말한다

그러면서 그녀가 알리다의 손을 잡는다

날 놔줘요, 알리다가 말한다

그거 봐, 어머니 헤르디스가 말한다

놓으라니까, 잡년아, 그녀가 말한다

난 절대로 못 놔요, 알리다가 말한다

어딜 자기 엄마한테서 도둑질을 해, 어머니 헤르디스가
말한다

그러자 알리다가 돈을 들지 않은 손으로 어머니 헤르디스를
세게 친다

이제 네 에미를 치기까지, 어머니 헤르디스가 말한다

아니, 넌 네 애비보다도 더 못됐구나, 그녀가 말한다

날 때리게 가만둘 줄 알고, 그녀가 말한다

어머니 헤르디스가 알리다의 머리를 잡아당기자 알리다가 소리를 지르고 그녀도 어머니 헤르디스의 머리를 잡아당긴다 그러자 아슬레가 그곳에 서 있다가 어머니 헤르디스가 쥔 손을 풀고는 그녀를 붙잡는다

어서 가, 아슬레가 말한다

나가 있을게, 알리다가 말한다

그래, 가, 그가 말한다

돈 챙겨서 마당으로 나가 기다리고 있어, 아슬레가 말한다

그러자 알리다가 돈을 꼭 쥐고 마당으로 나가 보따리와 그물자루 옆에 서는데, 날은 춥고 별들이 비치고 달은 밝고 그리고 아무런 소리도 들리지 않는다 그러다가 아슬레가 집에서 나오는 모습이 보이는데 그가 그녀에게로 다가오자 그녀는 그에게 돈을 건네고 그는 돈을 받아 접어서 주머니에 집어넣는다 그런 다음 알리다는 양손에 자루 하나씩을 들고 아슬레는 가진 것을 모두 담은 보따리를 들어 올려 어깨에 지고 바이올린 가방을 손에 든다 그리고 그가 이제 떠나야겠다고 말한 다음 그들은 브로테를 내려가기 시작한다 별이 반짝이고 달이 비치는 그런 맑은 밤에 그들은 아무 말 없이 브로테를

잠 못 드는 사람들

내려간다 저 아래에는 보트하우스가 있고 그곳에는 배가 정박해 있다

저 배를 그냥 가져도 되는 걸까, 알리다가 말한다

그래도 돼, 아슬레가 말한다

하지만, 알리다가 말한다

우린 그냥 마음 편히 배를 타면 돼, 아슬레가 말한다

저 배를 타고 버리빈으로 가면 되는 거야, 그가 말한다

두려워할 필요 없어, 그가 말한다

그리고 알리다와 아슬레는 배로 내려간다 그가 배를 육지로 끌어당겨 보따리와 자루들 그리고 바이올린 가방을 배에 싣고 알리다가 배에 올라탄 다음 아슬레가 정박해 있던 배를 풀고는 노를 저어 나아간다 그가 날씨가 좋아, 달이 비치고, 별들이 초롱초롱 반짝이고, 춥지만 맑아, 그리고 남쪽으로 순탄하게 항해할 수 있는 안성맞춤의 바람이 불어, 라고 말한다, 그러니 이제 우린 버리빈으로 항해할 수 있고, 아무 문제도 없을 거야, 라고 그가 말한다, 그가 길을 아는지 알리다는 묻지 않을 참인데도 아슬레는 아버지 시그발과 버리빈으로 항해했던 때를 기억하고 있어, 어디로 배를 몰아야 할지 어느 정도 알 것 같아, 라고 말한다, 알리다는 배의 옆가름대에 앉아 아슬레가 노를 젓고 돛을 올리는 모습을, 그가 배의 키 옆

34
3부작

에 앉는 것을 본다 배는 미끄러지듯 나아가 뒬리야에서 멀어
지는데 알리다가 등을 돌려서 쳐다보니 늦가을 그날 밤은 빛
이 밝고, 브로테에 있는 집, 그 집은 으스스해 보인다. 그래서
그녀는 그녀와 아슬레가 늘상 만나던 언덕을, 그녀가 아이를
가진 곳을, 그 아이가 머지않아 태어났을 곳을, 그녀의 장소
를, 그녀가 편하게 느끼는 바로 그곳을, 그녀와 아슬레가 몇
달간 살았던 그곳 보트하우스를 쳐다본다 그러고서 그녀가
산과 섬 그리고 작은 암초들을 바라보는 가운데 배는 미끄러
지듯이 천천히 앞으로 나아간다

　　잠을 좀 자 둬, 아슬레가 말한다

　　그래도 될까, 알리다가 말한다

　　물론이지, 아슬레가 말한다

　　담요로 몸을 말고 선수에 가서 눕도록 해, 그가 말한다
알리다는 보따리 하나를 풀어서 그들이 지니고 있는 담요 네
장 전부를 꺼내 선수에 잠자리를 만들고 그 안으로 들어간
다음 거기에 누워서 배에 찰싹찰싹 부딪히는 파도 소리를 들
으며 살짝살짝 너울거리는 흔들림에 빠져드는데 이렇게 쌀쌀
한 밤에도 그녀가 누워 있는 곳은 따스하고 좋고, 그녀는 청
명한 별들과 동그랗고 밝은 달을 올려다본다

　　이제 인생이 시작되는 거야, 그녀가 말한다

잠 못 드는 사람들

이제 인생 속으로 항해해 가는 거야, 그가 말한다

잠이 올 것 같지 않아, 그녀가 말한다

그래도 누워서 좀 쉬어야지, 그가 말한다

여기 누워 있으니까 기분이 좋아, 그녀가 말한다

당신이 좋다니 좋네, 그가 말한다

응, 우리 모두 좋아, 그녀가 말한다

그녀는 바다가 다가왔다가 사라지는 소리를 듣는다 달은 밝게 비추고 밤은 마치 신비한 낮과 같고 배는 앞으로, 남쪽으로, 해안을 따라 미끄러져 간다

피곤하지, 그녀가 말한다

아냐, 머리가 아주 맑아, 그가 말한다

그런데 그녀를 잡년이라 부르며 눈앞에 서 있는 어머니 헤르디스의 모습이 눈에 들어온다. 그다음엔 어느 크리스마스이브에 양갈비를 들고 방으로 들어오는, 행복하고 아름답고 상냥하며 그녀가 자주 시달리던 어떤 고통 속에도 있지 않은 어머니 헤르디스의 모습이 보인다. 알리다는 그냥 떠났다. 그녀는 어머니 헤르디스와 언니 올린에게 작별 인사조차 하지 않고, 그냥 음식을 찾아서 그물자루 두 개에 담고는 집에 있던 돈을 챙겨서 떠났다 그리고 그녀는 의심할 여지 없이 다시는, 결코 다시는 어머니 헤르디스를 보지 않을 것이다. 그녀는 그

것을 안다. 그녀는 저기 브로테의 집을 마지막으로 보는 것이다. 그녀는 그것을 확신한다. 그녀는 다시는 될리야를 보지 않을 것이다. 만약 그녀가 떠나지 않았다면, 그러면 그녀는 어머니에게 갔을 것이고 앞으로 다시는 말썽을 부리지 않을 것이라고 말했을 것이지만, 이제 그녀는 길을 떠났고, 이제 그들의 관계는 끝이 났다. 그녀는 이렇게 말했을 것이다, 우린 다시는 서로에게 마음 상할 일이 없을 거고, 아버지 아슬락이 사라지고 난 뒤 다시는 보지 못했던 것처럼 전 어머니를 다시는 보지 않을 거예요. 전 이제 떠날 거고 다시는 돌아오지 않을 테니까요. 그리고 어머니 헤르디스가 너희들 어디로 갈 참이냐, 하고 물으면, 알리다는 신경 쓰실 것 없어요, 하고 말했을 것이고. 그러면 어머니 헤르디스는 가다가 먹을 음식을 좀 싸주마, 하고 말했을 것이고 통에서 지폐들을 꺼내 몇 장 주고는 내 딸을 돈 한 푼 없이 바깥세상으로 보내고 싶진 않구나, 하고 말했을 것이다 그리고 그녀는 다시는 어머니를 보지 못했을 것이다 그리고 알리다가 두 눈을 뜨고는 이제 별들이 사라지고 더 이상 밤이 아니라는 것을 알아차리고 일어나 앉는데 아슬레가 키 옆에 앉아 있는 것이 눈에 들어온다

깼구나, 그가 말한다

잘되었네, 그가 말한다

잠 못 드는 사람들

좋은 아침이야, 그가 말한다

당신도 좋은 아침, 그녀가 말한다

곧 벼리빈의 보겐*에 도착할 텐데 마침 당신이 깼으니 잘됐어, 그가 말한다

그러자 알리다가 몸을 일으켜 배의 옆가름대에 앉아 남쪽을 향해 시선을 돌린다

우린 곧 도착해, 아슬레가 말한다

봐, 저기야, 그가 말한다

이 피오르**를 따라서 곶을 돌면 비피오르덴***에 이를 거야, 그가 말한다

비피오르덴에 이르면, 보겐으로 곧장 가면 돼, 그가 말한다

알리다는 집 한 채도 보이지 않는, 피오르 양쪽의 산허리를 바라본다 그들은 잔잔한 바람 속에 그저 둥둥 떠서 벼리빈을 향해 항해한다. 그들은 말린 고기와 얇은 빵을 먹고 물을 마시고, 야한 바람을 맞거나 좋은 바람을 맞거나 하며 그렇게 오후에는 보겐에 다다른다 그들이 배를 선착장에 정박시킨

* Vågen. 벼리빈의 중심 항구.
** fjord. 협만. 빙하의 침식으로 인해 만들어진 U자형의 좁고 깊은 만.
*** Byfjorden. 벼리빈의 앞바다를 이루는 협만.

다음 아슬레가 육지로 올라가서 혹시 배를 살 사람이 있는지 알아보았는데, 크게 관심이 있는 사람은 없었지만, 그가 계속해서 가격을 낮추고 또 낮추고서야 가까스로 약간의 돈을 받고 배를 팔 수 있게 되었다. 그리하여 그들은 돈 또한 갖게 되었다. 아슬레와 알리다는 두 개의 보따리와 두 개의 자루, 아버지 시그발에게서 물려받은 바이올린 가방과 바이올린 그리고 약간의 돈을 들고 선착장에 서 있었다. 그런 다음 그들은 걷기 시작했는데 어디로 가는지는 중요하지 않아, 라고 아슬레가 말했다. 우린 그냥 걸으면서 둘러볼 거야, 내가 전에 벼리빈에 와 본 적이 있긴 하지만, 잘 알고 있다고는 말할 수 없을 것 같아, 라고 그가 말했다. 게다가 넓어, 그래, 도시 벼리빈은 넓어, 아마도 노르웨이에서 가장 큰 도시 중 하나일 거야, 라고 그가 말했다. 그러자 알리다가 난, 그래, 톨스비크보다 멀리 나간 적이 없어, 거기도 나한테는 큰 곳이었는데, 그런데 지금 여긴, 이 커다란 도시 벼리빈에는 어디나 집들과 사람들이 있어, 여길 돌아다니다간 길을 잃고 말 거야, 이곳이 고향처럼 느껴지려면 몇 년은 걸릴 것 같아, 라고 알리다가 말했다. 그래도 여기 있으니까 어쩐지 흥분돼, 맞아, 그래, 볼 것도 너무 많고, 계속해서 많은 일들이 일어나, 라고 그녀가 말했다. 그리고 아슬레와 알리다가 한쪽에 높은 건물들이 들어서 있는 선착장 너머로 걸어가자 건물 아래에는 온갖 종류의 배들, 선박들과 작은 화물선 그리고 어떤 종류의 배인지 모를 배들이 정박해 있었다

저기가 광장이야, 아슬레가 말했다

광장, 알리다가 말했다

벼리빈의 광장에 대해 들어 봤니, 그가 말했다

응, 아마도, 글쎄, 생각 좀 해보고, 알리다가 말했다

바로 저기서 나나 당신처럼 시골에서 올라온 사람들이 물건을 파는 거야, 아슬레가 말했다

그렇구나, 알리다가 말했다

생선이랑 고기랑 채소랑, 뭐든 팔 것들을 배로 들여와서, 바로 저렇게 광장에서 파는 거야, 아슬레가 말했다

그런데 될리야에서 온 사람은 없겠지, 알리다가 말한다

가끔은 있을 것 같은데, 아슬레가 말한다

그가 손으로 가리키며, 저기, 배들이 전부 정박된 곳 너머에, 저기 광장 말이야, 저기에, 저기 온통 사람들과 가게들이 있는 게 보이지, 거기야, 라고 말하자, 알리다가 우린 저기로 갈 필요는 없을 것 같아, 거리 반대편으로 가면 어때, 저긴 사람들이 적으니까 다니기 편할 것 같아, 라고 그녀가 말한다, 그래서 그들이 거리를 건너가자 그 언덕 뒤편에 집들이 많이 있

는 것이 보이는데, 아슬레가 저 집들 가운데서 숙소를 구해야 할 것 같아. 저긴 집들이 아주 많으니까, 분명 방을 빌릴 수 있을 거야, 라고 말한다

그런 다음에, 아슬레가 말한다

응, 알리다가 말한다

그런 다음에 난 나가서 일을 찾아봐야겠어, 우리도 수입이 있어야 하니까, 그가 말한다

일자리를 찾아볼 생각이구나, 알리다가 말한다

응, 아슬레가 말한다

어디서, 알리다가 말한다

광장에 내려가 보거나, 아니면 선착장으로 가서 물어볼까 싶어, 아슬레가 말한다

어쩌면 내가 연주를 할 수 있는 여관도 좀 있을 거야, 그가 말한다

그러자 알리다는 아무 말이 없다 그리고 그들은 건물들 사이의 거리로 들어가는데 알리다가 처음이자 가장 좋은 집의 문은 그냥 두드리면 안 될 것 같아, 라고 말하자 아슬레가 잘될 거야, 라고 말하고는 문을 두드린다 그러자 한 늙은 여인이 나와서 그들을 쳐다보며 네, 라고 말하는데 아슬레가 여기 빌릴 방이 있을까요, 하고 묻자 그 늙은 여인이 빌릴 방이라고, 하

며 반복하더니 어디서 왔길래 빌릴 방을 찾는 게야, 여기 벼리빈에는 없어, 우린 더 이상 사람이 필요치 않아, 라고 말한다, 그러더니 그녀는 절뚝거리며 집으로 들어가면서 빌릴 방이라니, 빌릴 방 따위, 하고 중얼거리며 문을 닫는다, 그러자 그들은 서로를 쳐다보며 멋쩍은 표정을 짓고는 거리 반대편으로 건너가 거기 있는 집 문을 두드리는데 잠시 뒤 한 소녀가 나와 그들을 어리둥절하다는듯 쳐다본다, 그리고 아슬레가 이 집에 빌릴 방이 있을까요, 하고 묻자 그녀는 엷게 미소를 지으며 남자분이 얻을 만한 방은 있을 테지만 여자분은 얘기가 달라요, 몇 달 전에만 왔어도 여자분 방이 있었을 텐데, 그런데 지금은 형편이 안 좋네요, 라고 말한다, 그러고서 그녀는 문설주에 기대 서서 아슬레를 쳐다보는데

들어오실래요, 아니면, 그 소녀가 말한다

전 계속 여기 서 있을 순 없어요, 그녀가 말한다

자, 지금 말씀해 주세요, 그녀가 말한다

그러자 알리다가 아슬레를 쳐다보며 그의 소매를 잡는다

우리 가자, 알리다가 말한다

응, 아슬레가 말한다

네, 그러면 가세요, 그 소녀가 말한다

이리 와, 알리다가 말한다

그리고 그녀가 아슬레를 살짝 잡아끌자 그 소녀가 깔깔 웃고는 안으로 들어가며 문을 닫는데 그녀가 아냐, 저건 불가능해, 저런 잘생긴 남자와 조그마한 매춘부라니, 라고 말하는 소리가 들린다. 그러더니 누군가가 대개 그렇잖아, 아주 일반적인 일이지, 라고 말한다. 또 다른 누군가가, 항상, 늘 그렇지 뭐, 라고 말한다. 그러자 알리다와 아슬레는 계속해서 거리를 내려가며 집들 사이를 한참 걷는다

저 여자 소름 끼쳐, 알리다가 말한다

맞아, 아슬레가 말한다

그들은 계속해서 앞으로 걸어가 또 다른 집의 문 앞에 멈춰 문을 두드리는데, 문을 여는 사람이 누구건, 빌려줄 방이 없어요, 남은 방이 없어요, 임대를 하지 않아요, 아내가 집에 없어서요, 라고 사람들은 말한다. 그리하여 아슬레와 알리다는 모든 집들을, 대부분 작은 집들이라 다닥다닥 붙어서 좁은 골목이 나 있고, 어떤 곳은 약간 더 넓은 골목이 나 있는 집들을 다니며 알아보는데, 그들이 어디에 있건 어디를 가건 마주하는 사람마다 매한가지로 빌려줄 방이 없다 말한다. 아니 아슬레나 알리다나 두 사람 모두, 머리 위를 가려줄 지붕을 구하기가, 벼리빈의 추위와 어두움을 피할 곳을 얻기가 그렇게 어려울 줄은 몰랐다. 아니 전혀 그런 생각조차 해보지 않

왔다. 오후 내내 그리고 저녁 내내 아슬레와 알리다는 벼리빈의 거리를 계속해서 배회하며, 이집 저집 문을 두드리고, 한 집 한 집 차례대로 물어보고 갖가지 대답을 들었는데, 주로 대부분은, 빌려줄 방이 없고 이미 모두 임대가 되었다는 거였다. 그래서 지금 알리다와 아슬레는 벼리빈의 거리를 아주 오랫동안 배회하고 있는 것이다 이제 그들은 멈춘 채 거의 움직이지 않고 우두커니 서 있다 그리고 아슬레가 알리다를, 휘날리고 있는 그녀의 길고 검고 두터운 머리카락과 어둡고 슬픈 눈을 쳐다본다

나 너무 피곤해, 알리다가 말한다

아슬레는 진심으로 사랑하는 여자를 바라본다. 알리다가 무척 피곤해 보여, 곧 출산을 앞둔 임산부가 지금 알리다처럼 피로를 느끼는 건 몸에 좋지 않을 텐데, 아니, 분명 좋을 리가 없어

얼른 좀 앉아 있을 수 없을까, 알리다가 말한다

물론이지, 그렇게 하자, 아슬레가 말한다

그들은 계속해서 터벅터벅 걷는데 비가 오기 시작하고 그래도 그들은 터벅터벅 걷는다, 빗속에서 그렇게 걷다 보니 옷이 젖어들고 몸에 한기가 스며든다. 늦가을이어서 이제 어둡고 추운데도 그들이 비와 추위와 어둠을 피할 곳은 어디에도 없

다, 어딘가 따뜻한 방에 앉을 수만 있다면 좋을 텐데, 그래, 그럴 수만 있다면

난 피곤해, 알리다가 말한다

그리고 지금은 비까지 내려, 그녀가 말한다

비라도 피할 곳을 찾아야겠다, 아슬레가 말한다

빗속에서 젖은 채로 돌아다닐 수는 없지, 그가 말한다

응, 알리다가 말한다

그리고 그녀는 자루를 무거운 듯 지고 빗속을 계속해서 터벅터벅 걸어간다

춥지, 아슬레가 말한다

응, 축축해져서 추워, 알리다가 말한다

그들은 잠시 비 내리는 거리에 멈춰 서 있다가, 처마 아래 벽으로 다가가 몸을 붙이고 기대어 선다

우리 어떻게 하지, 알리다가 말한다

오늘 밤 갈 만한 곳을 찾아야 할 텐데, 그녀가 말한다

응, 아슬레가 말한다

분명 적어도 문 스무 개는 두드려서 방이 있냐고 물어봤을 거야, 알리다가 말한다

분명 그보다 더 많아, 아슬레가 말한다

아무도 우리를 집에 들이고 싶어 하지 않는 것 같아, 그

녀가 말한다

응, 그가 말한다

지금 밖에서 자기에는 너무 춥고, 우린 옷이 너무 젖어 버렸어, 그녀가 말한다

응, 그가 말한다

그리고 그들은 오랫동안 거기에 서서 아무 말도 하지 않는다 비는 내리고 춥고 어둡고 이제는 거리에 아무도 보이지 않고, 오늘 아까까지만 해도 거리에 수많은 사람들이 보였는데, 젊은 사람들, 늙은 사람들, 온갖 종류의 사람들이 보였는데, 하지만 지금은 하늘에서 비가 줄기차게 쏟아져 내려 물웅덩이에 고이고 있으니, 이제 모두 자신의 집 안에, 집 안의 불빛과 그곳의 따스함 속에 머물러 있는지, 알리다는 자신의 자루들을 보다가 웅크리고 앉아서 턱을 가슴에 파묻는데 눈꺼풀이 그녀의 눈을 덮어 내리자 그대로 그곳에 앉아서 잠이 든다 아슬레 역시 너무 피곤하고, 너무 피곤하다 그들이 브로테에 있는 헤르디스의 집에 누워 잠들지 못한 것도 오래전이었고 그대로 일어나 배에 올라타고 남쪽의 벼리빈으로 항해를 시작했는데, 벼리빈을 향한 긴 항해는 그래도 좋았던 것이, 밤내내 순풍이 불었고 늦은 오전에서야 바람이 잠잠해져서 누워서 배를 몰다시피 했던 것이다 그러나 지금 아슬레는 너무

도 피곤해서 선 채로 잠들어 버릴 수 있을 것 같다. 안 돼, 지금 잠들면 안 돼. 그러나 그의 두 눈이 감겨 오며 그는 고요하게 푸른빛으로 반짝거리는 피오르를, 저편에서 푸른빛으로 반짝거리는 바다를 본다. 저 해협 아래에 떠 있는 배는 아주 가볍게 찰랑찰랑 흔들거리고, 보트하우스를 둘러싼 언덕들은 초록빛으로 물들어 있다. 그가 장의자에 앉아 손에 쥔 바이올린을 어깨에 괴고 연주를 하는데 저기, 저 멀리 브로테에서 알리다가 뛰어온다 마치 그의 연주와 그녀의 동작이 밝고 파릇한 날과 함께 뒤섞이는 듯하고, 거대한 행복이 그의 연주를 성장하고 숨 쉬는 모든 것들과 하나 되게 만드는 듯하다 그는 알리다를 향한 그의 사랑이 흘러넘치고 흘러넘쳐 연주 속으로, 성장하고 숨 쉬는 모든 것들 속으로 흘러드는 것을 느낀다 알리다가 그에게 다가와 그가 앉은 자리 곁에 앉아도 그는 연주를 계속하고 알리다가 한 손을 그의 허벅지에 올려놓아도 그는 계속해서 연주를 한다 그의 연주는 하늘처럼 높고 하늘처럼 깊다. 알리다와 아슬레, 그들은 어제 서로를 알게 되었고 그녀가 그에게 내려오기로 마음이 맞았지만, 이야기를 나눈 것은 어제가 처음인 까닭에 여전히 거의 말을 하지 않는데, 남자아이가 여자아이를 주의 깊게 살피고 여자아이가 남자아이를 주의 깊게 살피는 그런 나이가 된 이후로 그래 왔듯

47

잠 못 드는 사람들

그들은 서로를 보고 서로에게 끌리는 것을 느꼈고, 이미 처음 서로를 보았을 때 자신의 반쪽이 누구인지 알았다, 어제 저녁 그들은 처음으로 서로 이야기를 나누었고 알아가게 되었는데, 아슬레가 아버지와 함께 레이테에 사는 농부의 결혼식에 연주를 하러 왔던 것으로, 아버지 시그발도 예전의 저녁에 이곳에서 연주를 했고 그날 밤 어머니 실리야를 만났다, 그때 결혼을 한 것은 레이테의 농부였고, 어제 저녁 결혼을 한 것은 그 농부의 딸이었다, 아버지 시그발이 결혼식에서 연주를 할 거라는 사실을 아슬레가 알게 되었을 때, 그는 따라가도 되는지 물었다

그래, 그래도 되지 싶구나, 아버지 시그발이 말했다

된다는 말밖에 할 수 없지 싶다, 그가 말했다

피할 길이 없거든, 너 역시 연주자가 될 테니까, 그가 말했다

그리고 아버지 시그발은 그건 이런 거란다, 내가 연주자이고 연주자가 되어야 한다면, 그렇다면 그건 원래 그랬던 것이고, 나는 이미 좋은 연주자였으며 연주를 하는 한 나는 이미 뛰어난 연주자였던 게지, 그리고 네가 연주자가 된다면, 그럼 넌 이미 연주자인 게야, 거기엔 조금도 다른 여지가 없어, 네가 연주자가 된다면, 네 아들 역시 마찬가지야, 그건 놀랄 일

이 아니란다. 내 아버지인 늙은 아슬레와 할아버지인 늙은 시그발 두 분 모두 연주자셨으니까, 연주자가 되는 건 우리 가문의 운명이야, 연주자가 되는 게 비운으로 여겨진다 해도, 그래, 그런 게야, 라고 아버지 시그발이 말했다. 네가 연주자라면, 그래, 그럼 넌 이미 연주자란다. 그런 게지, 그래, 내 생각엔, 그다지 다른 여지가 없어, 그래, 라고 아버지 시그발이 말했다. 그 운명이 어디에서 오는가 하면, 나는 슬픔이라고, 무언가에 대한 슬픔이거나 아니면 그냥 슬픔이라고 답할 게다, 음악 속에서 그 슬픔은 가벼워질 수 있고 떠오를 수 있게 되는 거고 그 떠오름은 행복과 기쁨이 될 수 있어, 그래서 음악이 필요한 것이고, 그래서 나는 연주를 해야만 하는 거지, 그리고 어떤 사람들에겐 이 슬픔의 무언가가 남아 있는데 그게 수많은 사람들이 연주를 듣는 걸 즐기는 이유야, 음악이 그들의 삶을 들어 올리고 고양시켜 주거든, 저들이 장례식을 치르거나, 결혼 잔치를 열거나, 그냥 만나서 춤을 추거나 기념을 할 때도 말이다. 그렇지만 어째서 우리들만 그런 운명을 받게 되었는가 하면, 그래, 그건 내가 답할 수가 없구나, 그럴 것이 난 지식도 지혜도 결코 쌓질 못했으니까, 그렇지만 난 딱 아슬레 네 나이 무렵의 소년이었을 때부터 솜씨 좋은 연주자였어, 아슬레 네가 지금 솜씨 좋은 연주자이듯이 말이다, 나와 아슬레 너는 많은 게 닮았단다, 라고 아버지 시그발이 말했다. 내가 마침 아슬레 네 나이였을 때 너희 할아버지를 따라가 결혼식장에서 연주를 했지, 지금 아슬레 너도 날 따라가 연주를 익히게 될 게다, 내가 늦여름에 춤 잔치에서 평범한 춤에 반주를 넣을 때도 넌 따라가게 될 거고 장례식에서 연주를 할 때도 넌 따라가게 될 게다, 내가 우리 아버지를 따라 결혼식장과 장례식장과 춤 잔치에 갔던 것처럼, 그렇지만 그게 내 마음에 드는지는, 내 아들 역시 연주자가 되어야 한다는 게 마음에 드는지는, 그건 다른 문제지, 아무도 거기에 의문도 관심도 가지지 않아, 연주자의 운명이란 그런 게지, 그렇지만 가진 것이 없는 사람은 신이 선사한 선물인 그 재능을 최선을 다해서 발휘해야 하는 거란다, 그게 인생이야

오늘 저녁 네가 연주자임을 시험해 보게 될 게다, 아버지 시그발이 말했다

그리고 그가 우린 함께 결혼식에 갈 것이고 내가 잠시 연주를 하고 나면, 아슬레 네가 바이올린을 넘겨받아 하두 곡 연주해라, 라고 말했다

내가 춤이 시작될 무렵까지 연주하면, 네가 바이올린을 넘겨받거라, 그가 말했다

그러고는 아버지 시그발과 아슬레는 가장 멋진 옷으로 차려

입었고 어머니 실리야는 그들에게 맛있는 것을 만들어 주면서 공연 잘 해내고, 술 마시지 말고 이상한 짓도 하지 말아요, 라고 말했다. 그러고 나서 아버지 시그발은 한 손에 바이올린 가방을 들고 아슬레와 함께 길을 나섰는데 얼마간 길을 걸어 레이테의 농장이 가까워지자, 시그발은 자리에 앉아 바이올린을 꺼내들고 조율을 한 다음 조금 연주를 했고, 가방에서 술 한 병을 꺼내어 한 모금 벌컥 들이켜고는 조심스럽게, 마치 무언가를 찾는 것처럼 다시 조금 연주를 했다. 그러고는 아버지 시그발이 술병을 아슬레에게 건네면서 한 모금 마시라고 하여 아슬레는 그렇게 했다 그러자 시그발이 바이올린을 아슬레에게 건네며 바이올린이랑 너 자신도 몸을 풀어 두거라, 그렇게 하고 나면 연주는 늘 최고가 되지, 너 자신을 연주해서 천천히 끌어올리는 게다, 거의 아무것도 없는 바닥에서부터 위로, 아무것도 아닌 것에서부터 무언가 거대한 것으로, 라고 말했다. 그러자 아슬레는 앉아서 아무것도 없는 곳에서부터 자신을 연주해 끌어올리려 시도했고, 거의 제일 낮은 곳에서부터 연주를 하기 시작했다. 그리고 천천히 가능한 한 낮게, 그는 자신을 연주해 끌어올렸다

그래, 그거다, 아버지 시그발이 말했다

이미 넌 명연주자야, 그가 말했다

다른 일을 전혀 하지 않고 이 일만 한 것처럼 자신을 끌어올리는구나, 그가 말했다

그러고서 아버지 시그발은 술병에서 술을 한 모금 더 들이켰고 아슬레는 그에게 바이올린을 건넸다 그러자 아버지 시그발은 아슬레에게 술병을 건넸고 아슬레는 술을 한 모금 더 마신 다음 그렇게 그들은 아무 말도 하지 않고 그곳에 앉아 있었다

연주자의 운명은 비참하지, 아버지 시그발이 그렇게 말했다

늘 버려, 늘 포기해야 해, 그가 말했다

네, 아슬레가 말했다

그래, 떠나는 거다, 사랑하는 것으로부터, 자신으로부터, 아버지 시그발이 말했다

늘 너 자신을 다른 사람에게 베풀어라, 그가 말했다

늘, 그가 말했다

결코 자기 자신만이 전부여서는 안 돼, 그가 말했다

늘 다른 사람이 전부가 되도록 해라, 그가 말했다

그리고 아버지 시그발은 나에겐 너희 엄마와 아슬레 너에 대한 사랑이 전부란다, 그래서 연주를 하며 돌아다니고 싶지 않았지, 그렇지만 달리 내가 뭘 어쩔 수 있었겠니, 내가 가진 거

라곤 연주 하나밖에 없는데, 이 저주받을 연주자의 운명, 이라고 말했다. 그러고서 그는 자리에서 일어나더니 이제 레이테 농장으로 가서 돈을 받고 하기로 되어 있는 걸 하는 게 좋겠구나, 라고 말했다. 아슬레 넌 너 하고 싶은 거 하면서 마당에 있거라, 이따가 밤에, 춤판이 적절히 무르익으면, 들어와서 잘 보이는 데 있도록 하고, 쉬는 시간에 내가 아슬레 너에게 손을 흔들면 와서 바이올린을 넘겨받도록 해라, 라고 아버지 시그발이 말했다

그러면 네가 한 곡이나 두 곡 연주하거라, 아버지 시그발이 말했다

그럼 너도 연주자로서 발을 내딛는 게야, 그가 말했다

그래, 할아버지도 연주자로서 그렇게 시작했어, 네 이름도 할아버지 이름을 딴 거지, 그가 말한다

이제 너도 그렇게 시작하는 게야, 그가 말한다

언젠가 나도 그렇게 시작했어, 그가 말한다

그런데 아슬레의 귓가에 아버지 시그발의 목소리가 희미하게 들려와 아버지를 쳐다보자 그가 눈물을 머금은 모습으로 서 있는 것이 보인다 그리고 아버지 시그발의 뺨으로 눈물이 흘러내리는데 아버지는 손등으로 눈을 문질러 눈물을 닦아 낸다

그만 가자, 아버지 시그발이 말했다

아슬레가 걸어가는 아버지 시그발의 뒷모습을 쳐다보는데 목
뒤에 새끼줄 조각으로 묶어 놓은 아버지의 긴 머리가, 아슬
레의 것처럼 검었던 머리가 이제는 무척 희끗희끗해지고 가
늘어졌다 그리고 아버지 시그발의 걸음은 조금 무거운 듯한
데, 그는 더 이상 젊지는 않지만 그리 늙은 것도 아니다, 그런
데 아슬레의 귀에 당신들 여기 있으면 안 됩니다, 하는 소리
가 들려온다, 아슬레가 눈을 떠 보니 눈앞에 높은 모자가, 턱
수염이 난 얼굴이 보이고 그 남자는 한 손에 긴 지팡이를 들
고 다른 손으로는 등불을 들고 있다 그는 아슬레의 얼굴 앞
에 등불을 비추고는 아슬레의 얼굴을 똑바로 쳐다보며

여기 서서 자면 안 됩니다, 그 남자가 말한다

여기서 자면 안 된다고 했습니다, 그 남자가 반복한다
아슬레가 긴 검정색 외투를 입고 있는 그 남자를 쳐다보자

어서 가십시오, 그 남자가 말한다

네, 아슬레가 말한다

그런데 어디로 가야 할지 모르겠습니다, 그가 말한다

머물 데가 없는 거요, 그 남자가 말한다

네, 아슬레가 말한다

그러면 내가 당신들을 데려가 감금해야겠군, 그 남자가
말한다

우리가 무슨 잘못이라도 했습니까, 아슬레가 말한다

아직은 아니지, 그 남자가 말한다

그 남자가 슬쩍 웃으면서 등불을 내리고는

지금은 여름이 아니오, 그 남자가 말한다

춥고 축축한 늦가을 밤이지, 그가 말한다

그럼 어디에 가면 방을 구할 수 있을까요, 아슬레가 말
한다

그걸 내게 묻는 거요, 그 남자가 말한다

네, 아슬레가 말한다

벼리빈엔 여관과 여인숙이 많이 있잖소, 그 남자가 말한
다

여기 인스테 거리만 해도 여러 군데가 있소, 그 남자가
말한다

여관과 여인숙이요, 아슬레가 말한다

그렇소, 그 남자가 말한다

거기에 가면 방을 구할 수 있다는 거지요, 아슬레가 말
한다

물론, 그 남자가 말한다

그런데 그게 어디죠, 아슬레가 말한다

저쪽, 거리에서 조금 떨어진 곳, 반대편에 있소, 그 남자

가 말한다

그리고 그 남자가 손으로 가리켜 보인다

　　저기 벽에 여인숙이라고 쓰여 있잖소, 그 남자가 말한다

　　그런데 물론 지불할 돈이 있어야겠지, 그 남자가 말한다

　　저기로 가 보시오, 그 남자가 말한다

그러고서 그 남자는 가 버리고 아슬레는 웅크리고 앉아서 가
슴에 턱을 괴고 잠들어 있는 알리다를 쳐다본다. 여기에 머
물 순 없어, 물론 안 되지, 이런 추위에, 이런 어둠 속에, 비도
오는데, 이런 늦가을에, 하지만 잠깐만 더, 잠깐은 쉴 수 있을
거야, 그게 도움이 될 거야, 아슬레는 지금 너무 피곤해서, 너
무 피곤해서 바로 쓰러져서 잠을 잘 수 있을 것 같고, 그 자리
에 누워서 일주일은 잠을 잘 수 있을 것 같다, 그는 웅크리고
앉아 한 손을 알리다의 젖은 머리에 얹고 그녀의 머리를 쓸어
넘기며 그녀의 머리카락 사이로 손가락을 밀어 넣고는 눈을
감는다 그는 너무 몸이 무겁고 피곤하다 그리고 그는 레이테
의 방에서 연주를 하는 아버지를, 목 뒤에서 새끼줄 조각으로
묶인 반백의 긴 머리를 바라보는데, 아버지 시그발이 바이올
린의 활을 위로 쳐들자 소리가 사라지고 그는 일어서서 술병
의 술을 한 모금 마시고는 또 맥주잔을 들어 맥주를 한 모금
마신다 그리고 아버지 시그발이 주변을 둘러보다가 아슬레를

발견하고는 아슬레에게 손짓한 다음 바이올린을 건넨다

이제 네 차례다, 아버지 시그발이 말한다

그래, 그렇게 되는 거야, 그가 말한다

그리고 너도 한 모금 해라, 그가 말한다

그가 아슬레에게 술병을 건네자 아슬레는 크게 한 모금 들이켜고 다시 한 모금 들이켠 다음 술병을 아버지 시그발에게 건네는데, 아버지가 아슬레에게 맥주잔을 건네며

맥주도 좀 마시거라, 그가 말한다

연주자라면 좀 마셔 두는 법이야, 아버지 시그발이 말한다

아슬레는 맥주를 한 모금 들이켜고서 맥주잔을 아버지 시그발에게 다시 건넨 다음 의자에 앉아 무릎에 바이올린을 올려놓고 줄을 튕겨 보며 바이올린을 조율한다 그러고는 어깨에 괴고 연주를 시작하는데 소리가 그리 나쁘지 않은 것 같다 그리고 그가 계속해서 연주를 하자 사람들이 춤을 추기 시작하고 그는 계속해서 연주를 밀고 나간다, 그는 포기하고 싶지 않고 계속 이어가고 싶을 뿐이다, 그는 터질 것 같은 슬픔을 몰아내고 싶고, 그 슬픔을 가볍게 만들고 싶다, 가볍게 만들고 들어 올려 무게가 없는 것처럼 둥둥 떠오르게 만들고 싶다, 그렇게 만들 것이다, 그는 연주하고 또 연주한다, 그러다가

그는 음악이 고조되는 곳을 발견한다. 떠오르는구나. 그래, 그래, 떠오르는 거야. 그래, 그러면 내가 연주를 계속 할 필요가 없어, 그렇게 되면 음악 그 자체가 모든 것 위로 떠올라 그 자신의 세계를 연주하는 거고, 들을 수 있는 모든 사람들이 그것을 듣게 되는 거야. 그런데 아슬레가 시선을 위로 들자 그녀가 저기 서 있는 것이 보인다. 그녀가 저기 서 있어. 그는 알리다가 검고 두꺼운 머리를 휘날리며 슬픔에 잠긴 검은 눈동자를 하고서 그곳에 서 있는 모습을 본다. 그리고 그녀는 그 소리를 듣는다. 그녀는 떠도는 소리를 듣고 그녀는 떠도는 소리 가운데 있다. 그녀는 조용히 서서 고조된다. 그렇게 그들은 함께 고조되고, 그녀와 그. 알리다와 아슬레. 지금 그들은 함께 떠오른다. 그리고 아슬레가 아버지 시그발의 얼굴을 쳐다보며 미소를 짓는데 그 미소에서 행복이 묻어나자 아버지 시그발이 입가로 병을 들어 올려 한껏 들이켠다. 그리고 아슬레는 연주가 계속되게 내버려 둔다. 알리다가 그와 함께 있다. 그는 그녀의 눈에서 알리다가 그와 함께하고 있는 모습을 볼 수 있다. 아슬레는 떠오름이 고조되게 내버려 둔다. 그리고 그가 활을 들어 떠오름을 허공에 날려 보낸다. 그리고 아슬레가 일어나 바이올린을 아버지 시그발에게 건네자 그는 아슬레의 어깨에 팔을 감아 바짝 다가선다. 그리고 아버지 시그발은 아슬레를 가까이 두고서 바이올린을 쥐고 일어선다. 그리고 아버지 시그발은 머리를 기울이고 바이올린을 어깨에 괸 다음, 발로 박자를 맞추면서 연주를 시작한다. 그리고 아슬레는 검고 긴 머리와 큰 슬픔에 잠긴 검은 눈동자를 지닌 알리다가 서 있는 곳으로 다가간다. 그리고 알리다가 그에게 다가오자 아슬레는 자신의 손을 그녀의 어깨에 얹고는 밖으로 향한다 마당에 나설 때까지 두 사람 중 누구도 말을 꺼내지 않다가 마당에 나오고 나서야 아슬레가 자신의 손을 거둔다

　　당신이 아슬레군요, 알리다가 말한다

　　그리고 당신은 알리다고요, 아슬레가 말한다

그러고서 그들은 그 자리에 서서 아무 말도 하지 않는다

　　우린 전에 얘기를 나눠 본 적이 없죠, 아슬레가 말한다

　　네, 알리다가 말한다

그러고서 그들은 그 자리에 서서 아무 말도 하지 않는다

　　그렇지만 전에 당신을 본 적이 있어요, 알리다가 말한다

　　저도 당신을 본 적이 있어요, 아슬레가 말한다

그렇게 그들은 그대로 서서 다시 아무 말도 하지 않는다

　　연주를 잘하시더군요, 알리다가 말한다

　　고마워요, 아슬레가 말한다

　　저는 여기 레이테 농장에서 하녀 일을 하고 있어요, 알

리다가 말한다

오늘 결혼식을 돕고 있었는데, 춤이 시작되고 나니까 이제 쉴 수가 있네요, 그녀가 말한다

제 어머니도 여기에서 하녀 일을 했었죠, 아슬레가 말한다

우리 좀 걸을까요, 그가 말한다

좋아요, 알리다가 말한다

이쪽에, 그래요 저기에 언덕이 하나 있는데, 바다 멀리까지 볼 수가 있어요, 그녀가 말한다

그리로 갈까요, 그녀가 말한다

그래요, 좋아요, 아슬레가 말한다

그들은 나란히 그쪽으로 걸어간다 그런데 알리다가 손을 들어 가리키며, 저쪽에 있는 언덕에 서면 바다를 볼 수 있어요, 그 언덕에 있으면 레이테 농장과 거기 있는 집들은 볼 수가 없는데, 그래서 좋아요, 라고 말한다

당신은 다른 형제가 없나요, 알리다가 말한다

네, 아슬레가 말한다

저는 언니가 한 명 있는데, 올린이라고 해요, 알리다가 말한다

그런데 저는 올린 언니를 좋아하지 않아요, 그녀가 말한

다

당신은 어머니와 아버지가 모두 계신가요, 그녀가 말한다

네, 아슬레가 말한다

저도 어머니와 아버지가 모두 있지만, 제 아버지는 집을 나가서 사라진 지 여러 해가 되었어요, 알리다가 말한다

아버지한테 무슨 일이 있었는지 아는 사람이 아무도 없어요, 그녀가 말한다

그렇군요, 아슬레가 말한다

그냥 사라지셨죠, 알리다가 말한다

그리고 그들은 언덕으로 올라가서 그곳에 있는 크고 넓적하게 생긴 바위 위에 앉는다

당신한테 한마디 해도 될까요, 알리다가 말한다

네, 아슬레가 말한다

당신이 연주를 할 때, 그녀가 말한다

네, 아슬레가 말한다

당신이 연주를 할 때 제 아버지가 노래를 부르는 소리가 제 귓가에 들렸어요, 알리다가 말한다

제가 어렸을 때, 아버지는 늘 저를 위해 노래를 불러 주셨죠, 그녀가 말한다

그리고 제 아버지 아슬락에 관해 기억나는 것은 그것뿐

이에요, 그녀가 말한다

저는 아버지의 목소리를 기억해요, 그녀가 말한다

그리고 그의 목소리는 꼭 당신의 연주 같았어요, 그녀가 말한다

그러면서 그녀가 아슬레 가까이 다가앉고 그들은 그렇게 앉아서 아무 말도 하지 않는다

당신은 알리다군요, 그가 말한다

그래요, 제가 알리다인데 그게 무슨 상관이겠어요, 그녀가 말한다

그러고서 그녀는 소리 내어 웃고는 제가 세 살밖에 안 되었을 때 아버지 아슬락은 집을 나가서 다시는 돌아오지 않았고 노래를 불러 주신 기억만이 아버지에 대해 기억하는 전부예요, 전 이해가 안 돼요, 라고 말한다. 그런데 제가 아슬레 당신의 연주를 들었을 때 연주 속에서 아버지 아슬락의 목소리가 들렸어요, 라고 그녀가 말한다. 그러더니 그녀가 아슬레의 어깨에 고개를 기대고는 울기 시작하며 아슬레를 두 팔로 끌어안는다 알리다가 곁에 가까이 앉아서 울자 그는 자신의 팔을 알리다에게 어설프게 걸쳐 그녀를 꼭 끌어안는다 그렇게 그들은 그곳에 앉아 서로를 느끼고 같은 것을 듣고 있음을 느끼고 이제 함께 떠올라 날고 있음을 느낀다 그리고 아슬레는 자기

자신보다도 알리다를 더 보살펴 주고 싶다고, 세상에 좋다는 모든 것을 그녀에게 주고 싶다고 마음속으로 느낀다

내일 꼭 보트하우스로 내려오세요, 아슬레가 말한다

그러면 그곳에서 제가 당신을 위해 연주해 줄게요, 그가 말한다

보트하우스 밖에 있는 장의자에 앉을 수 있어요, 그리고 제가 당신을 위해 연주해 줄게요, 그가 말한다

그러자 그녀가 꼭 그렇게 하겠다고 말한다

나중에 다시 이리로 올라와요, 우리의 언덕으로, 그녀가 말한다

그리고 아슬레와 알리다는 일어서서 아래를 내려다보는데 그들은 서로를 거의 바라보지 않으면서 서로의 손을 맞잡고 다만 그 자리에 서 있다

저편에 바다가 있어요, 알리다가 말한다

바다를 바라보니 좋군요, 아슬레가 말한다

그러고서 그들은 아무 말도 하지 않지만 모든 것은 정해졌다, 무엇을 말해야 할지 아니면 무얼 더 말하는 게 좋은지 그런 것은 없이, 모든 것이 이야기되었고 모든 것이 정해졌다

당신이 연주하고 아버지가 노래를 불러요, 알리다가 말한다

잠 못 드는 사람들

그러자 아슬레가 움찔거리더니 잠에서 깨어 알리다를 쳐다
본다

　　뭐라고 했어, 아슬레가 말한다

알리다가 깨어나 아슬레를 쳐다본다

　　내가 뭐라고 했던가, 그녀가 말한다

　　아냐, 혹시 당신이 무슨 말을 하지 않았나 해서, 아슬레
가 말한다

　　내가 알기론 아닌데, 알리다가 말한다

　　춥지, 아슬레가 말한다

　　약간, 알리다가 말한다

　　아니, 아무 말도 안 한 것 같은데, 알리다가 말한다

　　당신 아버지에 관해 얘기하는 걸 들었는데, 아마 내가
꿈을 꿨나 봐, 아슬레가 말한다

　　내 아버지에 관한 이야기라고, 알리다가 말한다

　　그러네, 나 꿈을 꾼 것 같아, 그녀가 말한다

　　당신이 꿈을 꿨다고, 아슬레가 말한다

　　응, 알리다가 말한다

아슬레가 자신의 손을 그녀의 어깨에 얹는다

　　여름이었어, 그녀가 말한다

　　따뜻했고, 그녀가 말한다

그리고 당신이 연주하는 걸 들었어, 당신이 보트하우스 앞에 있는 장의자에 앉아 연주를 해서 그걸 듣고 있었는데 정말 좋더라, 그러곤 아버지가 다가와서 노래를 불렀고 당신은 연주를 했어, 그녀가 말한다

일어나서 가야겠다, 아슬레가 말한다

여기에 앉아서 잘 수는 없으니, 그가 말한다

당신도 좀 잤지, 그녀가 말한다

응, 고개를 꾸벅꾸벅한 정도, 그가 말한다

그리고 아슬레가 일어선다

방을 구해야 해, 그가 말한다

그러자 알리다도 일어서고 그들은 그 자리에 우두커니 서 있다 그런데 아슬레가 손으로 보따리를 들어 어깨에 걸며

계속 알아봐야 해, 그가 말한다

그치만 어디서, 그녀가 말한다

반대편 거리에 여인숙이 있는 모양인데, 분명히 그곳에서 방을 얻을 수 있을 거야, 아슬레가 말한다

그래, 그리고 이 거리 이름은 분명 인스테 거리라고 했던 것 같아, 그가 말한다

그러자 알리다가 짐을 들어 올린다, 알리다, 온통 젖은 검은 머리를 가슴으로 늘어뜨리고 어둠 속에서도 검은 눈을 반짝

이며 부른 배를 하고 있는 그녀가 그 자리에 서서 조용히 아
슬레를 바라보고 있다 그는 허리를 구부려서 바이올린 가방
을 들어 올리고 그런 다음 그들은 어둡고 춥고 비가 내리는
지금 이 늦가을의 거리를 따라 천천히 걸어가기 시작하고, 거
리를 건넌다

저기, 저기 문 위에, 저기 여인숙이라고 쓰여 있어, 아슬
레가 말한다

응, 보여, 알리다가 말한다

그리고 아슬레가 다가가서 문을 열고는 알리다를 쳐다본다

들어가자, 그가 말한다

그러자 알리다가 천천히 앞으로 걸어가 아슬레를 지나쳐서
집 안으로 들어간다 아슬레가 그녀를 따라 안으로 들어가며
힐끗 보니 어둠 속에 한 남자가 있고, 그가 앉아 있는 탁자 위
에는 촛불이 타고 있다

어서 오세요, 그 남자가 말한다

그리고 그가 그들을 쳐다본다

우리가 머물 방이 있나요, 아슬레가 말한다

가능할 것 같군요, 그 남자가 말한다

그리고 그가 그들을 쳐다보는데 그의 시선이 알리다의 임신
한 배에 머문다

정말 고맙습니다, 아슬레가 말한다

네, 아마 가능할 겁니다, 그 남자가 말한다

고마워요. 고맙습니다, 아슬레가 말한다

그런데 여전히 그 남자가 알리다의 배를 쳐다본다

어디 볼까요, 그 남자가 말한다

그러자 알리다가 아슬레를 쳐다본다

얼마 동안입니까, 그 남자가 말한다

모르겠어요. 아슬레가 말한다

며칠 정도는 머물겠군요, 그 남자가 말한다

네, 아슬레가 말한다

막 벼리빈에 오셨습니까, 그 남자가 말한다

그리고 그가 알리다를 쳐다본다

네, 그녀가 말한다

어디에서요, 그 남자가 말한다

딜리야입니다, 아슬레가 말한다

딜리야에서, 그렇군요, 그 남자가 말한다

그러면 방 하나를 빌리시면 되겠군요, 그가 말한다

쫄딱 젖어서 무척 추워 보이시니까요, 이렇게 시린 밤에, 비도 오는데, 늦가을이기까지 한데, 길을 계속 왔다 갔다 하실 순 없을 겁니다, 그가 말한다

67

잠 못 드는 사람들

고맙습니다, 아슬레가 말한다

그리고 남자가 자기 앞의 탁자 위에 있는 책 위로 몸을 구부리는데 알리다가 다급하게 아슬레를 쳐다보며 그의 팔을 잡는다 하지만 그가 아무것도 이해하지 못하자 그녀가 그를 잡아당기며 밖으로 나가기 시작하고 아슬레가 따라간다 그러자 남자가 책에서 눈을 떼고는 여기 머물지 않으실 모양이군요, 라고 말하고는, 하지만 어딘가 머물 곳이 필요하다는 걸 깨닫게 되실 겁니다, 그래요, 두 분은 돌아오시게 될 겁니다, 라고 말한다. 그리고 알리다가 문을 열고 아슬레가 문을 잡아 주며 그들이 밖으로 나와 거리에 서 있게 되자 알리다가 저기선 묵을 수 없어, 저 여인숙에서는, 당신 아무것도 알아채지 못했던 거야, 저기 앉은 남자의 눈길을 알아채지 못했던 거냐고, 그 눈길이 뭘 의미하는지 몰랐던 거야, 당신 아무것도 안 보여, 아무것도 알아채지 못한 거야, 나만 알아보는 거야, 라고 묻는다 그러나 아슬레는 그녀가 무슨 말을 하는 것인지 이해하지 못한다

당신이 너무 피곤하잖아, 몸이 너무 젖어서 추우니까, 그리고 난 당신한테 방을 구해 주어야 하는걸, 아슬레가 말한다

그치만, 알리다가 말한다

그러고서 아슬레와 알리다는 빗속을 천천히 걸어 인스테 거리 아래로 내려가기 시작해 탁 트인 곳으로 나가 계속 앞으로 걸어간다, 한 걸음 또 한 걸음, 그러고는 어느 집 문 앞의 계단을 돌았을 때 거리가 끝나는 출구에서 보겐이 보이고 그 거리에 다다르자 선착장이 마주 보이는데 그들 앞에 웬 늙은 여인이 걸어간다, 아슬레는 그녀가 오는 것을 알아차리지 못하다가 뒤늦게 그녀가 그들 앞에서 걸어가는 모습을 발견한다, 그녀는 바람, 추위 그리고 비에 맞서며 몸을 둥글게 웅크린 채 계속해서 길을 가고 있다, 그녀가 어디서 나타난 거지, 정말 갑자기 나타난 것 같아, 어딘가 저기 앞에 있는 작은 거리에서 나온 게 틀림없어, 그래서 못 본 거야, 그랬던 게 분명해

저기 우리 앞에 있는 여자, 그녀가 어디에서 왔을까, 알리다가 말한다

나도 똑같은 생각을 했어, 아슬레가 말한다

갑자기 그녀가 저기에 있더라고, 그가 말한다

응, 저기 앞에 있는 거리에서 갑자기 나타났어, 알리다가 말한다

당신 정말 피곤하지, 정말로 피곤하지, 아슬레가 말한다

응, 알리다가 말한다

그들 앞에 있던 그 늙은 여인이 걸음을 멈추더니 커다란 열쇠

를 꺼내 어두운 저편에 있는 작은 집 현관문 자물쇠에 열쇠
를 넣고는 문을 열고 안으로 들어간다 아슬레가 우리가 물어
봤던 첫 번째 집인 것 같다고 말하자, 알리다도 그렇게 생각한
다고 말한다 그러자 아슬레가 서둘러 다가가 문의 손잡이를
잡고서 문을 당긴다

우리가 머물 방이 있을까요, 그가 말한다
그 여인은 머릿수건에서 물이 뚝뚝 얼굴로 흘러내리는 모습
으로 천천히 아슬레에게 몸을 돌리더니 아슬레의 얼굴에 촛
불을 들어 올리고는

아니 또 당신이로군, 그 여인이 말한다
오늘 아까도 이미 물어봤었지, 그녀가 말한다
내가 뭐라고 했는지 기억이 안 나는가 본데, 그녀가 말
한다

기억을 잘 못하는 겐가, 그녀가 말한다
당신이 묵을 방이라고, 그녀가 말한다
네, 이 밤을 지낼 방이 필요합니다, 아슬레가 말한다
당신이 머물 방 따윈 없어, 그 여인이 말한다
내가 몇 번을 말해야 돼, 그녀가 말한다
그러자 아슬레가 문을 열어 잡고 알리다를 향해 고개를 끄덕
이자 그녀가 문 입구에 다가와 선다

그러니까 방이 필요한 게 당신들 두 사람이로군, 그 여인이 말한다

그건 이해하겠지만, 그녀가 말한다

그전에 미리 생각을 해 두었어야지, 그녀가 말한다

그런 식으로 마구 들이닥치기 전에, 그녀가 말한다

밤새 밖에서 배회할 수는 없어요, 아슬레가 말한다

아무렴, 이렇게 비 내리는 늦가을에 누가 그러겠어, 그 여인이 말한다

지금 이렇게 비도 오고 이렇게 추운데 안 되지, 그녀가 말한다

지금처럼 이런 늦가을의 벼리빈에서는 안 될 말이야, 그녀가 말한다

우린 아무 데도 갈 데가 없어요, 알리다가 말한다

그전에 미리 생각을 했었어야지, 그 여인이 말한다

그런데 그때는 생각을 안 했잖아, 그녀가 말한다
그러더니 그녀가 알리다를 쳐다본다

그땐 딴 데 정신이 팔려 있었나 보구먼, 그녀가 말한다

내가 살면서 당신 같은 사람들을 무척 많이 봤어, 그녀가 말한다

이 집엔 끊임없이 늘 그런 사람들이 있었지, 그녀가 말

한다

　　당신은 내가 당신에게 방을 내줘야 한다고 생각하는 게 지, 그녀가 말한다

　　내가 당신과 뱃속의 사생아에게 방을 내어주어야 한다고, 그녀가 말한다

　　내가 어떤 사람일 거라 생각하는 거야, 말한다

　　내가 그런 사람인 줄 알아, 그녀가 말한다

　　아니, 그만 꺼져, 그녀가 말한다

그러면서 그 여인이 촛불을 들지 않은 팔로 그들을 치면서 몰아낸다

　　하지만, 아슬레가 말한다

　　하지만이라는 것은 없어, 그 여인이 말한다

그리고 그녀가 알리다를 쳐다본다

　　이 집에 당신 같은 사람을 이미 아주 많이 들였었어, 그 여인이 말한다

　　당신 같은 그런 여자들, 그녀가 말한다

　　당신 같은 여자들은 추위에 떨며 돌아다니는 것만큼 좋은 게 없어, 그녀가 말한다

　　그런 바보 같은 짓을 하다니, 그녀가 말한다

　　생각 좀 해보라고, 그녀가 말한다

그러자 아슬레가 알리다의 어깨에 한 팔을 올리고는 그녀를 현관 안으로 들어오게 한 다음 문을 닫는다

아니, 이봐, 그 여인이 말한다

아니, 지금 내가 또 이런 일을 당하다니, 하나님 맙소사, 그녀가 말한다

아슬레가 보따리와 바이올린 가방을 현관에 내려놓은 다음 그 여인에게 다가가 촛대를 잡고 여인의 쥔 손을 풀고는 그 자리에 서서 촛불을 알리다에게 비춘다

분명히 크게 대가를 치르게 될 거야, 그 여인이 말한다

저리 비켜, 그녀가 말한다

그러자 아슬레가 그녀를 가로막는다

들어가, 알리다, 그가 말한다

그러면서 아슬레는 현관에 있는 문들 가운데 하나를 열어 안으로 불을 밝힌다

부엌으로 들어가도록 해, 그가 말한다

그러나 알리다는 그냥 서 있다

그렇게 하라니까, 부엌으로 들어가, 아슬레가 말한다

그러자 알리다가 열려 있는 문으로 들어간다 그리고 창가 옆에 있는 탁자에 꺼진 촛불이 서 있는 것을 보고는 탁자로 다가가 자루를 올려놓고 촛불을 켠다 그러고는 탁자 옆의 등 없

는 의자에 앉아서 열려 있는 문을, 그리고 현관에서 그 여인이 소리치지 못하도록 입을 막고 서 있는 아슬레를 쳐다본다 그런데 아슬레가 문을 닫아 버리자 알리다는 다리를 탁자 아래로 뻗고서 여러 차례 무겁게 숨을 내쉬고는 촛불 근처에 손을 가져다 댄다 그러자 따스함이, 그 따스함으로 인해 뜻밖의 행복감이 팔과 다리에 퍼지고 그녀의 눈에서는 눈물이 흐른다 그리고 그녀가 앉아서 불빛 안을 들여다보는데 그녀는 너무 피곤하고, 너무 피곤하고, 그리고 그녀의 몸은 너무 차갑고, 너무 차갑다. 알리다는 천천히 일어나 촛불을 들고 벽난로 쪽으로 다가가서 벽난로 근처의 상자에 있는 장작을 집어 벽난로에 밀어 넣어 불을 붙이고는 벽난로 근처에 선다. 너무 피곤해서 난 내가 어딨는지도 모르겠어. 그리고 배도 고파, 그렇지만 음식은 있어, 아주 많이, 얼른 뭔가 먹어야겠다, 벽난로가 좀 데워지기 시작하자 그녀는 팔을 벽난로 위로 뻗어 다시 무겁게 숨을 내쉰 다음 벽을 따라 놓여 있는 침상을 바라보고 그곳으로 다가가 머리 위로 치마를 끌어올리고는 침상에 놓여 있던 담요 안으로 웅크리며 들어간다 그녀는 누워서 눈을 감고 거리 밖에서 내리는 빗소리를 듣다가 촛불을 불어 끈다 그런데 끽끽거리며 바퀴에서 나는 듯한, 마치 거리 밖의 포석에 바퀴가 끼는 소리 같은 것이 들린다 그리고 그녀는 안

개가 살짝 걷히며 해가 비집고 나와 그녀 앞에 펼쳐진 바다가
고요히 반짝거리는 모습을 바라본다 그러고 나서 그녀는 거
리 밖을 걷고 있는 아슬레의 모습을 보는데 그는 뒤로 통이
몇 개 실린 수레를 끌고 있다 알리다는 그녀 곁에 서 있는 아
이의 검고 숱이 많은 머리에 자신의 손을 갖다 대고는 머리카
락을 헝클면서 사랑스러운 우리 꼬마 시그발이라고 말하며
어린 아들 시그발에게 노래를, 아버지 아슬락이 그녀를 위해
불러 주었던 노래들 가운데 하나를, 지금 그녀가 아들 시그발
을 위해 불러 준다. 그러자 시그발이 검고 큰 눈망울로 그녀
를 쳐다본다 그리고 그녀는 바다를 향해 열려 있는 피오르,
바람이 전혀 불지 않아 반짝거리는 고요한 바다를 배 한 척
이 노 저어 가는 모습을 그리고 반짝이던 별 하나가 어둠 속
으로 사라지는 모습을 본다. 별은 없다. 사라져 버렸다. 그러
고 나서 그녀가 어떤 목소리를 듣고 눈을 뜨자 아슬레가 그
곳에 서 있는 모습이 보인다

잤구나, 그가 말한다

응, 내가 잠들어 버렸나 봐, 알리다가 말한다
그리고 그녀는 손에 촛불을 들고 침상 옆에 서 있는 아슬레
를 보는데 그녀가 촛불 속에서 볼 수 있는 것은 그의 검은 눈
동자뿐이고 그녀는 그 눈동자 속에서 그녀가 어렸을 적, 아버

지 아슬락이 사라져 영원히 집을 떠나기 전에, 그가 그녀를 위해 노래를 불러 주었던 목소리를 본다

우리 뭐 좀 먹을까, 아슬레가 말한다

난 배가 고픈데, 그가 말한다

나도 배가 고픈 것 같아, 알리다가 말한다

그리고 그녀가 침상에서 일어나 앉는데 이제 부엌 안은 데워져서 따스하고 포근하고, 그녀는 담요를 걷어내고 크고 둥근 배 위로 가슴이 무겁게 솟은 모습으로 앉아서 아슬레가 옷을 벗는 모습을 본다 그가 그녀 옆에 앉아 자신의 팔을 그녀의 어깨에 두르고 그들은 그 자리에 누워 서로를 끌어당기고 담요를 덮는다

먼저 조금만 쉬자, 아슬레가 말한다

얼마인지는 모르지만 당신은 거의 한숨도 못 잤잖아, 알리다가 말한다

응, 그가 말한다

무척 피곤하겠다, 그녀가 말한다

그래, 아슬레가 말한다

배가 고픈데, 당신도 배고프지, 알리다가 말한다

응, 무척 배고파, 그가 말한다

먼저 좀 쉬자, 그런 다음에 밥을 먹자, 그가 말한다

그리고 아슬레와 알리다는 서로 가까이 누워 서로를 껴안는다 그리고 아슬레는 멋지게 유유히 앞으로 나아가는 배를 본다, 저기, 저기 벼리빈이 있어, 벼리빈의 집들이 보여, 이제 금방 우린 저기 도착할 거야, 이제 우린 마침내 도착했어, 그리고 그는 배 앞쪽에 앉아 있는 알리다를 바라본다, 이젠 모든 게 다 괜찮아, 우린 해냈어, 지금 우린 벼리빈에 도착했고 이제 우리 삶을 시작할 거야, 그리고 그는 알리다가 일어나 배 앞쪽에 우뚝 서 있는 모습을 바라본다, 그리고 아슬레는 자신이 가야 할 길이 정해졌음을 느낀다, 중요한 건 내가 아냐, 크게 떠오르는 것, 그게 중요한 거야, 바이올린 연주가 내게 가르쳐 주었어, 그걸 아는 게 바로 연주자의 운명이야, 크게 떠오르는 것, 나에게 그것은 알리다야

Ⅱ

아슬레와 알리다는 벼리빈의 인스테 거리에 있는 작은 집 안 부엌의 침상에 누워서 잠을 자고 또 잠을 자고, 잠을 자고 또 잠을 잔다 그러다 아슬레가 잠에서 깨어 눈을 뜨고 방 주변

을 둘러보는데 자신이 어디에 있는 건지 바로 알아차리지 못
하다가 옆에 누워서 입을 벌리고 잠들어 있는 알리다를 쳐다
보고는 기억을 떠올린다 부엌이 춥고 우중충하여 그는 일어
나 촛불을 켠 다음 기억을 떠올리고 또다시 기억을 떠올려
본다 그리고 벽난로에도 장작을 넣어 불을 붙이고 다시 알리
다의 담요 아래로 들어가 알리다 가까이에 몸을 붙이고 눕는
다 그는 벽난로에서 불꽃이 튀기고 타는 소리, 거리 쪽과 지
붕 위에서 비가 내리는 소리를 듣는다. 배가 고프네, 그렇지
만 브로테에 있는 헤르디스의 집 식료품 저장실에서 음식을
많이 가지고 왔어, 그러니 부엌이 좀 따뜻해지고 나면 일어나
서 음식을 가져와야겠다, 그다음엔, 오늘 늦게는 광장과 선착
장에 가서 일할 게 있나 찾아봐야지, 분명 일거리를 찾을 수
있을 거야, 그리고 돈도 좀 벌 수 있을 거고, 그리고 아슬레가
알리다를 쳐다보는데 그녀는 막 잠에서 깬 것 같다

깼구나, 아슬레가 말한다

거기 있구나, 알리다가 말한다

응, 나 여기 있어, 아슬레가 말한다

안심이다, 알리다가 말한다

그리고 그들은 그 자리에 누워서 방을 둘러본다

벌써 벽난로에 불을 붙였네, 알리다가 말한다

응, 맞아, 아슬레가 말한다

그들은 그 자리에 누운 채로 아무 말이 없다가 아슬레가 가서 먹을 음식을 좀 꺼내 올까, 라고 묻자 알리다가 어서 그렇게 하자, 라고 말하고 그러자 아슬레가 음식을 가져온다 그들은 침대에 앉아 음식을 먹고는 침대에서 일어나 이제 마른 그들의 옷을 입는다 그러고는 뷜리야의 보트하우스에서 가져온, 그들이 가진 모든 것인 보따리 두 개를 푼다

당신, 이 집 둘러봤어, 알리다가 말한다

아니, 아슬레가 말한다

알리다가 가장 가까이 있는 문을 열자 아슬레가 촛불을 들고 안으로 들어가는데 벽에 멋진 그림들이 걸려 있고 탁자와 의자들이 있는 작은 거실이 보인다. 그리고 문이 하나 있어 알리다가 그 문을 열고 아슬레가 촛불을 들고 들어가자 담요가 얹혀 있고 잘 정리된 침대가 딸린 작은 침실이 그들의 눈에 들어온다

이 집은 아주 예쁘고 아담한 집이야, 알리다가 말한다

맞아, 아슬레가 말한다

그래, 예쁘고 아담한 집이야, 알리다가 말한다

그런데 그녀가 앞으로 몸을 구부리고는 갑자기 너무 아파, 너무 아파, 갑자기 뭐에 맞은 것처럼 배가 너무 아파, 배가 엄청

나게 아파, 아마, 아마 이제 아이가 나올 건가 봐, 라고 말하며
겁에 질려 아슬레를 쳐다본다 그러자 그가 그녀의 어깨를 붙
잡고는 침실 안의 침대에 뉘이고 그녀 위로 담요를 덮어 주는
데 알리다가 웅크리고 소리를 지르며 몸을 비틀면서 지금 아
이가 나올 것 같으니까 와서 도와줄 사람을 아슬레가 찾아야
한다고 말한다

　도와줄 사람, 그가 말한다

　난 아이를 낳게 될 거야, 그녀가 말한다

　당신이 산파를 구해 와야 해, 그녀가 말한다

　알았어, 라고 아슬레가 말한다

그리고 그는 이제 차분하게 누운, 여느 때와 같은 모습의 알
리다를 쳐다본다

　난 아이를 낳게 될 거니까 당신이 도와줄 수 있는 사람
을 구해 와야 해, 그녀가 말한다

　누구를, 아슬레가 말한다

　나도 몰라, 알리다가 말한다

　하지만 꼭 찾아야 해, 그녀가 말한다

　이렇게 큰 도시 벼리빈에는 나를 도와줄 수 있는 사람
이 분명히 있을 거야, 그녀가 말한다

　응, 아슬레가 말한다

산파 말이지, 그가 말한다

그리고 알리다가 침대에서 비명을 지르며 몸을 비틀고 뒤집는다 그런데 누구한테, 누구한테 물어봐야 하지, 여기 벼리빈에, 큰 도시 벼리빈 전체에 내가 아는 사람은 아무도 없는데, 그런데 알리다가 여느 때와 같은 모습으로 다시 차분하게 누워 있다

그래, 당신이 사람을 데려와야 해, 알리다가 말한다

그리고 또다시 그녀가 비명을 지르더니 몸을 들어 올려 담요 밑에서 배를 꼿꼿이 들어 올린다

그래, 알았어, 얼른, 아슬레가 말한다

그리고 그는 부엌으로 나가 현관을 나서 거리로 나가는데 밖의 인스테 거리는 흐리고 어둑어둑하고 비가 내리고 있고 한 사람도 보이지 않는 것이, 물론, 어제는 거리에서 아주 많은 사람들을 볼 수 있었지만, 지금은 단 한 사람도 보이질 않는다, 그렇지만 난 반드시 알리다를 도울 사람을 찾아야 해, 거리를 내려가 길 끝까지 가서 광장으로 내려가야겠어, 거기서 누군가 찾을 수 있을지 몰라, 그리고 그가 거리 끝에 이르러 광장 쪽을 바라보는데 거기에, 바로 눈앞에, 어제 만났던 그 남자가, 지팡이를 들고 높은 모자를 쓰고 턱수염이 나고 긴 검정색 외투를 입은 남자가 반대편에서 곧장 걸어오고 있는

81

잠 못 드는 사람들

것이 눈에 들어온다. 단 몇 미터 앞에서 그 남자가 다가오고
있자 아슬레는 그에게 도움을 청할 수 있겠다 싶어 그 남자
를 향해 걸어가 그를 쳐다본다

이보세요, 아슬레가 말한다

네, 그 남자가 말한다

저기, 아슬레가 말한다

네, 그 남자가 말한다

저 좀 도와주실 수 있을까요, 아슬레가 말한다

글쎄, 어쩌면 도와줄 수 있을지도 모르지요, 그 남자가
말한다

제 아내가 아이를 낳으려 합니다, 아슬레가 말한다

난 산파가 아니오, 그 남자가 말한다

하지만 도움을 청할 수 있는 곳이 어딘지는 아시잖습니
까, 아슬레가 말한다

그러자 그 남자는 그 자리에 서서 아무 말도 하지 않다가

그래요, 이 거리 위쪽에 늙은 여인이 살고 있소, 그가 말
한다

그 여인이 분명 그런 걸 알고 있을 거요, 그가 말한다

그녀한테 물어봐야겠군, 그가 말한다

그러고서 그 남자는 인스테 거리를 향해 천천히 짧은 걸음으

로, 잇따라 지팡이를 앞으로 옮기면서 한 발 한 발 천천히 위엄을 갖추고서 앞으로 걸어가기 시작한다 아슬레는 약간 뒤에서 그를 따라가며 그 남자가 지금 알리다가 침실에 누워서 비명을 지르며 몸을 비틀고 있는 그 작은 집을 향해 걸어가는 것을 바라본다 그 남자는 아슬레와 알리다가 늦가을의 비와 바람 그리고 어둠을 피하기 위해 발견한 그 집 앞에 멈추더니 문을 두드리고 그 자리에 서서 기다린다 그러다가 아슬레를 향해서 몸을 돌리더니 산파 여인이 집에 없는 모양이군요, 라고 말하고는 다시 한번 문을 두드리고 그 자리에 서서 기다린다

없는가 보군, 그 남자가 말한다

산파 여인이 집에 없나 봅니다, 그가 말한다

다른 사람을 찾아봐야겠는데, 그가 말한다

그래, 스쿠테비카에 다른 산파 부인이 있소, 그가 말한다

옳지, 그가 말한다

광장으로 가서, 선착장으로 나간 다음 외곽 쪽으로 계속해서 걸어가시오, 스쿠테비카에 닿을 때까지, 거기서 다시 물어보시오, 그 남자가 말한다

아슬레는 고개를 끄덕이며 고맙다고 말하고는 몸을 돌려 다시 거리를 따라 걸어간다 광장에 이른 다음 광장을 가로지르고 선착장을 지나 계속해서 외곽 쪽으로 걸어가는데 비가 내

리고 춥지만 아슬레는 걸어간다 그리고 스쿠테비카를 발견하고 길을 물어보아 마침내 산파 부인의 집이 어디인지 알게 되어 그녀의 집 문을 두드리자 그녀가 문을 연다, 그리고 그녀가 그를 따라가겠다고 말하여 그들은 인스테 거리에 있는 작은 집으로 향한다

당신의 부인이 있는 곳도 산파네 집이에요, 산파 부인이 말한다

그런데 그 산파 여인이 어찌 할 수 없다면, 나도 손을 쓸 수가 없어요, 그녀가 말한다

그리고 아슬레가 문을 열고는 촛불에 불을 붙이고 거실로 들어가는 문을 열자 산파 부인이 거실로 들어간다

그녀가 침실에 누워 있나요, 산파 부인이 말한다

아슬레가 고개를 끄덕이며 네, 라고 말하는데, 지금은 아주 조용하고 침실에서는 아무 소리도 들리지 않는다

여기에 그냥 있어요, 산파 부인이 말한다

그녀가 촛불을 들고 침실루 걸어가서 문을 열고는 안으로 들어간다 그녀가 문을 닫은 뒤로 모든 것이 조용해지며, 고요한 바다만이 그럴 수 있을 정도로 아주 조용해지며 시간은 흐르는 듯도 멈추어 버린 듯도 하고 침실에서는 아무것도 들리지 않는다 그런데 문을 두드리는 소리가 들려 아슬레가 현관으

로 나와 문을 여니 높은 모자를 쓰고 얼굴에 턱수염이 나고 긴 지팡이를 들고 긴 외투를 걸친 그 남자가 그 자리에 서 있는 것이 보인다

여기 있었군, 그 남자가 말한다

네, 아슬레가 말한다

아내가 막 아이를 출산하려고 해요, 그가 말한다

그런데 산파 여인은 집에 없었잖소, 그 남자가 말한다 그러자 아슬레는 뭐라고 말해야 할지 모르다가

그분 말고요, 다른 산파가 와 있어요, 그가 말한다

잘 이해가 안 되는군, 그 남자가 말한다

그런데 마치 세상이 개벽하는 듯 엄청난 비명 소리가 들려오더니 여러 차례 이어진다, 그러자 그 남자는 머리를 흔들고 천천히 인스테 거리 위쪽으로 걸어가 버리고, 아슬레는 밖으로 나와서 인스테 거리 아래쪽으로 내려가 광장을 지나 선착장을 따라 걷고 또 걷는다 그러다가 광장으로 돌아온 다음 인스테 거리 쪽으로 다시 서둘러 올라가 작은 집에 들어서는데 산파 부인이 부엌의 탁자에 앉아 있다

그래요, 이제 당신은 아빠가 되었어요, 그녀가 말한다

아주 잘생긴 아들이에요, 그녀가 말한다

그러고는 산파 부인이 일어나서 침실로 다가가 방문을 열다

가 아슬레를 쳐다보고는

그런데 그 산파 여인이 어디에 있는지 모르나요, 산파 부인이 말한다

네, 아슬레가 말한다

아무튼 이제 방으로 들어가 봐요, 그녀가 말한다

아슬레가 방으로 들어가자 알리다가 침대에 누워서 검은 머리가 난 조그마한 아이를 겨드랑이 근처에 끼고 있는 것이 보인다

이제 아기 시그발이 태어났네, 아슬레가 말한다

그리고 알리다가 끄덕이는 것을 쳐다본다

이제 아기 시그발이 세상에 나왔어, 그가 말한다

그리고 아슬레는 아기 시그발이 눈을 빠끔히 뜨고서 검고 반짝이는 눈빛을 그에게로 향하는 것을 본다

아기 시그발이야, 그래, 알리다가 말한다

아슬레가 그 자리에 선 채 시간은 흐르는 듯도 흐르지 않는 듯도. 그러다가 산파 부인이 스쿠테비카로 다시 가 봐야 할 것 같다고, 그녀가 더 이상 있을 필요는 없는 것 같다고 말하는 소리가 들려온다 아슬레는 그저 그 자리에 서서 알리다를 쳐다보고 알리다는 누워서 아기 시그발을 쳐다보고 또 쳐다본다 그러다가 아슬레가 앞으로 다가가서 아기 시그발을 공

중에 들어 올린다

그래, 과연, 아슬레가 말한다

이제 다시 우리만 있네, 알리다가 말한다

당신과 나, 아슬레가 말한다

그리고 아기 시그발, 알리다가 말한다

올라브의 꿈

◆

이 굽은 길을 걷다가 모퉁이를 돌면 피오르가 눈에 들어올 거야, 하고 올라브는 생각한다. 이제 난 아슬레가 아니라 올라브야. 그리고 이제 알리다는 알리다가 아니라 오스타고. 이제 우린 오스타와 올라브 비크야, 하고 올라브는 생각한다. 오늘 난 벼리빈에 가서 할 일을 해야 해. 그리고 저 모퉁이를 돌면 이제 반짝이는 피오르가 보이겠지, 이제야 보는구나, 오늘은 피오르가 반짝거리니까. 그래, 가끔씩 저 피오르는 반짝반짝 빛이 나. 그리고 반짝일 때면 산들이 피오르에 비쳐 보이고 그 모습 너머로 피오르는 신비로운 푸른빛을 띠지. 그리고 피오르의 푸른 반짝거림은 거의 눈에 띄지 않게 하늘의 쪽빛 그리고 흰빛과 어우러지는 것 같아, 하고 올라브는 생각한다. 그런데 저만치 앞에 어떤 남자가 그의 눈에 들어온다. 누구지, 내가 저 남자를 알던가, 어쩌면 전에 본 적이 있는지도 몰라, 구부정한 걸음새가 뭔가 관련이 있는 듯한데, 그렇지만 확실히 전에 봤던가 하면, 아니, 그렇지는 않았던 것 같아, 그런데 왜 저 남자는 바르멘의 이 길을 따라 걷고 있는 거지, 여긴 한 번도 사람이 있었던 적이 없어서 저 남자는 갑자기 나타난 것만 같아, 그리고 지금 내 앞길을 걷고 있군, 저 남자는 체구가 크지 않고 오히려 무척 작아 보여, 그리고 검은 옷을 차려입고 조금 구부정하게, 느릿한 걸음으로 구부정하게, 그런 식으로 걸어, 마치 걷다가 생각하다가 하는 것처럼, 그렇게 걸어, 그리고 머리에는 잿빛 두건을 쓰고 있어, 그런데 왜 저렇게 느리게 걷는 거지, 저자는 느리게 걷고 있는 게 분명해, 내가 아무리 느리게 걸어도 점점 가까워지고 있으니까, 난 느리게 걷고 싶지 않은데, 난 가능한 한 빨리 걷고 싶어, 가능한 한 빨리 벼리빈에 가서 할 일을 하고 다시 집으로, 오스타와 아기 시그발한테 돌아가고 싶어, 아무 일도 아닌 것처럼 그냥 저 남자를 지나칠 수 있을까, 그럴 수 있을까, 꼭 그래야 할 텐데, 하고 올라브는 생각한다, 내가 아무리 느리게 걸어도 점점 저 남자한테 가까워지고 있어, 저 남잔 왜 여기 와 있을까, 아무도 여기 온 적이 없는데, 우리가 바르멘에 살게 된 이후로는 한 번도 누가 여기 온 적이 없어, 그런데 왜 저 남자가 이 길에서 내 앞을 걷고 있는 걸까, 꼭 장애물 같아, 내가 평상시의 걸음대로 착실하게 걸었다면 한참 전에 저남자를 따라잡았을 테니까, 내가 하고 싶은 대로 최대한 빨리 걸었다면 훨씬 시간이 적게 걸렸을 거야, 그럼 난 저 남자를 따라잡았을 테지, 내가 저 남자를 따라잡으려면, 저 남자를 지나쳐야 할 텐데 그건, 저 남자를 지나치는 건, 아냐, 난 그건 원치 않아, 그랬다간 저 남자가 날 보게 될 테고 어쩌면 저 남자가 나한테 말을 걸거나 날 알아볼지 몰라, 어쩌면 내가 저 남자를 알고 있거나 전에 만난 적이 있을지 모르니까, 그럴 수 있어, 아니면 적어도 저 남자는 날 알아볼지도 모르지, 내가 저 남자를 몰라보더라도 저 남자는 날 알고 있을지 몰라, 그래, 물론이야, 그리고 어쩌면 저 남자가 날 보러 여기 왔을지도 몰라, 날 찾기 위해서, 어쩌면 날 찾기 위해서 저 남자가 여길 걷고 있는지도 몰라, 저 남자는 어디선가 날 찾다가 또 다른 곳으로 가는 길인지도 몰라, 하고 올라브는 생각한다, 갑자기 그런 느낌이 들어, 저 남자가 쫓고 있는 게 나라고, 그렇지만 왜, 어째서 저 남자가 날 찾고 있을까, 어떻게 그럴 수 있지, 그리고 어째서 저 남자는 저렇게 느리게 걷는 거야, 하고 올라브는 생각한다, 그리고 그는 더욱더 천천히 걷기 시작하며 푸른빛으로 반짝이는 피오르를 바라본다, 마침내 피오르가 이렇게 반짝이는 날에, 어째서 저 남자가 내 앞길을 걷고 있는 거야, 검게 차려입고, 작고, 구부정하고, 잿빛 두건을 쓴 남자가 말이야, 저 남자가 나한테 바라는 게 뭘까, 그게 뭐든 분명 좋은 일은 아닐 거야, 그렇지만 그럴 리가 없지, 당연히 저 남자는 나한테 아무것도 바랄 게 없을 테니까, 무슨 이유로 저 남자가 날 찾으러 여기 와 있겠어, 왜 난 그런 생각을 하는 거지, 무슨 생각을 하는 거야 난, 하고 올라브는 생각한다, 저 남자가 날 돌아보진 않았으면, 저 남자가 날 알아보는 건 원치 않으니까, 그러나 그 남자는 너무 천천히 걷고 있고 그래서 올라브 역시 천천히 걷는다, 그리고 그가 멈춰 서면, 올라브도 멈춰 선다, 난 이렇게 멈춰 서 있을 순 없는데, 난 벼리빈에 가는 길이라구, 가능한 한 빨리 곧장 벼리빈에 가서 할 일을 마치고 집으로 다시 돌아가고 싶단 말이야, 그러니 난 이렇게 멈춰 서서 저기 앞에 선 남자를 바라보고 있을 순 없다고, 이렇게 서 있는 것보다 뛰기 시작하는 게 나을 거 같아, 난 뛰어서 저 남자를 지나쳐야 할 거야, 만약에 저 남자가 나한테 고함을 지르면 대답하지 말아야지, 가능한 한 빨리 뛰어서, 달려서 그를 지나치는 거야, 그를 지나치는 거라고, 이렇게 계속 서 있을 순 없으니까, 결코, 난 늘 일정한 걸음으로 걸었어, 달리지 않는 한은, 그럴 일도 있었으니까 가끔은 뛰었지, 그렇지만 그런 일은 자주 일어나진 않았어, 아냐, 난 못하겠어, 하고 올라브는 생각한다. 그러고서 그는 일정하게 평소의 걸음대로 걷기 시작한다. 그리고 그는 그 남자에게 점점 더 가까워져 가고 곁에까지 다가선다. 그리고 그 남자 곁을 지날 때, 그 남자가 올라브를 쳐다보고 올라브는 그가 어떤 노인인 것을 알아차린다. 그런데 그 노인이 걸음을 멈춘다

아니, 이 녀석 좀 보게, 노인이 말한다

그가 크게 숨을 몰아쉬고는

그래, 그 녀석이로군, 그가 말한다

그러나 올라브는 그저 계속해서 길을 간다. 이 노인은 어딘가 낯설지 않아. 그런데 전에 어디서 그를 봤지, 뒬리야에서였나, 뵈리빈이었나. 적어도 여기 바르멘에서는 아니야, 그건 확신해. 여기선 아무도, 적어도 오늘까진 아무도 본 적이 없으니까

그래, 그 녀석이야, 노인이 말한다

노인이 그를 알아보는 것 같아서 올라브는 계속 길을 가며 돌아보지 않는다

자네 날 못 알아보겠나, 노인이 말한다

이봐, 아슬레, 그가 말한다

자네하고 얘기 좀 하고 싶은데, 그가 말한다

자네한테 물어보고 싶은 게 있다구, 그가 말한다

내가 여길 걷고 있는 이유가 바로 자네 때문이라고 말

할 참이었단 말이지, 그가 말한다

날세, 자네 날 알아보겠지, 그렇지, 그가 말한다

아슬레, 기다리게, 그가 말한다

멈춰 보라니까, 아슬레, 그가 말한다

분명 날 기억하지, 라고 그가 말한다

우리가 마지막으로 만났던 때를 기억 못하는 겐가, 그가 말한다

분명 날 기억할 텐데, 그가 말한다

그래, 기억하잖나, 그가 말한다

멈추고 이제 나랑 좀 얘기 좀 하세, 내가 자넬 만나려고 여기에 왔다네, 그가 말한다

자넬 찾아보려고 길을 나섰어, 그래 솔직하게 말하면, 자네들 둘 다, 그가 말한다

이곳 어딘가에 살고들 있다고 들었는데, 어느 집에 사는지 못 찾겠더란 말이지, 그가 말한다

아슬레, 아슬레, 이제 멈춰 보라구, 그가 말한다

올라브는 그 노인이 누구인지 떠올리기 위해 온 신경을 집중한다. 왜 날 아슬레라고 부르면서 얘기를 하러 왔다고 하는 거지, 그리고 올라브는 가능한 한 빨리 걸으면서 빨리 저 노인에게서 떨어져야겠다고 생각한다. 내가 나에게 바라는 건, 달

95

올라브의 꿈

리는 것밖에 없어. 아냐, 난 뛰고 싶지 않아. 그냥 걷자, 가능한 한 빨리 걷는 거야. 저 노인은 굼뜬 걸음으로 무척 느리게 걸으니까. 그리고 저 사람은 자기가 나를, 우리를 찾으러 왔다고 말했으니까, 하고 올라브는 생각한다. 그가 그렇게 말한다면, 그건 사실일 거야. 아니면 단지 날 겁주기 위해, 날 멈춰 세우려고 하는 말인지도 모르지만, 그렇다면 내 이름은 어떻게 알고 있을까, 하고 그는 생각한다. 그렇지만 저 노인은 무척 작고 구부정해. 그러니 필요하면 언제라도 내가 감당해 낼 수 있어, 하고 올라브는 생각한다

이 녀석 얼마나 서두르는지 좀 보게, 노인이 말한다

기다리라니까, 그가 말한다

그는 올라브를 따라오며 거의 외쳐 대고 있는데, 그의 목소리는 가느다랗고 외칠 때의 목소리는 마치 울부짖는 소리 같다. 그러나 올라브는 그냥 계속 걸어가며 아니, 대답하지 않겠어, 대답하지 않을 거야, 하고 그는 생각한다

그래, 얘기 좀, 그래, 내가 말 좀 하자니까, 라고 노인이 말한다

난 돌아보지 않을 거야, 하고 올라브는 생각한다. 지금 저 노인과의 거리는 꽤 벌어져 있어. 이제 난 평소 걸음대로, 그래, 빠르게 계속 걸어가는 거야, 하고 그는 생각한다. 그러다가 살

짝, 아주 잠시 고개를 돌린다

뭐가 그렇게 바쁜지 얘기 좀 해봐, 노인이 말한다

기다려, 기다리라구, 그가 말한다

나 생각 안 나, 그가 말한다

기억이 안 나느냐고, 그가 말한다

참 나, 그건 아닐 텐데, 그가 말한다

분명 날 기억할 텐데, 그가 말한다

그러니까 서 봐, 그가 말한다

멈추라고, 아슬레, 그가 말한다

맷돌 가는 듯하고 투덜거리는, 거의 외치는 듯한 큰 목소리로
그가 이야기하자 올라브가 멈춰 서서 노인을 향해 몸을 돌린다

귀찮게 하지 마세요, 올라브가 말한다

알았어, 알겠다고, 노인이 말한다

그나저나 날 못 알아보겠나, 그가 말한다

네, 올라브가 말한다

그렇다고, 그렇단 말이지, 이거 아주 난놈이구만, 노인
이 말한다

그 순간 올라브는 가슴이 철렁했고 몸에 힘이 풀리는 것을 느
꼈다 그리고 그 노인에게서 몸을 돌리며 생각했다, 또 뭔가 일
이 잘못됐어, 늘 이래, 왜 난 노인더러 귀찮게 하지 말라는 식

으로 말한 거지, 왜 난 늘 그런 식으로 말하는 거야, 그가 뭘 잘못했다고, 어째서 있는 그대로 적절하게 말하질 못하는 거야, 난 왜 이 모양일까, 하고 올라브는 생각한다, 전 아닌 것 같은데 잘못 보셨나 보군요라든가, 아니면 잘못 들으셨나 보네요라든가, 아니면 뭐가 됐든, 그나저나 이 노인은 누구지, 하고 올라브는 생각한다 그리고 몸을 돌리는데, 그 노인이 어디 갔지, 바로 저기 있었는데, 내가 그랑 얘기를 나눴는데, 방금 내가 저기서 그를 봤어, 아니었나, 아냐, 분명 그랬어, 그런데 지금 어딨는 거지, 허공으로 사라질 순 없을 텐데, 하고 올라브는 생각한다 그리고 그는 계속해서 걸어간다, 걷는 거야, 난 지금 벼리빈에 가는 길이고 거기서 할 일이 있으니까, 그러고 나면 다시 집으로 돌아가서 오스타와 아기 시그발한테 가는 거야, 그렇게 되면, 내가 집으로 다시 돌아가면, 우린 손가락에 반지를 낄 거야, 우리가 결혼을 하진 않았지만, 적어도 그렇게 보이긴 할 테지, 때문에 바이올린을 팔아 마련한 돈을 여태 남겨 두었으니까, 그걸로 반지를 살 거야, 그러려고 빼 둔 돈이야, 그래, 지금, 지금 이 좋은 날, 저 피오르가 파랗게 반짝이는 날, 난 벼리빈에 가서 반지를 사다가 다시 집으로, 오스타와 아기 시그발에게 가는 거야, 그러고 나면 다신 그들을 떠나지 말아야지, 하고 올라브는 생각한다, 그는 다른 것은 생각하지 않고, 오로지 오스타만, 그녀의 손가락에 끼워 줄 반지만 생각하며 그는 계속 걸어간다. 오스타. 반지. 그가 걸어가면서 생각하는 것은 바로 이게 전부다. 그리고 그는 벼리빈에 도착해 거리로, 전에는 결코 와 본 적이 없는 그 거리로 내려가는데, 거기, 바로 정면에, 거리가 어느 문에서 끝나는 것이 보인다. 앞으로 몇 미터 떨어진 곳에 하나 있는 문, 그는 갈색의 육중한 그 문 앞으로 다가간다. 그가 문을 열고 갈색 통나무들이 꼭대기에 서로 겹쳐져 있는 어두운 복도 안으로 들어가자 목소리들이 들려오고, 거의 다 걸었을 무렵 빛이 보이는데, 각자 동시에 입으로 떠드는 수많은 목소리들이 들려와 아주 와자지껄하다 계속 복도를 따라가 불빛 안으로 들어가자 반은 불빛에 비치고 반은 연기로 가려진 얼굴들, 눈과 이들 그리고 모자와 두건들이 보이고 모자와 두건들은 식탁에 비좁게 둘러앉았는데, 갑자기 벽들 사이로 웃음소리가 울려 퍼진다 그리고 카운터를 따라 서 있는 몇 사람 가운데 하나가 등을 돌려 그를 뚫어지게 쳐다보자 올라브는 한두 개의 테이블을 지나 몸을 숨기려 하는데, 앞에는 사람들이 비좁게 자리하고 있어 그는 그 자리에 선 채로 어디로도 갈 수 없고 이제는 점점 더 많은 사람들이 그의 뒤에 자리한다. 그래서 그는 그냥 서 있기로 한다. 카운터에 가서 맥주잔을 받으려면 기다려야겠군, 하고 그는 생각한다, 그렇지만 괜찮을 것 같아, 하고 그는 생각한다, 이곳은 그리 나쁘지 않은 것 같아, 여긴 불빛도 있고 웃음소리도 있으니까, 하고 올라브는 생각한다, 그가 그 자리에 그대로 서 있는데 아무도 그가 그곳에 서 있다는 사실을 알아차리지 못한다, 모든 사람들이 자기 일에 바쁘거나 누군가와 이야기하고 있고, 온통 와자지껄해서 목소리 하나도 분간해서 들을 수 없으며 얼굴도 서로 분간하기 어려운 지경이다, 목소리들은 오로지 하나의 와글거리는 목소리 같고 얼굴은 모두 하나의 얼굴 같다, 그런데 잿빛 두건을 머리에 쓰고 맥주잔을 한 손에 든 누군가가 몸을 돌리는데, 올라브가 아침에 바르멘에 있을 때 앞을 걷던 바로 그 사람이다, 지금 그가, 그 노인이 다시 저기 있어, 그 노인이 올라브 쪽으로 걸어오더니 올라브의 얼굴을 똑바로 쳐다본다

어째 자네가 여기 있군, 노인이 말한다

내가 자네보다 먼저 왔구만, 그렇지, 그가 말한다

내가 자네보다 길을 더 잘 아는 모양이야, 그가 말한다

나는 지름길로 왔거든, 그가 말한다

하, 그가 말한다

자네는 빨리 걷더군, 그래, 그가 말한다

그래도 내가 더 빨리 도착했지, 그가 말한다

난 말야, 어디서 자네를 발견할지 명백히 알고 있었거든, 그가 말한다

물론, 난 자네가 선술집에 올 거라는 걸 알았지, 보다시피, 그가 말한다

날 속일 순 없어, 그가 말한다

그렇게 쉽게 늙은일 속일 순 없지, 그가 말한다

자네 같은 사람들을 나는 안다구, 그가 말한다

노인은 맥주잔을 들어 올려 입에 대고 마신 다음 입가를 닦는다

그런 거지, 그가 말한다

올라브는 앞에 자리가 난 것을 보고 다가가는데 등줄기가 곤두서는 것을 느낀다

그래서 이제 맥주 한잔 할 참인가, 노인이 말한다

올라브는 대답을 안 해야겠다고, 한 마디도 하지 않을 거라고 생각한다

그래, 물론 한잔 해야지, 노인이 말한다

그게 필요해서 왔을 테니, 그가 말한다

올라브 앞에 있던 사람이 가슴팍 가까이에 맥주잔을 밀착시키고는 몸을 돌려 자리를 비켜주는데 올라브가 그 사람을 지나쳐 카운터 가까이로 다가갈 때 그 사람은 그 자리에 서서

손에 든 맥주잔을 들어 올려 입으로 가져간다

　　이따 얘기하지, 노인이 말한다

그리고 그는 올라브 바로 뒤에 자리한다

　　내가 기다림세, 그가 말한다

　　한잔 들게, 그러고 나서 얘기하자구, 그가 말한다

　　난 여기 선술집에 있을 테니까, 그가 말한다

올라브가 정면을 바라보자 이제 그와 카운터 사이에는 한 사
람만 남아 있다, 하지만 사람들이 카운터를 둘러싸고 의자에
어깨를 나란히 하고 앉아 있어서 올라브 앞에 선 이는 앉은
두 사람 사이를 비집고 들어가려 하는데 그러자 그들 가운데
한 사람이 카운터로 다가서려는 이의 어깨를 잡아 뒤로 밀친
다 그러자 카운터로 다가서려는 이가 앉아 있는 사람의 어깨
를 쥐어 잡는다 그렇게 그들은 서로를 꽉 붙잡고 서서 무언가
서로 얘기를 주고받는데 하지만 올라브는 그들이 무어라고
하는지 알아들을 수 없다 그러고 나서 그들은 서로를 놓아
주고 앉아 있던 사람이 약간 비켜나자 카운터로 다가서려는
이가 그곳에 다가간다, 이제 내 차례구나, 하고 그는 생각한
다, 저들은 시간 낭비를 하지 않는구나, 하고 그는 생각한다,
이제 나도 잔을 받게 되겠지, 그리고 카운터에 있는 이가 몸
을 돌리는데 그의 맥주잔이 올라브의 가슴에 거의 부딪힐 뻔

하여 그는 몸을 비틀어 맥주잔을 올라브로부터 멀리 옮기고
는 팔을 내저으며 멀어져 간다 올라브는 카운터에 다다라 맥
주를 내리는 사람들 가운데 한 사람을 쳐다보고 그에게 손을
흔드는데 그러자 맥주를 내리는 사람이 올라브에게 맥주잔을
들어 보이고는 올라브 앞에 내려놓는다 올라브는 지폐를 찾
아 맥주 내리는 사람에게 건네고 동전을 거슬러 받은 다음 맥
주잔을 손에 들고 등을 돌리는데 그의 뒤에는 서너 명이 줄
을 서 있어서 그는 옆으로 살짝 비켜나 그 자리에서 맥주잔
을 들어 올려 입가로 가져온다

건배, 한 사람이 말한다
올라브가 고개를 들어 바라보자 그 노인이 맥주잔을 그의 맥
주잔에 부딪쳐 오는 것이 보인다

별로 할 말이 없나, 노인이 말한다

하지만 한잔 하고 나면, 말을 좀 하게 될 테지, 그가 말
한다

기다릴 수 있네, 그가 말한다

그래, 당신은 누구십니까, 누군가 다른 사람이 말한다
올라브가 주위를 둘러보자 거의 하얗게 센 머리 아래로 긴
얼굴이 눈에 들어오는데, 거기 선 그 남자는 아무래도 올라
브보다 나이가 그리 들어 보이지는 않는다

저 말입니까, 올라브가 말한다

예, 그 남자가 말한다

제가 누구냐고요, 올라브가 말한다

막 여기 오셨죠, 그 남자가 말한다

그러자 올라브가 그를 쳐다본다

네, 저는 잠시 벼리빈에 들른 길입니다, 올라브가 말한
다

저도 그렇습니다, 그 남자가 말한다

전에 여기에 오신 적 있나요, 올라브가 말한다

아뇨, 아닙니다, 이번이 처음이에요, 그 남자가 말한다

저는 북쪽 지방에서 왔습니다, 그가 말한다

어제 여기 도착했죠, 그런데 벼리빈은, 그래요, 이보다
더 크고 좋은 도시는 찾기 힘들 겁니다, 그가 말한다

배를 타고 오셨나요, 올라브가 말한다

예, 요트 엘리사호號를 타고, 만선으로요, 그가 말한다

아주 바짝 말린 최상품의 생선을 가득 싣고 왔죠, 그가
말한다

생선 값을 잘 쳐서 받았습니다, 그래요, 우린 두둑이 받
았어요, 그가 말한다

그 가게 주인을 험담하는 건 아닙니다, 그가 말한다

그럼 이제 버리빈에 며칠 머무르겠군요. 올라브가 말한다

그런 다음 집에 다시 돌아갈 겁니다. 그 남자가 말한다

그리고 그가 주머니에 손을 집어넣어 팔찌를 하나 꺼내는데, 샛노란 금에다 아주 새파란 진주가 박힌, 올라브가 이제껏 본 것들 가운데 가장 아름다운 팔찌다

이걸 그녀에게 줄 겁니다. 그가 말한다

그리고 그가 올라브 앞에 그 팔찌를 들어 올린다

집에 약혼한 여자가 있어요. 라고 그가 말한다

아니, 정말 아름다운 팔찌로군요. 올라브가 말한다

저런 것을, 꼭 오스타에게도 사다 줘야겠어. 그래, 하고 올라브는 생각한다

닐마는요. 그 남자가 말한다

저런 팔찌가 오스타의 팔에 있으면 얼마나 좋을까. 하고 올라브는 생각한다

그녀는 저와 약혼했어요. 그래요. 닐마와 저는요. 그가 말한다

지금, 예, 제가 번 것 전부를 그녀에게 이 팔찌를 사다 주는 데 썼습니다. 그가 말한다

마치 실제로 보고 있는 것처럼, 오스타가 팔에 팔찌를 한 모

습이 올라브의 눈앞에 너무나 선연하다. 꼭 이런 것을 하나 구해야겠어. 그래, 벼리빈에는 반지들을 사러 왔고, 그게 나와 오스타를 결혼한 것처럼 보이게 해주겠지만, 저 팔찌에 비하면 반지는, 그래, 맞아, 저런 팔찌를 가지고 오스타가 있는 집에 돌아가야겠어, 하고 올라브는 생각한다. 그런데 그 남자가 팔찌를 도로 주머니에 집어넣고는 악수를 청한다

오스가우트입니다, 그가 말한다

제 이름은 오스가우트예요, 그가 말한다

전, 제 이름은 올라브입니다, 올라브가 말한다

들은 바로는 당신도 벼리빈 사람이 아니시라던데, 오스가우트가 말한다

네, 네, 올라브가 말한다

전 이곳보다 더 북쪽에서 왔습니다, 그가 말한다

어딥니까, 오스가우트가 말한다

비크라고 하는 곳입니다, 올라브가 말한다

그러니까 비크 출신이군요, 오스가우트가 말한다

네, 올라브가 말한다

그런데 그런 건 어디에서 살 수 있습니까, 그가 말한다

팔찌 말입니까, 오스가우트가 말한다

네, 올라브가 말한다

선착장에 있는 상점에서 샀습니다, 별의별 게 다 있더군요. 그래요, 거기 가 보시면 믿을 수가 없을 겁니다, 이 넓은 세상 어디서도 이렇게 좋은 걸 찾긴 힘들 거예요, 오스가우트가 말한다

당신도 팔찌를 사고 싶습니까, 그가 말한다

네, 네 그러고 싶습니다, 올라브가 말한다

하지만 비쌉니다, 오스가우트가 말한다

그리고 무척 예쁘고요, 올라브가 말한다

그렇죠, 예쁘죠, 오스가우트가 말한다

올라브는 이제 다 마시기만 하면 선착장의 상점에 가 봐야겠어, 오스타는 분명 저런 팔찌를 껴야 하니까, 하고 생각한다

그런 팔찌가 더 남아 있던가요, 그가 말한다

제가 알기로는, 하나 더요, 오스가우트가 말한다

올라브는 맥주잔을 입으로 가져가 들이켜고는 다시 맥주잔을 내려놓는다 그런데 정면에 그 노인의 얼굴이, 가늘게 뜬 눈과 가느다란 입이 눈에 들어온다

자네가 비크에서 왔다고 했나, 노인이 말한다

자네가 어디 출신인지 내가 말해 줘야겠군, 그가 말한다

전 비크 출신입니다, 물론, 올라브가 말한다

아슬레 자네가 어디 출신인지 말하고 싶어 하질 않으니까, 내가 얘기하지, 노인이 말한다

나는 아슬레가 아닙니다, 올라브가 말한다

아하, 아니라고, 노인이 말한다

그렇습니다, 올라브가 말한다

하지만 전 알고 있습니다, 이름도 출신도 알아요. 이 사람이 제게 말해줬으니까요, 오스가우트가 말한다

이 사람 이름은 올라브라고 알고 있습니다, 그가 말한다

그리고 비크 출신이고요, 그가 말한다

그렇다는데, 그런가, 노인이 말한다

네, 맞아요, 그는 이미 알고 있습니다, 내가 말해 줬으니까요, 올라브가 말한다

자네가 어디 출신인지 말해 보게, 노인이 말한다

그러자 올라브는 대답하지 않는다

자넨 될리야 출신이지, 노인이 말한다

저요, 전 모쇠이* 출신입니다, 오스가우트가 말한다

북쪽의 모쇠이 출신이죠, 그가 말한다

누가 모쇠이 출신이든, 북쪽에서 왔든, 다들 버리빈 출

---

* Måsøy. 노르웨이 북단에 있는 섬.

신일 순 없겠죠, 그랬다간 아무도 질 좋은 말린 생선을 가지고 여기로 여행해 오지 못할 테니까요, 그가 말한다

그래, 그렇지, 이 녀석은 될리야 출신이야, 노인이 말한다

이름은 아슬레이고 될리야에서 왔어, 그가 말한다

그리고 그들은 그냥 그 자리에 서서 아무 말도 하지 않는다

어쨌든 건배나 하죠, 오스가우트가 말한다

그리고 그가 맥주잔을 높이 치켜 올린다

그러자 노인이 자신의 맥주잔을 가슴 앞에 들어 올리고는 올라브를 향해 눈을 가늘게 뜬다

건배, 올라브가 말한다

그리고 올라브는 맥주잔을 오스가우트의 맥주잔으로 가져가 건배를 한다

자네 나와는 건배하기 싫은가 보군, 노인이 말한다

좋아, 좋아, 좋을 대로 하게, 그가 말한다

그들은 모두 맥주잔을 입에 대고 마신다

될리야에서, 그래, 노인이 말한다

거기서 한 남자가 살해당했어, 그렇잖나, 그가 그렇게 말한다

설마요, 올라브가 말한다

아뇨, 전 몰랐습니다, 라고 그가 말한다

그게 누구였습니까, 그가 말한다

보트하우스에 살던 한 어부였던 걸로 기억하는데, 노인이 말한다

그러고 나서, 그가 말한다

그래, 그리고 어떤 여인도 죽은 채 발견됐어, 헌데 그 후로 그 딸이 자취를 감췄지, 그가 말한다

그리고 그는 올라브를 쳐다본다

살해된 남자가 보트하우스에 와서 죽기 전에 거기 살았던 녀석 이름이 아슬레였지, 노인이 말한다

바로 자네였잖나, 어부가 오기 전에 거기 살았던 친구 말이야, 그가 말한다

올라브는 노인이 만족스럽게 자신의 맥주잔을 비우는 모습을 쳐다본다

그리고 아주 이상한 것이, 그래, 딱 그 무렵에, 이곳 버리빈에서 한 늙은 여인이 사라졌거든, 그녀는 산파였는데, 결코 발견되질 않았어, 노인이 말한다

내가 잘 알고 지내던 사람이었는데 말이지, 그가 말한다

그리고 노인이 입을 닦고는 카운터 쪽으로 몸을 돌리는데 올

110

3부작

라브는 우두커니 서서 자기 맥주잔을 내려다보며 집에 간 지 오래 되었느냐는 오스가우트의 질문을 듣고 있다

네, 몇 년 되었습니다, 올라브가 말한다

그렇죠, 종종 그렇게 되죠, 맞아요, 오스가우트가 말한다

일단 한번 떠나면, 그래요, 그러면 집에 다시 돌아가기 전에는 잘도 날이 가고 해가 가는 거지요, 그가 말한다

닐마가 없었더라면, 그래요, 그러면 나도 벼리빈 같은 크고 화려한 도시에 남아 있었을지 모릅니다, 그가 말한다 그러고는 오스가우트가 새파란 진주로 장식된 반짝거리는 황금 팔찌를 다시 꺼내 올라브 앞에 들어 올리고 그들 두 사람은 모두 그것을 쳐다본다

당신도 이런 것을 사셔야죠, 오스가우트가 말한다

정말로 그래야겠습니다, 올라브가 말한다

예, 돈이 생기면 꼭 그렇게 하세요, 오스가우트가 말한다

네, 올라브가 말한다

그리고 그는 맥주잔이 꽤 줄어든 것을 보고는 입에 대고 비우는데 그 앞에 노인이 가득 찬 맥주잔을 주먹에 쥐고 서 있는 모습이 눈에 들어온다

그래 자넨 집에 가 보지 않을 셈인가, 라고 노인이 말한다

집이라고요, 올라브가 말한다

그래, 될리야 말이야, 노인이 말한다

난 될리야 출신이 아닙니다, 올라브가 말한다

자네는 그곳에 일가친척이 없지, 노인이 말한다

그렇습니다, 올라브가 말한다

그래, 그건 그렇고, 노인이 말한다

그래, 그곳 될리야에서, 한 남자가 살해당했지, 그래, 그가 말한다

그리고 다시 노인은 맥주잔을 입에 갖다 대고 마신다

누가 그 남자를 살해했습니까, 올라브가 말한다

누가 알까, 노인이 말한다

그가 눈을 가늘게 뜨고 올라브를 쳐다본다

누가 그랬을까, 그가 말한다

자넨 이 일에 대해 아는 게 없는 모양이야, 그렇지, 그가 말한다

그러자 올라브는 대답하지 않는다

그런데 사람들이 그를 잡지 못했습니까, 살인자 말입니다, 올라브가 말한다

그래, 맞아, 내가 아는 한은 그래, 노인이 말한다

그들은 그자를 찾지 못했어, 그가 말한다

듣자니 끔찍하군요, 올라브가 말한다

그래 끔찍한 일이지, 노인이 말한다

그러고서 그들은 그 자리에 서서 아무 말도 하지 않는다 올라브는 맥주잔이 조금 남아 있는 것을 보고 조금 천천히 마셔야겠다고 생각한다. 그런데 내가 왜 그렇게 해야 하는 거지, 하고 그는 생각한다. 그리고 난 대체 왜 곧장 선술집에 온 걸까, 여기선 아무 볼일이 없는데, 왜 이런 왁자지껄한 곳에 서 있는 걸까, 그리고 저 노인, 저자는 곧 다시 말을 꺼낼 테지, 그러니 그냥 잔을 비워 버리고 여길 나가야겠어, 이제 곧장 선착장의 상점에 가서 오스타에게 줄 팔찌를 사야 하니까, 반지는 나중으로 미뤄도 돼, 하고 그는 생각한다. 지금, 당장 그렇게 해야겠어, 그런데 돈이 충분히 있나, 하고 그는 생각한다. 그래, 그래, 분명 돈이 충분치 않아, 그럼 어떻게 그 팔찌를 구하지, 그런데 노인이 말하는 소리가 들려온다 그래, 이봐 아슬레, 자네가 될리야로 가고 싶지 않은 이유를 내가 알 것 같네, 라고 그가 말한다

내 이름은 아슬레가 아닙니다, 올라브가 말한다

그러자 그래, 그래 아니야, 물론 아슬레란 이름이 아닌 게지,

라고 노인이 말하는 소리가 그의 귀에 들려온다

네, 제 이름은 올라브입니다, 올라브가 말한다

그래, 자네 이름은 올라브야, 맞아, 노인이 말한다

네, 올라브입니다, 올라브가 말한다

그래, 내 이름도 올라브거든, 노인이 말한다

올라브는 내 이름이야, 자네가 아니라, 그가 말한다

그리고 그가 웃으면서 올라브를 향해 맥주잔을 들어 올린다

나라고, 그가 말한다

그런가요, 올라브가 말한다

나는, 난 될리야에 친척이 있어, 그가 말한다

그렇군요, 올라브가 말한다

난 거기에서 태어났어, 그가 말한다

그렇군요, 올라브가 말한다

작은 농장이지, 그래, 그 농장만 덩그러니 있었어, 그가
말한다

네, 올라브 가 말한다

나중에 거기 몇 번 갔었지, 그래, 그렇게 자주는 아니었
지만, 그가 말한다

그렇게 자주는 아니었어, 그가 말한다

그보다는 주로 여기 벼리빈에 머무르는 편이지, 그가 말

한다

하지만, 최근에 내가 거기에 갔을 때, 그래 그때 누군가 저지른 끔찍한 만행을 들었단 말이야, 그가 말한다

그리고 그가 올라브를 한참 쳐다보며 이따금 머리를 좌우로 흔들자 올라브는 이제 자리를 옮겨야겠다고 생각한다. 대체 왜 내가 여기 선술집에 있는 건지. 이제 선착장의 상점에 가서 오스타에게 사다 줄 새파란 진주로 장식된 황금 팔찌를 사야겠어, 하고 올라브는 생각한다. 그런데 노인이 말하는 소리가 들려온다. 난 지금 내가 살인자와 수다를 떠는 것을 알고 있어, 하지만 그걸 아무한테도 전하지 않을 거야, 그러지 않을 거라고. 왜 내가 아슬레를 정의의 손에 넘기려 하겠나, 아니, 전혀 아니야, 내가 왜 그러겠어, 라고 그가 말한다 아니, 아니지, 물론 난 그러지 않을 거야, 나는 아무것도 말하지 않을 거야, 적어도 올라브 자네가 지폐 한 장이나 두세 장, 아니면 맥주 한 잔이라도 사 준다면 아무 말도 하지 않을 거야, 라고 그가 말한다

어쨌든 물론 자네는 아니었으니까, 그가 말한다

물론 아니지, 그가 말한다

제가요, 라고 올라브가 말한다

저들이 살인자라고 생각하는 그 남자, 그래, 그의 이름

은 아슬레라고 여겨지고 있어, 노인이 말한다

될리야에서는 그렇게들 이야기해, 그가 말한다

내가 최근에 거기 갔을 때, 그래, 그렇게들 얘기하더란 말이야, 그가 말한다

적어도 그들은 그렇게 이야기한다고, 그가 말한다

그래, 그게 내가 최근에 될리야에 있을 때 들은 얘기야, 그가 말한다

그러자 올라브가 맥주를 다 비운다

나는, 그래 나는 될리야 출신일세, 노인이 말한다

될리야의 작은 농장 출신이야, 그래, 그저 좀 질퍽질퍽한 흙에다가 바위투성이인 곳이지, 맞아, 그가 말한다

하지만 그래도 바다가, 피오르와 바다와 물고기가 있단 말이야, 그래, 그가 말한다

거기서 내가 자랐는데, 지금은 거기 아무도 살지 않아, 그가 말한다

그렇게 변해 버렸지, 그가 말하다

그렇게 되어 버렸어, 그래, 그가 말한다

바위투성이에 질퍽질퍽한 땅에선, 아이를 많이 낳을 수가 없는 법이니까, 그가 말한다

거기에선 살 수가 없어, 그가 말한다

모두가 떠났어, 그가 말한다

자네와 나처럼 말이야, 그가 말한다

올라브는 주위를 둘러보며 빈 맥주잔을 내려놓을 장소를 찾는다, 내가 여기 머물 수는 없으니까, 어쨌든 내가 왜 여기 선술집에 왔을까, 이렇게 붐비는데, 왜 난 여기 서서 노인이 수다 떠는 것을 듣고 있는 거지, 지금 그는 저기 서서 날 이상하게 쳐다보고 있군, 노인이 나한테 뭘 원하는 걸까, 아니, 여기 머무르면 안 되겠어, 물론 안 되지, 하고 올라브는 생각한다

내가 맥주 한 잔 대접할까, 노인이 말한다

아뇨, 괜찮습니다, 저는 그만 가 봐야 합니다, 올라브가 말한다

그럼, 그래, 자네가 내게 한 잔 살 텐가, 노인이 말한다 그러자 올라브가 그를 쳐다본다

지금 좀 부족하거든, 노인이 말한다

그래, 이렇게 묻자니 자네한테 민폐인데, 물론, 그가 말한다

아주 민망할 정도야, 정말로, 그가 말한다

그래, 그렇다구, 그가 말한다

민망하긴 한데, 목도 마르거든, 그건 부정할 수 없지, 그가 말한다

올라브는 대답하지 않는다

사지 않을 모양이군, 노인이 말한다

그래, 자네에게 쓸 것도 그리 많지 않은가 본데, 그가 말한다

그렇게 가지고 있는 사람은 많지 않지, 그가 말한다

거의 아무도 없어, 그가 말한다

그래도 다들 쓰고 또 쓰고, 사고 또 사고, 한잔 하고 또
한잔 하거든, 그가 말한다

전 가 봐야 할 것 같습니다, 올라브가 말한다

그러자 가 보셔야 하느냐는 오스가우트의 말이 들리고 올라
브는 예, 꼭 그래야 합니다. 지금 새파란 진주로 장식된 황금
팔찌를 사러 갈 거거든요, 라고 말한다 그러자 오스가우트가
선착장 어느 상점에서 그런 걸 파는지 아느냐고 묻고 올라브
는 모른다고 대답한다 그러자 오스가우트가 원하시면 그 상
점에 데려다드리죠, 어쨌든 지금 선술집의 모든 사람들이 한
사람 한 사람씩 다들 문밖으로 나가고 있으니까요, 라고 말한
다, 올라브가 주위를 둘러보자 모두들 선술집을 떠나고 있다,
나도 다른 사람들처럼 여길 떠나야 할 것 같아, 하고 그는 생
각한다

점점 더 사람들이 줄어드는군요, 올라브가 말한다

그래, 그렇군, 노인이 말한다

다들 떠나고 있군, 그가 말한다

그러고들 있군요, 올라브가 말한다

이거 묘한데요, 오스가우트가 말한다

다들 그렇게 갑자기 떠나니까, 그가 말한다

그러네요, 올라브가 말한다

모두들 떠나는군, 그래, 노인이 말한다

그리고 올라브가 문을 향해 걸음을 떼는데 어깨를 잡는 손이 있어 돌아보니 젖고 창백하며 벌게진 눈을 한, 그리고 가느다란 젖은 입술을 떨며 입을 열고 있는 노인의 얼굴이 눈에 들어온다

넌 아슬레야, 그가 말한다

올라브는 노인이 붙잡은 어깨가 차가운 것을 느끼고 몸을 뒤튼다 그리고 그를 붙잡으려 하지만 놓쳐버리고 마는 손을 빠져나와 문을 향해 걷는다 그런데 뒤에서 노인이 넌 아슬레야, 넌 아슬레라고, 하는 소리가 들려온다 대답해서는 안 돼, 그냥 걸어가서 문을 열고 선술집 밖의 거리로 나가는 거야, 하고 올라브는 생각한다 그러고는 곧장 선착장으로 가는 거야, 이 근처를 제법 다녔으니 벼리빈도 잘 알고 그곳 길도 잘 알아, 아주 꿰고 있다고는 할 수 없겠지만 어쨌든 벼리빈에서 살았으니

까, 그리고 오늘 저녁 벼리빈에 있는 모든 사람들이 그렇지는 않을 테지, 하고 생각한다. 아니, 전혀 아니야, 하고 그는 생각한다. 오스가우트처럼 여기가 초행인 자들이 분명 많을 거야, 하고 그는 생각한다. 그렇지만 나는, 나는 여기 살았어, 그러니 그 아름다운 팔찌를 파는 선착장의 상점으로 가는 길을 찾을 수 있을 거야, 반지는, 그래, 기다릴 수 있어, 오스타의 팔에 그 런 팔찌를 끼면 무척 사랑스러울 테니까, 하고 올라브는 생각한다 그리고 그는 보겐과 선착장을 따라 부리나케 내려가는 데, 누군가 뒤에서 소리쳐 불러 돌아보니 긴 금발 머리를 한 어떤 소녀가 그를 향해 급한 듯이 걸어오고 있다

당신 맞죠, 그 소녀가 말한다

기다려요, 그녀가 말한다

나를 찾고 있었잖아요, 내가 봤어요, 그녀가 말한다

제가요, 올라브가 말한다

네, 맞아요, 당신 그랬잖아요, 그녀가 말한다

다시 만나서 반가워요, 그녀가 말한다

우리가 서로 아는 사이인가요, 올라브가 말한다

절 기억하지 못하나요, 그녀가 말한다

제가 당신을 기억하냐고요, 올라브가 말한다

네, 당신은 기억 못하나 본데, 그녀가 말한다

네, 그가 말한다

우리 집 문 앞에 당신이 왔었어요, 그녀가 말한다

소녀는 웃으면서 그를 옆으로 민다

제가 그랬나요, 올라브가 말한다

네, 그녀가 말한다

기억이 안 나는데요, 그가 말한다

기억하고 싶지 않은 모양이군요, 그녀가 말한다

그러고는 그를 다시 옆으로 다시 밀어붙이며 그의 팔에 팔짱을 낀다

그런데 그땐, 그땐 우리가 얘기를 나눌 수 없었죠, 그녀가 말한다

그런가요, 그가 말한다

그럼요, 그녀가 말한다

올라브가 거리를 따라 걷기 시작하는데 그녀가 그의 팔에 꼭 매달려서 따라온다

그때 당신은 혼자가 아니었으니까요, 그녀가 말한다

그때 당신은 가엾고 지저분한 사람을 데리고 다니고 있었으니까, 그녀가 말한다

조그맣고 거무튀튀한 여자, 그래요, 그녀가 말한다

멀리서도 알아볼 수 있을 걸요, 그녀가 말한다

그런 애들이 여기 벼리빈엔 우글거려요, 그녀가 말한다

대체 그런 애들이 전부 어디에서 오는 건지 모르겠어요, 그녀가 말한다

한 사람이 떠나면 머지않아 두 사람이 오죠, 그녀가 말한다

그녀는 그의 어깨로 몸을 기댄다

그렇지만 당신은 그녀를 떼어 내는 방법을 잘 알고 있었나 보군요, 라고 그녀가 말한다

그리고 나는 그걸 정말 잘 알아요, 라고 그녀가 말한다

내가 정말로 잘 아는 게 있다면, 바로 그것일 거예요, 라고 그녀가 말한다

전 당신을 모릅니다, 올라브가 말한다

그래도 지금, 지금 당신은 혼자잖아요, 그녀가 말한다

그리고 그 소녀는 자신의 머리를 그의 어깨에 힘껏 누른다

전 당신을 몰라요, 올라브가 말한다

날 알 수 있어요, 당신이 원한다면, 그 소녀가 말한다

어디서 묵어요, 그녀가 말한다

저는 여기 어디서도 묵고 있지 않아요, 그가 말한다

그러면 제가 아는 곳이 한 군데 있어요, 라고 그녀가 말한다

돈이라면, 그래요, 당신이 가지고 있겠지요, 그녀가 말한다

그들은 계속 길을 걸어가고, 그녀는 머리를 그의 어깨에 기댄다

난 돈이 얼마 없어요, 그가 말한다

하지만 지폐 한두 장쯤은, 그녀가 말한다

갑자기 그녀가 그의 팔을 잡아당기더니 두 집의 틈새로 그를 끌어들인다. 두 집 사이는 아주 비좁아서 두 사람이 가까스로 들어갈 너비인데, 그녀가 그의 손을 잡고는 더 안으로, 골목 안으로 깊숙이 들어가더니, 아주 어두운 곳에서 그녀가 멈춘다

여기예요, 그녀가 말한다

그리고 그녀는 그 앞에 서서 팔을 둘러 그의 등을 감싸 안고는 그의 가슴에 자기 가슴을 맞대고 비벼 댄다

만져도 돼요, 그녀가 말한다

그리고 그녀가 그의 볼에 키스를 하고는 혀로 피부를 핥는다

전 그만 가야겠습니다, 올라브가 말한다

아니, 그녀가 말한다

그녀가 그를 놓아 준다

저는 할 일이 있어요, 그가 말한다

그리고 그가 골목을 벗어나 걷기 시작한다

그렇다면, 알겠어요, 그녀가 말한다

머저리 같으니, 그녀가 말한다

벼리빈에서 제일 머저리, 그녀가 말한다

그리고 그녀도 골목을 벗어나 걷기 시작한다

애초에 그렇게 얘기할 수도 있었잖아요, 그녀가 말한다

그러면 왜 골목 안으로 들어갔던 거예요, 그녀가 말한다

그리고 그들은 거리로 나온다

벼리빈에서 제일 머저리가 바로 당신이에요, 그녀가 말한다

올라브는 그녀에게 뭔가 물어봐야겠어, 뭐가 됐든 그녀에게 말을 해야겠어, 하고 생각한다

외브스테 거리가 어딘지 아십니까, 그가 말한다

물론 잘 알아요, 그녀가 말한다

바로 저기예요, 그녀가 말한다

저쪽을 따라가면 바로 위예요, 그녀가 말한다

그녀가 손으로 가리킨다

그런데, 당신 스스로 찾아볼 수 있잖아요, 그녀가 말한다

올라브는 그 소녀가 몸을 돌려 그들이 방금 걸어 내려온 거리를 되짚어 가는 것을 보며 외브스테 거리는 분명 바로 저기지, 그럼, 저기서, 심지어 저기서 살았는걸, 그래, 그랬지, 나랑 오스타와 시그발이 저기서 살았어, 하고 생각한다, 외브스테 거리의 작은 집에서 살았었지, 지금 꽤 가까우니 집을 다시 봐 두는 것도 좋겠어, 하고 올라브는 생각한다 그리고 그는 길을 건너 외브스테 거리가 시작되는 곳에 다다른 다음 외브스테 거리를 따라 걷는데 그러자 그곳에, 저기에, 그와 오스타가 살았고 아기 시그발이 태어났던 그 작은 집이 저기에 있다 그리고 그는 외브스테 거리의 그 집 앞에서 그들이 가진 모든 물건이 든 보따리 두 개를 곁에 두고 서 있던 그 자신을 바라본다 그게 마지막으로 여기 있었을 때지, 하고 올라브는 생각한다, 그리고 그는 저기에 서 있는 그 자신과 강보에 잘 싸인 아기 시그발을 가슴에 안고 문을 나서는 알리다를 본다, 알리다는 외브스테 거리의 그 집 앞에 서서 집을 바라본다

그런데 우리 꼭 떠나야 하는 거야, 그녀가 말한다

여기서 우리 그렇게 잘 지냈는데, 그녀가 말한다

여기보다 더 잘 지낼 곳은 어디에도 없어, 그녀가 말한다

여기에 머물 수 없을까, 그녀가 말한다

내 생각에 우린 떠나야 할 것 같아, 아슬레가 말한다

우리가 이 집에 작별을 고해야 한다고, 알리다가 말한다

그래, 우린 떠나야만 할 것 같아, 아슬레가 말한다

여기서 정말 잘 지냈는데, 라고 알리다가 말한다

이 집을 안 떠났으면 좋겠어, 그녀가 말한다

그렇지만 우린 그렇게 해야 돼, 올라브는 말한다

더 이상 우린 이 집에서 살 수가 없어, 그가 말한다

정말 확실한 거야, 알리다가 말한다

응, 그가 말한다

대체 왜, 그녀가 말한다

그런 법이야, 그가 말한다

이건 우리 집이 아니니까, 그가 말한다

하지만 저긴 아무도 살지 않잖아, 알리다가 말한다

여기 살던 여자가 돌아올지 몰라, 알잖아, 아슬레가 말한다

하지만 꽤 오래 됐는걸, 알리다가 말한다

그렇지만 누군가 올 거야, 그가 말한다

확실치는 않잖아, 그녀가 말한다

하지만 이건 그녀의 집이야, 그가 말한다

맞아, 하지만 그녀가 돌아오지 않았으니까, 알리다가 말한다

그녀는 올 거야, 아니면 누가 됐든 다른 사람이 오겠지, 그러면 우리는 저기에 머물 수 없어, 아슬레가 말한다

그렇지만 오랜 시간이 흘렀고 아무도 오지 않았는걸, 그녀가 말한다

그래, 그가 말한다

그러니까, 그러면 우리가 여기에 그냥 머물러도 되지 않을까, 그녀가 말한다

안 돼, 그가 말한다

이건 우리 집이 아니잖아, 그가 말한다

그치만, 그녀가 말한다

이제 우린 가야 해, 그가 말한다

그래 우린 자주 이 일을 얘기했었잖아, 그가 말한다

응, 그녀가 말한다

이제 가자, 아슬레가 말한다

그리고 그가 그들이 가진 모든 물건이 든 보따리 두 개를 들어 올린 다음, 그들은 거리를 걸어 내려가는데, 그가 앞장서고 알리다는 아기 시그발을 가슴에 안고서 뒤를 따른다

잠깐만, 알리다가 말한다

그러자 아슬레가 멈춘다

우리 어디로 가는 거야, 그녀가 말한다

그리고 그는 대답이 없다

어디로 가는 거냐구, 그녀가 말한다

우린 더 이상 벼리빈에 머무르지 않을 거야, 그가 말한다

하지만 여기서 우린 좋았잖아, 알리다가 말한다

맞아, 하지만 이제 더는 여기 머물 수 없어, 아슬레가 말한다

어째서, 그녀가 말한다

누군가 우리를 쫓고 있는 것 같아, 그가 말한다

누가 우리를 쫓고 있다고, 그녀가 말한다

그런 것 같아, 라고 그가 말한다

당신이 어떻게 아는데, 그녀가 말한다

그냥 알아, 그가 말한다

그리고 그가 가능한 한 빨리 벼리빈에서 벗어나는 게 좋겠어, 일단 벼리빈을 벗어나기만 하면 한숨 돌릴 수 있을 거야, 그러면 천천히 천천히 걸어도 되고, 이제 여름이니까 우린 따뜻한 날을 즐길 수 있어, 그리고 바이올린을 팔아 얼마간 돈을 마련했으니까 보탬이 될 거야, 라고 말한다, 그러자 알리다가 당

128

신 그 바이올린을 팔면 안 됐어, 당신이 앉아서 연주하는 걸 듣는 게 얼마나 좋았는데, 라고 말한다. 그러자 그가 우린 정말로 돈이 필요했고 난 우리 아버지가 살았던 것처럼 살고 싶지 않았어. 아버진 아내와 자식을 두고 집을 떠나고 싶어 하지 않으셨고, 다른 모든 사람들과 있어야만 하는 게 아니라 가족들과 함께 있고 싶어 하셨어. 그런 삶은 누구에게도 좋지 않아. 가족과 함께하는 게 가장 좋은 거야. 내가 연주자의 운명을 타고났을지 모르지만, 난 그 운명과 싸우고 싶었어. 그래서 난 바이올린을 판 거야. 난 더 이상 연주자가 아니야. 이제 난 아빠가 되었고 당신의 남편이 되었어. 법적으로는 아닐지 몰라도 실제로는 그래, 라고 그가 말한다. 그런 것이고, 그렇다면 바이올린은 필요치 않아, 이제 정말 우리에게 필요한 건 돈이야. 그래, 우린 그 바이올린을 파는 편이 나아. 이제 그 바이올린은 팔렸고 더는 왈가왈부할 것도 없어. 이미 지나간 일이야. 바이올린도 다른 것들도, 라고 아슬레가 말한다. 그리고 그는 우린 여기서 다툴 새가 없어, 이제 당신은 따라와야 해. 이제 가야 한다구, 라고 말한다. 그러자 알리다가 바이올린을 판 건 옳았다고 생각해. 하지만 당신은 아주 아름답게, 정말이지 아름답게 연주를 했는걸, 이라고 말한다. 그러자 그는 아무런 대답을 하지 않고 그들은 거리를 걸어 내려가기 시작한다 그들은 계속 걸어가 선착장에 도착하고 그들은 선착장을 따라 아무 말 없이 걷고 또 걷는다. 그리고 올라브는 내가 여기 멈춰 서 있구나, 이렇게 서 있으면 안 되지, 바이올린을 팔아 마련한 돈으로 선착장의 상점에 가서 상상할 수 있는 가장 아름다운 팔찌를 오스타에게 사다 주어야 하는데, 하고 생각한다. 그리고 선착장 쪽으로 걸어가기 시작하는데 그는 저만치 멀리 선착장을 걸어가는 그 자신을 그리고 아기 시그발을 가슴에 안고 바로 뒤에서 걸어가는 알리다를 본다 그들은 아무런 말도 하지 않는다 집들 사이의 거리는 멀어져 가고 곧 더 먼 집이 나타난다 날이 좋은 때여서 덥지도 춥지도 않고 걷기 좋은 날씨이고 바로 뒤에서 알리다가 아기 시그발을 가슴에 안고 걷고 있는 까닭에 그는 무거운 짐을 들고 있음에도 무겁게 느껴지지 않는다 이따금 해가 비치고 또 구름이 낀다 그는 그들이 어디로 가고 있는지 모르고 알리다도 그들이 어디로 가고 있는지 모르지만, 먹을 것이 있고 입을 옷도 있고 그 밖에 필요한 것들도 얼마간 있다

우리 어디로 가는 건데, 알리다가 말한다

나도 몰라, 아슬레가 말한다

우리 어디까지 가는 거야, 그녀가 말한다

발길 닿는 곳에 이르겠지, 그가 말한다

나 좀 피곤해, 그녀가 말한다

그러면 쉬어야겠다, 그가 말한다

그들은 멈추고서 주위를 둘러본다

저 아래, 저기 절벽에, 저기서 쉴 수 있겠다, 그녀가 말한다

그래, 그러자, 그가 말한다

그리고 그들은 걸어가 절벽 아래에 앉아 피오르를 바라보는데, 아무것도 움직이는 것 없이 피오르는 아주 고요하고 푸르게 반짝인다. 아슬레가 오늘은 피오르가 푸르게 반짝이는데 그건 자주 있는 일이 아니야, 라고 말한다. 그런데 물고기 한 마리가 뛰어오르자 그가 저건 분명 연어였을 거야, 무지 컸어, 라고 말한다. 알리다가 여기가 살 곳이냐고 묻자 그는 벼리빈에 이렇게 가까이 정착할 수는 없다고 말한다 그녀가 왜 안 되느냐고 묻자 그는 그냥 그럴 수 없다고, 누군가 우리를 찾을 수도 있다고 말한다 그러자 그녀가 왜 그게 문제가 되냐고 말하니 그는 우리가 어떻게 벼리빈에 왔는지 떠올려 보라고 말한다 그녀가 그 배에 관한 것이냐고 물으니 그는 그것도 그렇다고 말한다 그러고 나서 알리다가 배가 고프다고 하자 아슬레가 소금에 절인 양다리 하나를 통째로 들고 왔으니까, 음식이 모자랄 일은 없으니 우린 굶주리지 않을 거야, 라고

말한다. 알리다가 양다리를 샀느냐고 묻자 그는 그럴 필요는 없었어. 그렇지만 고기는 잘 절여진 것 같아, 라고 말한다. 그런데 알리다가 저기, 바로 저기서 분명 개울 소리가 들려, 라고 말한다. 그러니 절인 고기를 먹어도 목이 타진 않을 거야, 라고 그녀가 말한다. 그리고 나서 아슬레가 양고기를 짐에서 꺼내는데 그것을 한 손으로 들어 올려 공중에 휘두르기 시작하자 알리다가 웃음을 터뜨린다 그녀가 당신 그런 짓 하면 안 돼, 음식으로 장난치는 거 아냐, 라고 말한다. 그러자 아슬레가 방금 꼭 당신 어머니처럼 얘기했어, 라고 말하고 그러자 그녀가 에이, 그건 아냐, 그렇지만 나도 결국 그녀처럼 될 것 같아. 나 역시 엄마가 되었으니까. 나도 우리 어머니처럼 될 거야, 라고 말한다

그렇게 말하지 마, 그가 말한다

내가 방금 한 말은, 분명 우리 어머니한테 배웠을 거야, 그녀가 말한다

그리고 난 우리 어머니한테, 그가 말한다

그녀가 아기 시그발을 감싼 강보를 절벽에 내려놓고 앉자 아슬레가 앉아서 칼을 꺼내들어 양다리를 뼈에 이르기까지 잘라 내고 또 잘라 낸다 그가 손에 두꺼운 조각을 들고 앉아서 그 조각을 알리다에게 건네자 알리다가 그 고기를 씹기 시작

한다 그녀는 씹으면서 맛있어, 잘 말랐고 너무 짜지도 않아, 라고 말한다. 그러자 그가 자기 몫으로 한 조각 잘라서 맛을 보고는 맛있네, 아무도 토를 달지 못할 만큼 맛있어, 더 좋은 고기 맛은 없을 거야, 라고 말한다. 그런 다음 알리다가 얇은 빵 꾸러미를 풀고 버터 단지를 열어 얇은 빵 몇 조각에 두껍게 버터를 퍼 바르고 그는 고기를 충분히 잘라 낸다 그리고 그들은 그 자리에 앉아 아무 말 없이 식사를 한다

　　내가 물을 좀 가져올게, 아슬레가 말한다
그리고 그는 물그릇을 들고 개울 흐르는 소리에 귀를 기울이더니 소리가 나는 쪽으로 걸음을 옮긴다 그러자 맑고 깨끗한 물줄기가 아래로, 아래로 흐르는 것이 눈에 들어오는데, 산꼭대기에서부터 저기 아래쪽, 피오르에 이르도록 개울이 흘러가고 있다. 그가 맑고 시원한 물을 담아 알리다에게 돌아가서 물그릇을 건네니 그녀는 마시고 또 마신 다음 그에게 건네고 그 역시 마시고 또 마신다 그러고서 알리다가 자기는 아슬레를 만나서 행복하다고 말하자 아슬레는 알리다를 만나서 자기가 행복하다고 말한다

　　우리 세 사람, 알리다가 말한다
　　당신과 나 그리고 아기 시그발, 아슬레가 말한다
　　우리 세 사람, 그래, 그가 말한다

133
올라브의 꿈

그리고 올라브는 선착장을 따라 천천히 걷고 있다 이제 곧장 가서 세상에서 가장 아름다운 팔찌를 파는 상점을 찾아야 해, 꼭 그 상점을 찾아내야 할 텐데, 아마 사람들에게 물어볼 수도 있을 거야, 그 상점이 어디 있는지 말해 줄 수 있는 누군가는 분명 있을 테니까, 그런데, 저기 선착장 앞에, 오스가우트가 서서 미소를 보내고 있는 것이 눈에 들어온다

상점을 못 찾고 있군요, 오스가우트가 말한다

못 찾을 것 같더군요, 그 상점을 찾기란 쉽지 않을 겁니다, 하지만 제가 도와드리죠, 그가 말한다

아니에요, 아닙니다, 올라브가 말한다

상점을 찾기가 어렵다니까요, 오스가우트가 말한다

그렇지만 지금, 지금 제가 찾는 걸 도와드리겠다는 겁니다, 그가 말한다

그건 선착장에서 좀더 멀리 있어요, 좁은 골목 안쪽에, 그가 말한다

제가 도와드리죠, 그가 말한다

고맙습니다, 올라브가 말한다

그래요, 참말로 그럴 겁니다, 오스가우트가 말한다

올라브는 기쁨이 자신을 뒤덮는 것을 느낀다, 이제, 이제 세상에서 가장 아름다운 팔찌를 사게 될 거야, 황금으로 되어 있

고, 아주 새파란 진주로 장식된, 그것을 곧 오스타의 팔에 채우게 될 거야, 하고 그는 생각한다

그런데 전 돈이 조금밖에 없어요, 라고 올라브가 말한다

그도 팔고 싶어 하는 모양이니, 가격을 좀 할인해 줄 겁니다, 오스가우트가 말한다

저한테는 할인해 줬거든요, 그가 말한다

그가 요구하는 만큼은 가지고 있지 않았는데 다행이었죠, 지니고 있던 돈으로 사게 해주었으니까요, 그가 말한다 그리고 그들은 선착장을 따라 걸어간다 올라브는 이건 특별한 순간이야, 여기 내가, 나처럼 비참한 사람이, 사랑하는 사람에게 줄 가장 아름다운 선물을 사러 가는 길이니까, 그리 나쁠 것 없지, 하고 생각한다 벼리빈에 반지를 사러 오긴 했지만, 팔찌를 사는 게 나아, 반지는 나중에라도 살 수 있어, 하고 그는 생각한다 지금, 지금은 가장 아름다운, 새파란 진주로 장식된 황금 팔찌를 보았으니까, 그래, 그런 팔찌를 오스타에게 사다 주지 않는다는 건 어려운 일이지, 그러니까, 그렇게 할 거야, 하고 올라브는 생각한다 그리고 그는 오스가우트가 하는 말을 듣는다, 팔찌, 그래요, 아주 좋은 물건이죠, 다들 아름답다고들 하더군요, 라고 그가 말한다, 그러자 올라브

가 네, 맞아요 아주 좋은 물건입니다. 더 아름다운 팔찌는 찾기 힘들 그런 아름다운 팔찌예요, 라고 그는 말한다

아뇨, 전 그렇게 생각하지 않습니다, 오스가우트가 말한다

어째서요, 올라브가 말한다

더 아름다운 팔찌를 구할 수 있을 겁니다, 오스가우트가 말한다

아닐지도 모르지만요, 그가 말한다

맞습니다, 저도 아닐 거라 생각합니다, 올라브가 말한다

이제 곧 도착합니다, 오스가우트가 말한다

하지만 저는 문까지만 따라갈 겁니다, 그가 말한다

고맙습니다, 올라브가 말한다

오늘 아까도 여기 왔었는데, 지금 다시 돌아와 있으면 보석상이 이상하게 여길 겁니다, 그가 말한다

보석상이요, 올라브가 말한다

네, 사람들이 그를 그렇게 부르더군요, 그는 보석상이리고 합니다, 오스가우트가 말한다

멋지게 들리는군요, 올라브가 말한다

맞아요, 그는 그렇게 불립니다, 오스가우트가 말한다

그는 차림새도 멋집니다, 오스가우트가 말한다

그런가요, 올라브가 말한다

네, 검고 덥수룩한 턱수염을 하고 있어요, 그가 말한다
그리고 그들은 선착장을 따라 걷는다

그가 상점에 얼마나 좋은 물건들을 갖추고 있는지 당신
은 절대 상상할 수 없을 겁니다, 오스가우트가 말한다

이것에 대해선 더 말하지 않겠습니다, 도착하면 직접 보
세요, 그가 말한다

올라브가 고개를 끄덕이고 나서 오스가우트가 오른쪽으로
꺾어 집들이 두 줄로 늘어선 사이로 걸어가는데, 그 거리는
집들 사이가 꽤나 널찍하고 벽들을 따라 문들이 계속해서 나
타난다 오스가우트는 올라브 몇 미터 앞에서 걸어가는데 마
치 흥분한 것처럼 걸음이 빨라 올라브도 서두른다 그리고 나
서 오스가우트가 골목 제일 안쪽의 어느 커다란 진열창 앞에
멈추는데, 거기에는, 진열창 안에는, 은과 금으로 된 물건들이
번쩍이며 광채를 내고 있고 올라브는 그 모든 화려함에 압도
되는 것을 느낀다, 이렇게나 많은 은과 금이 한 장소에, 하나
의 진열창에 늘어서 있다니

보석상이 여기 없을 때는 커다란 덧문이 진열창 앞에
있죠, 오스가우트가 말한다

그런데 지금은 안에 있는 모양이군요, 그가 말한다

그리고 오스가우트는 진열창 옆의 문으로 걸어간다

그런데 저기, 저기에 진열창이 또 하나 있는데요, 올라브가 말한다

맞아요, 진열창은 두 개 있어요, 오스가우트가 말한다 올라브가 다른 창문으로 다가가자, 그곳에, 진열창 한가운데에 오스가우트가 산 것과 똑같아 보이는, 새파란 진주로 장식된 황금 팔찌가 빛을 내고 있다

저기, 저기 그 팔찌가 있어요, 올라브가 말한다

예, 예, 그렇군요, 오스가우트가 말한다

저건, 오늘 이른 시간에 진열창을 보았을 때는 저기 없었는데, 그가 말한다

보석상이 방금 놓아 둔 게 틀림없습니다, 그가 말한다

들어가시죠, 그가 말한다

그런데 올라브는 그 자리에 서서 진열창에 놓여 있는 그 무척이나 아름다운 물건을 쳐다보고 또 쳐다본다

들어가지요, 누구 다른 사람이 와서 저 아름다운 팔찌를 사 가기 전에, 오스가우트가 말한다

그리고 그는 문을 열고서 올라브를 위해 문을 잡고 있다 올라브가 안으로 들어가니 보석상이 제 발로 나와 올라브 앞의 바닥에 서서 허리를 굽히며 어서 오세요, 누추한 저희 상점의

소박한 전시장에 오신 것을 환영합니다. 라고 말한다. 그래도 존경하는 신사분들께서 아마 만족하실 만한 것을 찾을 수 있을 거라 믿습니다. 라고 그가 말한다. 그러니 어서, 어서들 오세요. 제가 도움을 드릴까요. 라고 그가 말한다

예, 오스가우트가 말한다

그러고 보니 당신은, 보석상이 말한다

그래요. 오늘 아까 당신과 제가 거래를 했었지요. 그가 말한다

맞습니다. 바로 맞히셨어요. 오스가우트가 말한다

신사분께서는 좀더 물건을 고르실 모양이지요. 보석상이 말한다

아뇨 제가 아닙니다. 어쩌면 제 친구가요. 오스가우트가 말한다

올라브가 주변을 둘러보는데 은과 금이 끝도 없다. 반지며 보석이며 촛대와 그릇과 접시, 어딜 보든 은과 금이고, 어딜 보든 은과 금이 그렇게 많은 곳은 또 찾을 수 없을 것 같다

어떤 것으로 하시겠습니까, 보석상이 말한다

은과 금이 엄청나게 많군요, 올라브가 말한다

아니, 이럴 수가 있나요. 그가 말한다

사실은 지금 그렇게 많은 것도 아닙니다, 보석상이 말한

다

여기엔 조금, 조금만 있는 정도지요, 그가 말한다

그가 손을 맞대고 문지른다

끝도 없이 많군요, 올라브가 말한다

그러면 신사분께서는 뭘 원하시는지요, 보석상이 말한
다

전, 저는, 그래요 팔찌를 사려고 합니다, 올라브가 말한
다

오늘 아까 제가 샀던 것과 비슷한 거요, 오스가우트가
말한다

그렇군요, 그러면 다행입니다, 보석상이 말한다

그는 마치 박수를 치듯이 여러 차례 손깍지를 낀다

다행이에요, 요즘은 그런 아름다운 팔찌를 구하기가 쉽
지 않거든요, 그가 말한다

정말 그렇답니다, 그가 말한다

요즈음은 그런 것을 손에 넣기가 거의 불가능해요, 그
가 말한다

그러고는 그가 아직은 용케 그런 팔찌를 두 점 구할 수 있었
죠, 다년간의 경험과 많은 인맥 덕분에 그럴 수 있었답니다,
라고 말한다. 사실대로 말씀드리면, 어제 그 팔찌들이 들어왔

140

고 오늘 하나를 팔았어요, 라고 말하고서 그는 오스가우트에게 고개를 끄덕인다. 저기 저 신사분께요. 그래요. 저분은 그것들 중 하나를 손에 넣으셨죠. 맞아요 저분은 운이 좋으십니다. 라고 그가 말한다 그리고 이미 더 많은 분들이 여기 오셔서 남은 다른 것을 보고 가셨습니다. 그러니까 지금, 지금 신사분께서는 대단한 행운아시군요. 놀랍게도 팔찌가 여전히 진열창에 전시된 채 남아 있으니까요. 라고 그가 말한다 그러고서 그는 인사를 하며 양해를 구하더니 흰 장갑 한 짝을 끼고 걸어가 진열창에서 팔찌를 꺼내 조심스럽게 탁자에 올려놓는다

뛰어난 공예품입니다. 보석상이 말한다

이건 뛰어난 공예품이에요, 이건 예술입니다, 그가 말한다

그리고 그는 손가락으로 조심스럽게 팔찌를 두드린다

이걸 사고 싶으신 것이죠, 그가 말한다

그가 겸손하게 올라브 쪽을 쳐다본다

그래요, 그래요, 이해가 됩니다, 보석상이 말한다

네, 제가 가진 돈이 충분하다면요, 올라브가 말한다

그렇지요, 결국 항상 그 얘기로 귀결되지요, 보석상이 말한다

그의 목소리에는 마치 슬픔과 상실감 같은 것이 있다 그러자 올라브는 주머니에서 세 장의 지폐를 꺼내 보석상에게 건네는데 보석상은 그것을 받아들고 한 장 한 장 살피더니

너무 적은 것 같군요, 그가 말한다

너무 적다고요, 올라브가 말한다

그런 것 같습니다, 보석상이 말한다

두 장이나 세 장은 더 받아야 합니다, 그조차도 최소한 이거든요, 그래요, 사실 너무 적은 돈입니다, 그가 말한다 올라브는 커다란 절망감이 엄습해 오는 것을 느낀다, 어떻게 돈을 더 구할 수 있지, 나중에는 또 모르지만 지금은 불가능해, 세상에서 가장 아름다운 팔찌가 지금은 저기 있지만, 나중에는 없을 거야, 많은 사람들이 이 팔찌를 사고 싶어 한다고 보석상이 말했잖아

이 친구는 더는 돈이 없습니다, 오스가우트가 말한다

이게 전부란 말인가요, 보석상이 말한다

그가 소스라치는 시늉을 한다

그렇다면 당신이, 어쩌면 당신이 도움을 줄 수 있을지 모르지요, 그가 말한다

저 역시 오늘 아까 제가 가진 돈 전부를 당신한테 드렸습니다, 오스가우트가 말한다

그러자 보석상이 고개를 흔드는데 얼굴에는 절망이 가득하다

안 돼요, 아, 안 됩니다, 그가 말한다

그렇군요, 그럼 저희는 이만 가야 할 것 같습니다, 오스가우트가 말한다

그러면서 그는 올라브 쪽을 쳐다본다

그래요, 올라브가 말한다

오스가우트가 문 쪽으로 걸어가고 올라브는 보석상에게 손을 내민다

그러면 좋습니다, 보석상이 말한다

그러더니 그가 재빨리 세 장의 지폐를 주머니에 넣고는 조금 화가 섞인 듯한 목소리로

이걸로 됩니다, 그가 말한다

그러고는 그가 그 팔찌를 들어 올려 올라브에게 건넨다 그러자 올라브는 가장 아름다운, 새파란 진주로 장식된 황금 팔찌를 손에 들고 그 자리에 서 있다 내가 보고 있는 것이 믿기지 않아, 내가 이런 아름다운 팔찌를 손에 들고 바라보고 있다니, 상상만으로도 정말인 것처럼 이 팔찌를 찬 오스타가 눈에 보여, 하고 그는 생각한다, 꼭 이렇게 되어야만 해, 하고 그는 생각한다

갑시다, 오스가우트가 말한다

이건 미친 짓이에요, 내가 이래선 안 됐는데, 수치스럽게도 저런 좋은 팔찌를 그런 헐값에 팔아넘기다니, 보석상이 말한다

그는 목소리가 커지고 불평을 해대는데 오스가우트가 저만치서 문을 열어 잡고 있다

이럴 순 없어요, 보석상이 말한다

손해를 보고 팔 순 없다고요, 그가 말한다

그런데도 오스가우트는 문을 열어 잡고 서 있다

갑시다, 올라브, 그가 말한다

올라브가 걸어서 문을 나서자 오스가우트가 그 뒤로 문을 닫는다 올라브는 가게 밖에, 골목 끄트머리에 서서 손에 쥔 팔찌를 바라본다. 이런 일이 일어나다니, 이런 아름다운 팔찌를 얻게 되다니, 하고 올라브는 생각한다. 그런데 오스가우트가 보석상이 마음을 바꾸기 전에 가는 게 좋겠습니다, 하는 말이 들려온다. 오스가우트가 골목을 걸어가자 올라브는 팔찌를 쳐다보고 또 쳐다보면서 그의 뒤를 따라간다. 맙소사 어떻게 이런 일이, 하고 그는 생각한다. 이건 현실이 아닐 거야, 하고 그는 생각한다 그런데 오스가우트가 누가 보거나 훔쳐갈 생각을 하지 못하게 팔찌를 주머니 속에 넣어 두셔야 합니

다, 라고 말하여 올라브는 주머니에 손을 넣고 팔찌를 꼭 쥐고서 오스가우트 뒤를 따라 골목을 걷는다 그들이 다시 선착장으로 나오자 오스가우트가 자기는 동전이 몇 개 남았다고, 솔직히 말하자면, 그게 전부라고 말하고, 그러자 올라브가 그도 마찬가지라고 말하는데 그러자 오스가우트가 제 말은 어쩌면 우리가 맥주 한두 잔 걸쳐도 좋겠다는 뜻입니다, 우리 둘 다 가장 아름다운 팔찌를 사랑하는 이를 위해 샀으니, 이걸 기념해야죠, 라고 오스가우트가 말한다

그래요, 물론입니다, 올라브가 말한다

선술집에 다시 한번 가실까요, 오스가우트가 말한다

네, 그래요, 그렇게 합시다, 올라브가 말한다

그럼 그렇게 하죠, 오스가우트가 말한다

그러고서 그들은 발을 맞춰 선술집을 향해 걸어간다, 그런데, 저기, 저기 거리 앞에 보이는 게 아까 그 소녀 아닌가, 맞구나, 긴 금발을 하고 있던 그 소녀, 그녀가 다른 사람의 팔을 잡고 걸어가고 있군, 그래, 그러고 있어, 조금 전에 내 팔을 붙잡았던 것처럼 지금 다른 사람의 팔을 잡고 있군, 다행이야, 하고 그는 생각한다, 그녀가 붙잡고 있는 게 내가 아니라 다른 사람이라 다행이야, 라고 올라브는 생각한다 그리고 그는 주머니의 팔찌를 꼭 쥔다

맥주 맛이 좋을 것 같군요, 오스가우트가 말한다

맞아요, 올라브가 말한다

네, 우리가 약혼한 여인들은 이제 기대할 것이 생긴 셈이죠, 오스가우트가 말한다

맞아요, 그들은 알게 될 겁니다, 올라브가 말한다

네, 이제 집에 가면 대단히 즐거울 겁니다, 오스가우트가 말한다

팔찌가 오스타의 팔에 채워지면 얼마나 아름다울지 눈에 선합니다, 올라브가 말한다

그리고 저는 닐마의 팔에요, 오스가우트가 말한다

그들은 발을 맞춰 계속 걸어간다 그리고 올라브는 그 소녀가 팔을 붙잡고 있던 남자를 두 집 틈새로 끌고 들어가는 것을 본다, 지금 그 남자를 끌고 들어가는 곳은 아마 날 끌고 들어갔을 때와 같은 골목이겠지, 하고 그는 생각한다

맥주 한잔 걸칠 만한 일을 했지요, 오스가우트가 말한다

맛이 좋을 겁니다, 그가 말한다

맞아요, 올라브가 말한다

그리고 그는 오스가우트가 선술집의 큰 갈색 문 앞에 멈추는 것을 본다 올라브가 문을 잡자 오스가우트가 걸어 들어가고

올라브도 들어가니 그들은 갈색 통나무들이 꼭대기에 서로 겹쳐져 있는 긴 복도에 서 있다 오스가우트가 복도를 걷기 시작하고 올라브도 그를 따라가는데 그러는 내내 그는 주머니 속의 팔찌를 꼭 쥐고 있다 그들이 안으로 들어서자 아무도 보이지 않는 것만 빼고 모든 것이 이전과 다름없는데, 다만 저쪽의 한 탁자에 그 노인이 앉아 있다. 물론 거기 있어야겠지, 어딜 가든 저자가 있어, 항상 그래, 하고 올라브는 생각한다, 그리고 노인이 그를 바라본다

자네로구만, 노인이 말한다

자네가 올 줄 알고 있었지, 자넬 기다리고 있었어, 난, 그가 말한다

자네가 나한테 한 푼 주러 돌아올 줄 알고 있었단 말이야, 그가 말한다

감히 그러지 않을 수 없었을 테지, 그렇지 아슬레, 그가 말한다

노인이 일어서서 올라브 쪽으로 걸어온다

자네가 돌아올 것을 한 점 의심하지 않았다구, 그가 말한다

그리고 내가 옳았지, 그가 말한다

올라브는 오스가우트가 이미 카운터에서 맥주잔을 양손에

들고 있는 것을 보고 맥주잔 하나를 그에게 건네는 오스가우
트에게로 걸어간다

제가 사지요, 오스가우트가 말한다

그리고 그는 그의 맥주잔을 들어 올린다

건배, 그가 말한다

그러자 올라브가 그의 맥주잔을 들어

건배, 올라브가 말한다

그들이 건배를 하자 노인이 다가와 그들 앞에 서서는

그러면 나는, 내가 마실 건 있어야 하지 않겠나, 하, 자
네 입만 마실 입인가, 그가 말한다

현명해져 봐, 아슬레, 그가 말한다

내가 말하는 대로 하란 말이야, 그가 말한다

늙은이에게 맥주 한 잔을 사라구, 그가 말한다

그러고서 그는 고개를 약간 뒤로 젖히고는 가늘게 뜬 눈으로
올라브를 비딱하게 바라본다

자네 내가 무슨 말을 하는 건지 알지, 그렇지, 그가 말
한다

내가 뭘 아는지 알 텐데, 그렇지, 아슬레, 그가 말한다

이제 그 구걸하는 짓 좀 그만두시죠, 오스가우트가 말
한다

난 구걸하는 게 아닐세, 결코 구걸한 적도 없어, 단지 내게 요구할 권리가 있어서 그러는 것뿐이야, 노인이 말한다

전, 전 그만 가야 할 것 같습니다, 올라브가 말한다

하지만 당신 잔은요, 마시지도 않았잖습니까, 맥주 맛을 거의 보지도 않았잖아요, 오스가우트가 말한다

네, 그렇지만, 그래요, 이걸 드세요, 두 잔을 두실 수 있겠죠, 올라브가 말한다

그럼요, 물론이죠, 문제없어요, 오스가우트가 말한다

그래도 한 모금 죽 들이켜시죠, 그가 말한다

그러자 올라브가 맥주잔을 들어 올려 마실 수 있는 만큼 들이켜고는 맥주잔을 오스가우트에게 건네고서, 저는 그만 가봐야겠습니다, 아시다시피, 더는 여기서 시간을 죽일 수 없군요, 라고 말하고 문으로 향한다

하지만 잠깐, 잠깐만, 노인이 말한다

자넨 내게 맥주 한 잔을 사겠다고 약속했었어, 그가 말한다

조심하는 게 좋을 거야, 조심하고, 또 조심하라고, 그가 말한다

경고해 두지, 그가 말한다

그리고 올라브는 문을 열고 길고 어두운 복도를 지나 선술집

바깥의 거리에 나와 선다. 이제 어디로 가지. 날이 저물어서 어딘가 잠잘 곳을 찾아야 할 텐데, 하지만 실내가 아니어도 문제는 없을 것 같아, 전혀 춥지 않으니까. 그래도 어딘가 묵을 곳을 찾긴 해야 할 텐데, 하고 생각한다. 그리고 주위를 둘러보는데 바로 위의 창문에 길고 두터운 잿빛 머리를 가진 노파가 몸을 반쯤 커튼으로 가리고 서서 밖을 내다보는 것이 보인다. 그렇지만 그냥 서서 바깥을 내다보는 것이겠지, 하고 올라브는 생각한다. 날 보고 있는 게 아니야, 하고 그는 생각한다. 왜 지금 그녀가 날 지켜보려고 하겠어, 왜 난 그런 생각을 하는 거지, 왜 그녀가 저기 서서 날 지켜보고 있다고 생각했을까, 그렇게 생각할 이유가 없는데, 하고 올라브는 생각한다. 그리고 주머니 속의 팔찌를 꼭 쥐고서 위를 올려다보는데 그 노파는 여전히 몸을 반쯤 커튼으로 가리고 서서 그를 지켜보고 있다. 그렇군, 그녀가 지켜보고 있어, 하고 그는 생각한다. 왜 저 여인은 저기 서서 날 바라보고 있을까, 뭘 원하는 거지, 하고 그는 생각한다. 그리고 그가 다시 창문을 올려다보는데 그 노파는 여전히 몸을 반쯤 커튼으로 가리고 그곳에 서 있다 더는 저 여인을 보고 싶지 않군. 그리고 여기 서 있을 순 없지, 날이 저물었으니 오늘 밤 묵을 곳을 찾아야 해, 하고 그는 생각한다. 어디론가 가야겠어, 하고 그는 생각한다. 하지만 어디로, 어디로 가야 할까, 하고 그는 생각한다. 그런데 길고 두터운 잿빛 머리를 한 노파가 거리에 서 있는 것이 그의 눈에 들어온다

이봐요, 그 노파가 말한다

당신 잘 곳이 필요한 것처럼 보이는데, 그녀가 말한다

그렇지 않수, 그녀가 말한다

올라브는 뭐라고 대답해야 할지 모른다

이제 대답 좀 해봐요, 그녀가 말한다

나는 그렇게 보이는데, 나는, 그녀가 말한다

그렇지요, 그녀가 말한다

올라브는 아니라고는 못하겠다고 말한다. 그러자 그녀가 잘 곳이 필요하면 따라오시우, 내드릴 테니, 라고 말한다. 그러자 그는 안 될 거 없지, 하고 생각하고는 그녀를 향해 걸어간다 그녀는 몸을 돌려 앞에 서 있던 문을 열고 들어가고 그는 그녀가 계단을 올라가는 것을 보고는 그녀를 따라간다 그녀가 숨을 헐떡거리며 계단을 올라가는 소리가 들리고 헐떡거리는 사이로 그녀는 밤을 지새울 장소를 내드리지요, 그래, 비싸진 않을 거요, 라고 말한다 그녀는 계단 꼭대기에 올라서자 멈춰서서 숨을 돌리고는, 잠을 잘 침대가 하나 있어요, 라고 말한다 그가 계단에 멈추자 그녀가 문을 열고 들어가고 그는 마

저 올라가 그녀의 뒤를 따라 들어간다 그러자 긴 금발 머리를 한 어떤 소녀가 창문 밖을 내다보는 것이 보이는데 노파가 그녀에게로 걸어가 꼭 방금 전에 그랬던 것처럼 그녀의 곁에 선다 그가 그 자리에 서서 그들을 바라보고 있자니 노파가 드디어 저이가 선술집에서 나왔구먼, 문제는 집에 돌아갈 정신이 있는지 아니면 계속 마실지인데, 그렇지만 더 마실 돈이 없을 텐데 어디서 구할 참인지, 라고 말한다. 그러자 소녀가 이 집엔 남은 돈이 한 푼도 없어요, 그러니 우린 뭘 해 먹고 살겠어요, 어떻게 먹을 걸 구하겠느냐고요, 라고 말한다 그러고는 그녀가 올라브에게 돌아서는데 그의 눈에 들어오는 그녀는 오늘 이른 시간에 만났던, 그의 팔을 붙잡고 좁은 골목으로 끌고 들어갔던 소녀다. 바로 그 여자야. 분명 그녀가 틀림없어, 하고 그는 생각한다 그녀가 날 바라보는군, 어쩐지 조금 미소를 짓는 것 같아, 이젠 고개를 끄덕이고 있어

당신도 돈이 없죠, 그렇죠, 소녀가 말한다

네, 올라브가 말한다

그러자 노파가 몸을 돌려 그를 쳐다본다

돈을 지불할 수 없으면 당신은 내 집에서 잘 곳을 얻지 못할 거요, 그녀가 말한다

당신도 잘 알고 있을 텐데, 그녀가 말한다

하지만 적어도 동전 몇 푼은 있겠지요, 그녀가 말한다

동전 몇 푼이라도, 그녀가 말한다

당신도 아주 무일푼은 아니라고 보는데, 그녀가 말한다

그렇게 빈털터리는 아닌 걸로 보이는데, 그녀가 말한다

아니면, 그녀가 말한다

그러더니 그녀가 가만히 서서 그를 바라본다

그럼 당신 누구요, 그녀가 말한다

저 말입니까, 올라브가 말한다

나 이 남자 알아요, 소녀가 말한다

그냥 그렇게 아세요, 그녀가 말한다

그래, 그렇단 말이지, 노파가 말한다

그런데 당신은 동전도 없잖수, 그녀가 말한다

누가 그러던가요, 올라브가 말한다

당신 지폐를 갖고 있죠, 소녀가 말한다

그리고 그녀가 다가가 그의 등에 팔을 두르자 노파가 고개를
내젓는다 그런데 소녀가 그에게 기대어 뺨에 키스를 한다

아니, 너 그런 짓을 하다니, 노파가 말한다

소녀가 그의 입까지 뺨을 핥다가 그에게 키스를 한다

그래, 그래, 기다릴 수 없었겠지, 노파가 말한다

소녀가 그의 주위를 미끄러지듯 스치다가 멈춰 서서 그의 가

153
올라브의 꿈

슴에 자기 몸을 대고 누른다

　젊음이 꽃핀 시절의 아름답고 가난한 소녀로군, 노파가
말한다
소녀가 두 손을 그의 엉덩이에 가져다 댄다

　그렇지만, 노파가 말한다
소녀가 자기 몸을 그에게 밀착시킨다

　아니, 내가 이런 꼴을 봐야 하다니, 노파가 말한다
올라브는 손을 어쩔 줄 모르고 그 자리에 서 있다

　네가 이럴 줄은 생각도 못 해봤다, 노파가 말한다
올라브는 지금 이게, 이게 무슨 일이지, 여기 있으면 안 될 것
같아, 하고 생각한다

　너, 너, 너, 내 딸이, 노파가 말한다
소녀가 그의 목을 핥는다

　이렇게 스스로를 더럽히다니, 노파가 말한다
이 소녀는, 아니 이러면 안 되는데, 하고 올라브는 생각한다

　좋은 혼처를 마련해 주려고 생각했는데, 하지만 이젠,
네가 이 모양이면 말도 꺼낼 수 없겠구나, 노파가 말한다
올라브가 소녀의 팔을 잡아 뿌리치는데 그녀가 다시 그의 팔
짱을 끼고는 등을 쓰다듬는다 그러자 그가 그녀에게서 멀찍
이 떨어진다

아니, 당신, 당신 정말 멍청한 남자로군요, 소녀가 말한
다

아냐, 아냐, 아냐 우리가 이런 불행을 겪어서는 안 돼,
노파가 말한다

당신 아주 끔찍해, 소녀가 말한다

벼리빈에서 가장 못된 남자가 당신이야, 그녀가 말한다

당신보다 더 못된 사람은 없어, 그녀가 말한다

그래, 모든 게 다 끔찍해, 그녀가 말한다

노파가 의자로 다가가 앉아 손으로 머리를 짚고 소녀는 양 주
먹을 꽉 쥐고 서 있는 모습이 그의 눈에 들어온다 노파가 모
든 게 다 끔찍해, 모든 게 다 끔찍하다고, 라고 중얼거리자 소
녀는 더는 지껄이지 말아요, 늘 그렇게, 그렇게 모든 게 다 끔
찍해, 모든 게 다 끔찍해, 그런 식으로 말하는군요, 라고 그녀
가 말한다, 그러고는 그녀가 노파에게 주먹을 흔들어 대며 늘
나한테 불평만 해대죠, 늘, 마치 젊었을 때는 나보다 뭐라도
나은 게 있었던 것처럼, 참 나, 아니었으면서, 라고 그녀가 말
한다

그렇게나 잘나셨었나요, 그녀가 말한다

네가 뭘 안다고 그래, 노파가 말한다

그러면서 소녀를 날카롭게 쳐다본다

내가 뭘 아느냐고요. 알 건 다 알지, 이해할 건 다 이해한다구요. 소녀가 말한다

내 말이 틀렸나요, 그녀가 말한다

여기 사는 사람이 내 아버지가 아닌 거, 그 정도는 안다구요, 그녀가 말한다

내가 그런 말을 한 적이 있었니, 노파가 말한다

네, 그러셨죠, 소녀가 말한다

그러면 내가 그랬나 보구나, 노파가 말한다

그 사람일지도 몰라, 그녀가 말한다

하지만 확실하지 않잖아요, 소녀가 말한다

그래, 확실하진 않지, 노파가 말한다

그럼 내 아버지는 누구란 말이에요, 아니, 당신도 모르는군요, 소녀가 말한다

그게 누구일 것 같다는 말은 했잖아, 노파가 말한다

지금 절 야단치는 건가요, 소녀가 말한다

올라브는 그 자리에 서서 노파가 하는 말을 듣고 있다 널 야단치는 게 아니다, 결코 널 야단쳤던 게 아니야, 일손을 빌려주든지, 먹을 것이 없을 때 동전을 한두 푼 주든지 하고 가끔 너한테 뭔가 도와 달라고 했던 적은 있어도, 라고 그녀가 말한다, 난 널 돌봐 왔어, 그랬지, 네가 태어난 이후로 그 모든

세월 내내 내가 널 돌봐 왔고 그건 쉬운 일이 아니었어, 그 모든 세월 동안 얼마나 많은 돈이 들었는데 그 보답이 나한테 고함을 지르고, 불리고 싶지 않은 이름으로 날 불러 대는 거라니, 안 돼, 이건 너무 견딜 수 없는 일이야, 라고 노파가 말하고는 손으로 얼굴을 감싼 채 크고 고통스럽게 흐느낀다 그러자 소녀가 본인이 보다 잘났던 적이 없으면, 날더러 불평하면 안 돼죠, 얼마나 어리석어요, 본인이 더 잘났던 적이 없는데 자기 딸을 불평한다는 게, 라고 말한다 그러자 노파가 거의 비명을 지르듯이, 내가 살았던 것보다 딸이 더 잘 살기를 바라는 게 당연하지, 그렇게 되게 하려고 내가 최선을 다했는데 그 보답으로 하나뿐인 내 친딸에게 욕을 먹고 있으니, 어떻게 이런 일이 있을 수가 있어, 라고 말한다, 그러자 소녀가 내가 달리 무슨 일을 하겠어요, 라고 말하고 그러자 노파가 그건 믿을 수 없어, 네가 할 수 있는 일들이 얼마나 많은데, 너도 인생을 좀 살았잖니, 너도, 라고 말한다 그러자 소녀가 말해 봐요, 그럼 말해 보라구요, 내가 무슨 일을 할 수 있는지 말해 봐요, 라고 말한다 그러자 노파가 많은 일을 할 수 있지, 바느질을 할 수도 있고, 상점에서 물건을 팔 수도 있고, 광장에서 팔 수도 있어, 갑자기 영문도 모르게 사라져 버린 우리 언니처럼 산파가 될 수도 있지, 너는 뜻대로 뭐든 할 수 있어,

라고 말한다 그러자 소녀가 정확해요, 맞아요, 정확해요, 그게 딱 내가 하고 있는 거라구요, 라고 말한다 그러자 노파가 뜻대로 한다는 건 원하는 대로 한다는 뜻이 아니야, 뜻을 따라가야 하겠지만, 그런 식은 아니라고, 너는 네 뜻을 떳떳한 삶과 떳떳한 수입에 두어야 해, 결혼을 하고 어엿한 사람이 되어야 하고, 남편과 아이를 얻어야 하고, 네 삶을 일구어야 해, 별것 아닌 일로 네 몸을 보잘것없는 남자들에게 던져서는 안 돼, 그래, 맞아, 그게 내 스스로 했던 짓이야, 그러고도 지금 내게 남은 것은 얼마 없어, 아무것도 없어, 난 남은 게 아무것도 없다, 남은 거라곤 그저 수치심뿐이야, 젊음이 지속되는 한은 그게 괜찮고 좋을지도 모르지, 하지만 그건 지속되지 않아, 너는 네가 원하는 것을 무리 없이 해낼 수 있는 나이로 접어들고 있지만, 그게 끝나면, 그래, 끝이야, 그게 끝나고 나면 누구도 너에게 아무것도 해주지 않을 거야, 그렇게 노래는 끝나 버리는 거야, 라고 말한다 그러자 소녀가 물론 그렇죠, 그러니 즐길 수 있는 동안에 즐겨야 하잖아요, 라고 말한다 그러자 노파가 이렇게 분별력 없고 어리석은 말은 누구한테서도 들어 본 적이 없구나, 나는, 나는 오래 살아왔고 네가 지금 무슨 말을 하는 건지 안다, 그러니 고집부리는 대신 오랫동안 살아오면서 이야기한 경험이 있는 사람의 말에 귀를 기울이고 그것을 따르는 게 좋아, 라고 말한다. 그러자 소녀가 더는 헛소리를 참고 들어 줄 수 없다고 말하고는 올라브 앞에 서서 드레스 가슴 부분을 풀어 헤치더니 그에게 가슴을 내민다 그러자 노파가 일어서서 걸어가 소녀의 옷소매를 부여잡는다

아니, 이제는 해도 정말 너무하는구나, 노파가 말한다

이것 봐라, 이 꼴을 좀 봐, 그녀가 말한다

이런 식으로 몸을 팔고 다니다니, 그녀가 말한다

너, 너, 그녀가 말한다

그러더니 그녀가 소녀의 머리채를 잡아당긴다

아야, 그만둬요, 소녀가 말한다

너나 그만둬 너나, 노파가 말한다

당신은 창녀야, 창녀, 소녀가 말한다

창녀라고, 노파가 말한다

창녀, 창녀, 소녀가 말한다

그러고서 그녀가 노파의 팔을 잡아 입으로 당겨 깨물자 노파가 손을 놓는다

이 악마, 악마, 노파가 말한다

그녀에게서 울부짖는 소리가 흘러나온다

이게 보답이냐, 이 악마야, 그녀가 말한다

나가, 꺼져, 내 집에서 꺼져 버려, 그녀가 말한다

꺼져 이 창녀야, 꺼져, 그녀가 말한다

그러자 소녀가 드레스 가슴 부분의 단추를 채운다

네 물건들 챙겨서 나가, 노파가 말한다

그래, 꺼져 버려, 그녀가 말한다

지금 당장, 그녀가 말한다

이따 와서 챙기죠, 소녀가 말한다

그래, 나가 이년아, 노파가 말한다

올라브는 소녀가 복도를 걸어가 문을 열고 나서는 모습을 바라본다 그런데 문가에 아까의 노인이 서서 올라브를 쳐다보고 있다 노인은 자네가 대체 여기 무슨 일인가, 내 집에 볼일이 없을 텐데, 가택침입까지 저지르는 모양이지 아마, 라고 말한다, 저기 밑에 선술집에서 맥주 한 잔 샀더라면, 그래 그랬으면 이건 다른 문제지, 헌데 자네가 그랬던가, 어허 아니, 전혀 아니었지, 내가 눈치를 주자마자 자넨 마시고 나가 버렸단 말이야 그런데 지금, 지금 자넨 내 처소에, 내 집에 서 있구만, 그래서 여기 무슨 볼일인가, 라고 말한다, 이제 나는 가서 경찰을 데려올 참이야, 그러면 경찰이 자네 신변을 맡겠지, 그래야 경찰이니까, 경찰이 아슬레에 관해 할 얘기가 많을 거야, 라고 말한다 그러자 그 자리에 서 있던 노파가 노인더러 지금 당신 무슨 소리예요, 어떻게 된 일이냐구요, 아슬레란 사람이

무슨 나쁜 짓을 저질렀는데요, 라고 말한다, 그리고 올라브가
문 쪽으로 다가서자 노인이 팔을 뻗어 문틀을 양손으로 잡고
는 가로막고 버티어 선다

당신, 가서 경찰을 데려와요, 노인이 말한다

제가요, 노파가 말한다

그래, 맞아요, 당신이 그렇게 해요, 그가 말한다

하지만 당신을 지나갈 수가 없는데요, 그녀가 말한다

그래, 그렇군, 그가 말한다

내가 왜 경찰을 데려와야 하는데요, 그녀가 말한다

묻지 말고, 그가 말한다

하라는 대로 해요, 그가 말한다

알겠어요, 그렇게 말한다면, 그녀가 말한다

그러고는 그녀가 올라브 쪽으로 다가가는데 그녀가 그를 지
나갈 때 그녀의 길고 두터운 잿빛 머리가 그의 팔을 스친다
그런데 노인이 한 팔을 들어 올려 그녀를 지나가게 하고는 올
라브를 바라본다

자네 같은 인간들은 이렇게 되는 법이지, 아슬레, 그가
말한다

그러고는 노인이 안으로 들어와 뒤편으로 문을 닫아 버린다

자넨 아마 내 딸을 쫓아다닌 모양인데, 노인이 말한다

내 딸을 쫓아다녔지만, 성과가 없었나 보군, 좋은 시간을 보내는 대신에 자넨 퓐텐에서 목에 밧줄을 두르게 됐구만, 그가 말한다

자네 같은 인간들은 그렇게 되는 법이야, 아슬레, 그가 말한다

너는 살인자야, 그가 말한다

너는 살인을 저질렀어, 나는 잘 알고 있지, 그가 말한다

그리고 살인을 저지른 자는 그 자신도 살해당하게 되는 거야, 그가 말한다

그게 법이야, 그게 신의 법이라고, 그가 말한다

그러고는 그가 열쇠를 꺼내 뒤편의 문을 잠그고 돌아선다

자, 그래, 그가 말한다

그가 올라브를 향해 몇 발자국 걷는다

그래, 자네 이름이 올라브라 이거지, 그렇지, 그가 말한다

그가 올라브의 팔을 잡는다

올라브, 그래, 그가 말한다

자네가 올라브라 불린다고 했지, 그가 말한다

다름 아닌, 바로 그것이라고, 그가 말한다

올라브라고, 그래, 그가 말한다

그렇습니다, 올라브가 말한다

그러면 언제부터 그 이름으로 불리기 시작했지, 노인이 말한다

그건 제 세례명입니다, 올라브가 말한다

그렇구만, 알겠어, 노인이 말한다

이제 자넨 나와 함께 가야 할 것 같은데, 그가 말한다

알아서 따라올 텐가 아니면 내가 완력을 쓸까, 그가 말한다

제가 왜 당신을 따라가야 합니까, 올라브가 말한다

곧 알게 될 거야, 노인이 말한다

따라가기 전에 알고 싶은데요, 올라브가 말한다

이제 그건, 그건 내가 결정해, 노인이 말한다

그런데 그가 잡은 팔을 풀어 준다

아니지, 노인이 말한다

아니야, 경찰이 오는 것을 기다리는 게 좋겠군, 그녀가 경찰을 데려올 때까지, 그가 말한다

자넨 젊고 힘도 센데 나는 늙었으니, 그가 말한다

자넨 날 뿌리치고 도망치려 할 테지, 그렇잖나, 그가 말한다

하지만 이제, 이제 곧 경찰이 여기 올 거야, 그가 말한다

올라브의 꿈

그러고는 그가 올라브를 쳐다본다

자넬 기다리고 있는 게 뭔지 아나, 그가 말한다

아니, 아니야 자넨 모를 테지, 그가 말한다

자넨 모르고 있어, 그가 말한다

그러나 그게, 그래, 그게 좋을지도 몰라, 그가 말한다

그래, 그렇다고 해야겠지, 그가 말한다

그런데 누군가 문손잡이를 잡아당기고 노파가 문을 열라고 외친다 노인이 다가가 문을 열자 노파가 그 자리에 서 있고 그녀의 뒤로 올라브 정도의 연배에 검은 옷을 차려입은 어떤 남자가 서 있고 그의 뒤로 같은 연배에 똑같이 검은 옷을 차려입은 다른 남자가 서 있는 것이 올라브의 눈에 들어온다

저기 그자가 있네, 노인이 말한다

그러자 두 남자가 올라브에게 걸어와 팔을 등 뒤로 돌려 양손을 묶고 각각 팔 하나씩을 붙잡아 문 쪽으로 잡아끄는데 올라브의 귀에 노인의 말이 들려온다. 그래, 이게 자네의 결말이야, 뒬리야 출신의 아슬레가 이렇게 끝을 맺는다고, 라고 노인이 말한다. 달리 뭘 기대하겠나, 남을 살해한 자는 그도 살해당한다, 이렇게 법에 쓰여 있는데, 라고 노인이 말한다. 올라브가 돌아보자 노인이 문간에 서 있는데 그들의 눈이 마주치자 노인이 나한테 맥주 한 잔을 안 사는 사람은 이렇게 되는

거야, 돈이 있는데도 베풀길 거절하니까, 라고 말한다. 누군가는 다른 방식으로 돈을 벌지만, 현상금, 아슬레 자네 그런 말을 들어 봤나, 아니, 아니지, 자넨 결코 그런 말을 들어 본 적이 없을 게야, 그렇지, 그래, 헌데 현상금이란 게 있단 말이야, 그런 게 있어, 라고 말한다. 그러면서 그가 비웃음을 보내자 올라브는 돌아서고 두 남자가 그를 계단 아래로 끌고 내려간다 거리로 나서자 그들은 빠르게 거리를 내려가는데, 양쪽에 한 사람씩 올라브의 팔을 단단히 잡고서 아무런 말도 하지 않고 올라브는 아무런 말도 하지 않는 게 가장 좋다고 생각한다 그런데, 저만치 앞에서 자신을 바라보는 소녀가 눈에 들어온다 소녀는 아니, 이런, 이렇게나 당당하고 자유롭게 걸어가는 분이 누구실까, 라고 말한다. 다시 보니 반갑네요, 라고 그녀가 말한다. 그러고는 그녀가 한 팔을 들어 올려 보이는데, 그 팔찌를, 새파란 진주로 장식된 세상에서 가장 아름다운 황금 팔찌를 그녀의 팔에 두르고 있다 그녀가 저만치 서서 팔을 들어 올려 올라브에게 흔들면서 미소를 보낸다. 안 돼, 안 돼, 그는 생각한다. 저 여자가 팔찌를 훔쳤어, 내 주머니를 뒤진 게 분명해, 하고 그는 생각한다. 저건, 저건 꼭 오스타의 팔에 있어야 하는데, 지금, 지금 저 소녀의 팔에서 반짝이고 있어, 그런데 그녀가 그들에게 다가와 그들과 나란히 걷기 시작하며 걷는 내내 팔찌를 찬 팔을 앞으로 뻗고 있다 그녀의 긴 금발 머리가 위로 아래로, 그녀가 걸음에 따라 위아래로 흔들린다 그러더니 그녀가 당신을 다시 보고 싶은 마음이 간절하다고 거의 말할 참이었는데요, 라고 말한다, 그런데 지금은, 그다지 당신 형편이 좋지 않군요, 라고 그녀가 말한다, 그러는 내내 그녀는 팔찌를 찬 팔을 그에게 내밀고 있다, 더는 당신에게 볼일도 없구요, 라고 그녀가 말한다, 하지만 당신이 풀려나면, 그래요 그때는 꼭 오세요, 그러면 당신은 다시 내게 올 수 있어요, 그녀가 말한다, 그러면서 그녀가 팔찌를 찬 팔을 바로 그의 눈앞에 내밀고는 보세요, 멋지지 않아요, 이런 멋진 팔찌를 주시다니, 라고 그녀가 말한다, 고마워요, 정말 고마워요, 라고 그녀가 말한다, 항상 이것에 대해서 당신에게 감사할게요, 라고 그녀가 말한다, 당신이 풀려나기만 하면, 당신은 팔찌의 대가를 받게 될 거예요, 약속드리죠, 아무튼 고마워요 팔찌 고마워요, 라고 말한다, 그러자 그는 두 눈을 감고 어디든 두 남자가 원하는 곳으로 자신을 데리고 가도록 내버려 둔다 그리고 그들이 거리를 따라 걸어가는데 그의 귀에 소녀가 고마워요, 팔찌 고마워요, 그래요, 말했다시피, 라고 외치는 소리가 들린다 그는 눈을 뜨고 싶지 않고 일정한 걸음으로 앞을 향해 걸어간다, 오스타는 어디 있을까, 아기 시그발

은 어디 있지, 오스타와 아기 시그발은 어디 있는 거야, 하고
올라브는 생각하며 일정하게, 눈을 감고서 아주 일정한 걸음
으로 걸어간다 그런데 그 앞에 아기 시그발을 가슴에 안아 들
고 저만치 서 있는 오스타가 보인다, 당신 바르멘의 집을 나와
서 거기 있었구나, 내 착한 오스타, 세상에서 가장 착한 오스
타, 하고 그는 생각한다, 그런데 그 자신의 말이 들려온다, 아
마 이제부터 내 이름을 아슬레가 아니라 올라브라고 하는 게
가장 좋을 것 같아, 라고 그가 말한다, 그러자 알리다가 왜냐
고 묻고 그는 다만 그러는 게 가장 안전하고 좋을 것 같아, 만
약 누군가 어떤 이유에서든 우릴 찾으려고 한다면 말야, 라고
말한다, 그러자 그녀가 누가 왜 우릴 찾으려 하느냐고 묻고 그
는 자신도 모르지만 이름을 바꾸면 가장 좋을 거라고 생각한
다고 말한다 그러자 그녀가 당신 생각이 그렇다면, 그래 그런
거지 뭐, 라고 말한다

　　그럼 이제 나는 올라브야, 아슬레가 아니라, 그가 말한
다

　　그리고 나는 오스타야, 알리다가 아니고, 그녀가 말한
다

그러고 나서 그는 지금 올라브가 집으로 걸어 들어가고 있다
고 말하고 그녀는 오스타가 그와 함께 집으로 걸어 들어가고

있다고 말한다, 그리고 그가 문을 열고 그들은 걸어 들어간다

하지만 아기 시그발은, 계속 시그발로 불러도 되겠지, 그녀가 말한다

웅, 물론이지, 오스타, 그가 말한다

이봐요, 올라브, 당신 올라브죠, 그녀가 말한다
그러고는 그녀가 웃는다

이봐요, 오스타, 당신 오스타죠, 그가 말한다
그러고는 그도 웃는다

그리고 우리 성은 비크라고 하자, 그가 말한다

오스타와 올라브 비크, 그가 말한다

올라브와 오스타 그리고 아기 시그발, 그녀가 말한다

이제부터는 그런 거야, 그가 말한다

그런데 우리 여기서 얼마나 살 수 있을까, 그녀가 말한다

꽤 오랫동안, 그가 말한다

그렇지만 누가 이 집을 소유하고 있을 텐데, 그녀가 말한다

그래, 맞아, 그런데 어쩌면 그들은 죽었을지도 몰라, 그가 말한다

그럴까, 그녀가 말한다

우리가 여기 왔을 때 비어 있었잖아. 꽤 오랫동안 비어 있던 것 같았어, 그가 말한다

그치만, 그녀가 말한다

살기에 좋은 곳이긴 한데, 그녀가 말한다

여기에 살면 좋을 거야, 그가 말한다

그렇지, 그녀가 말한다

그리고 말린 햄도 아직 많이 남았고, 그가 말한다

응, 그녀가 말한다

그래, 이걸 찾아내다니 행운이었지, 그가 말한다

찾아냈다고, 그녀가 말한다

그 농장 마당엔 넘칠 만큼 많았어, 그가 말한다

하지만 이웃한테서 훔치면 안 되잖아, 그녀가 말한다

그래야 한다면, 그래야지, 그가 말한다

그럴지도 모르지만, 그녀가 말한다

그리고 내가 고기를 잡을 거야, 그가 말한다

하지만 그 배는, 당신 잊었어, 그녀가 말한다

그녀가 말을 멈춘다

그 배는 안전하게 정박되어 있어, 그가 말한다

그래, 그럼 우린 잘 해낼 거야, 그녀가 말한다

당신과 나는 잘 해낼 거야, 그가 말한다

당신과 나 그리고 아기 시그발, 그녀가 말한다

오스타와 올라브 비크, 그녀가 말한다

모든 게 다 잘될 거야, 그가 말한다

그러더니 그가 나 조만간 벼리빈에 꼭 다녀와야겠어, 거기서 할 일이 있거든, 하고 말한다

꼭이라고, 그녀가 말한다

아니, 그런 건 아니고, 살 게 좀 있거든, 그가 말한다

어쩌면 그 바이올린을 팔지 말았어야 했는지도 몰라, 그녀가 말한다

내가 바이올린을 판 덕분에, 이제 벼리빈에서 뭔가를 살 수 있는걸, 그가 말한다

그리고, 그가 말한다

응, 그녀가 말한다

우린 그날그날 뭔가를 먹어야 하니까, 그가 말한다

그래, 거의 매일, 그녀가 말한다

응, 그래야지, 그가 말한다

그러고는 올라브가 오늘쯤 벼리빈에 들어가 봐야 할 것 같아, 한동안 그렇게 생각해 왔는데 오늘이 그날인 것 같아, 라고 말한다. 그러자 오스타가 아니, 오늘은 아냐, 그럼 난 혼자 바르멘에 남게 될 텐데 그리 좋은 생각이 아닌 것 같아, 무슨 일

이 일어날지 모르고 어떤 사람들이 찾아올지도 모르는데 나 혼자 있고 싶지 않아, 라고 말한다. 우리 둘이 같이 있을 때가 더 편안하고 좋아, 라고 그녀가 말한다. 그러자 올라브가 가능한 한 빨리 돌아올게, 난 서두를 거고, 가능한 한 빨리 걸어서 내가 생각하는 물건을 사고 나면 그걸 가지고 당신에게 돌아올 거야, 그래, 그리 오래 떨어져 있지 않을 거야, 라고 말한다 그러자 그녀가 혹시 나랑 아기 시그발이 같이 가도 될까, 라고 말한다. 그러자 그가 물론 그래도 되지, 나도 차라리 그러고 싶어, 하지만 나 혼자 가는 게 더 빠를 거야, 라고 말한다, 우리가 함께, 그리고 시그발도 데리고 가면 벼리빈까지 가는 데 오래 걸릴 테지만, 나 혼자 걸어가면 그렇게 시간이 걸리지는 않을 거야, 나는 가능한 한 빨리 서두를 테니까, 얼른 당신과 아기 시그발에게 돌아오려고 서두를 거야, 라고 말한다, 그러자 오스타가 그래, 맞아 당신 말이 사실이라 생각지만, 그러면 당신 나한테 벼리빈에 있는 여자들한텐 눈길도 안 준다고 꼭 약속해줘, 라고 말한다, 그들이랑 말도 섞지 않겠다고, 그 여자들은 한 가지 생각밖에 없고 그게 전부니까 그리고 걔들은 아주 뻔뻔한 얼굴로 무례하고 오만하게 돌아다니면서 남들을 나쁘게 얘기하니까, 당신 꼭 약속해, 그들이랑 말도 섞지 않겠다고, 라고 그녀가 말한다. 그러자 올라브가 난 그 여자들이랑 이야기 나누러 벼리빈에 가는 게 아니야, 라고 말한다. 그러자 그녀가 그래, 그런 줄 나도 알아, 그래도, 결코 당신이 바랄 걸 걱정하는 게 아니라, 벼리빈에 있는 그 여자들의, 그들의 욕구랑 능력을 걱정하는 거야, 벼리빈에 있는 여자들은 자기들이 원하는 게 뭔지 알고 있기 때문에 그들을 우습게 봐선 안 돼, 라고 말한다. 그러더니 그녀가 당신 절대 가지 마, 못 가, 난 당신이 긴 금발 머리를 한 예쁜 여자랑 있는 걸 보게 될 거야, 아 정말 끔찍해, 라고 말한다. 나처럼 검은 머리가 아니라 금발 머리에, 나처럼 갈색 눈동자가 아닌 푸른 눈에, 그렇게 예쁜 여자라니, 아, 너무 끔찍해, 라고 오스타가 말한다. 그리고 그녀는 안 돼, 당신 오늘은 벼리빈에 가면 안 돼, 그랬다간 뭔가 나쁜 일이 일어날 거야, 나쁜 일이 일어날 거라고, 그랬다간 뭔가 끔찍한, 무섭고 끔찍한 일이, 그런 일이 일어날 거라 감히 상상도 못 하는, 견딜 수 없고, 모든 걸 파멸시킬 뭔가가 일어나고 말 거야, 당신이 사라지게 될 거야, 아버지 아슬락이 사라졌던 것처럼 당신도 영원히 사라져 버릴 거라고, 난 그걸 느낄 수 있어, 그걸 알고 있어, 정말로 확신해, 너무나 분명해서 꼭 당신에게 얘기해야겠어, 말하지 않을 수가 없어, 꼭 말해야만 해, 라고 말한다. 그러더니 그녀가 그의 손을 잡아 쥐고는 당신 날 두고 가지 마, 그랬다간

다시는 당신을 볼 수 없게 될 거야, 라고 말한다. 그러자 올라 브가 아니야, 난 오늘 꼭 벼리빈에 들어가야 해, 걸어가기엔 먼 길인데, 오늘은 날이 좋고 바람도 없고 비도 안 와, 오늘 피 오르가 얼마나 고요히 반짝거리고 있는지, 얼마나 푸르고 잔 잔한지 보이지, 오늘이 벼리빈에 갈 날이야, 난 확신해, 그리 고 만약에 누가 와서 내 이름이나 당신 이름을 물어보면, 우 리가 결정한 대로 내 이름은 올라브고 당신 이름은 오스타라 고 말해야 해, 그리고 누가 우리더러 어디서 왔냐고 물어보면, 될리야에서 왔다고 내뱉으면 안 돼, 라고 말한다. 그녀가 어디 서 왔다고 해야 하냐고 물으니 그는 벼리빈 외곽, 더 북쪽의 비크라는 곳에서 왔다고 해, 벼리빈 북쪽에는 분명 비크라는 곳이 있으니까, 라고 말한다. 그러자 그녀가 그러면 알겠어, 난 비크 출신이고 이름은 오스타야, 비크 출신이고 이름과 성은 오스타 비크야 그러자 그는 그래, 맞아, 그리고 내 이름과 성 은 올라브 비크야, 이제 그렇게 부르는 거야, 우리는 오스타와 올라브 비크이고, 결혼한 사람들이고, 아들 시그발 비크를 데 리고 있어, 우린 비크의 교회에서 결혼했고 그 후에 시그발은 거기서 세례를 받았어, 우린 아직 반지를 구하지 못했지만, 곧 구할 거야, 당신은 그렇게 말해야 해, 라고 그가 말한다

알겠어, 올라브 비크, 그녀가 말한다

173
올라브의 꿈

그렇게 말하는 거야, 오스타 비크, 그가 말한다

그리고 그들은 이제 서로에게 웃음을 지어 보인다, 그가 이제 나, 올라브 비크는 벼리빈에 갈 거야, 거기서 할 일이 있으니까, 그리고 그 일을 처리하고 나면 곧바로 집으로 당신과 아기 시그발에게 돌아올 거야, 라고 말한다

　　알았어, 그럼 당신 꼭 그렇게 해야 해, 그녀가 말한다

　　꼭 그럴게, 그가 말한다

그리고 그가 문에 서 있는 것이 오스타의 눈에 들어온다 그가 그녀에게 미소를 지어 보이고는 빠른 걸음으로 문을 나서고 또다시 그녀는, 그녀와 아기 시그발은 남겨진다, 난 느껴져, 내 온몸으로 그게 느껴져, 난 다시는 올라브를 보지 못해, 그는 가면 안 돼, 그는 오늘 벼리빈에 가면 안 돼, 하고 그녀는 생각한다, 이미 말을 했지만, 내가 아는 걸 그에게 말했지만, 내 말을 들으려 하질 않아, 내가 원하는 무슨 말을 하든, 그가 내 말을 들으려 하질 않아, 난 배웅 나가지 않을 거야, 그가 나한테서 멀어져 가는 걸 보지 않을 거야, 그를 마지막으로 다시 보게 되는 걸 원하지 않아, 난 이미 그의 여자이고, 내 마지막 사랑이니까, 하고 그녀는 생각한다, 이제부터 나는 오스타고, 그는 올라브야, 그럼 지금 나는 나의 올라브를 마지막으로 본 거야, 아버지 아슬락에게 일어났던 일이 그

에게도 일어난다면, 그도 역시 가 버리고 영원히 사라진다면, 그러면 이제 나는 또다시 나뿐이야, 나와 아기 시그발은 이제 우리 둘뿐이야, 우린 그렇게 될 거야, 이제부터 우리 둘만 남게 되는 거야, 하고 오스타는 생각한다. 그런데 아기 시그발이 울음을 터뜨리기 시작하여 그녀는 시그발을 가슴에 안아 올리고 어른다. 그런데도 울고 또 울자 그녀는 어르면서 울지 마라, 울지 마라 우리 착한 아기, 라고 말하며 어른다. 울지 마라 우리 착한 아기, 라고 그녀가 말한다. 울지 마라, 눈물 흘리지 마라, 이유도 없이 그러지 마라, 라고 말한다. 엉엉 울지도 말고, 고함쳐 울지도 말고, 지금은 아무것도 하지 마라, 이 집은 너와 내 것이란다. 이 집에서 엄마 알리다와 아기 시그발이 살 것이란다. 여기서 살 거고 여기 머무를 거고, 여기서 일을 할 거란다. 엄마는 길쌈을 하고 시그발은 바다에 배를 띄울 거란다. 그러니 울지 마라, 모든 게 다 잘될 거고 언젠가는 성 같은 큰 집을 세울 거란다. 성 같은 큰 집을 세울 거란다, 라고 그녀가 말하자 시그발이 울음을 그친다 올라브가 뛰쳐나가려 하자 그의 팔을 잡은 남자들이 꽉 붙잡으며 무슨 용을 쓰는 거냐, 우리한테서 도망치는 게 쉬울 것 같나, 아니, 이젠 잠자코 있어야 할 걸, 곧 전혀 꼼짝도 못 하게 될 테니까, 곧 너는 죽어 나자빠지고 미동도 못 하게 될 거야, 다른 사람을 죽인 자는 마땅히 그래야지, 죽임은 죽음을 마주하게 되는 법이야, 그리 오래 버둥거리게 되진 않을 거야, 사형집행인이 그렇게 해줄 테니까, 그는 자기 일을 잘 알지, 그는 너처럼 발버둥치는 사람을 멈추게 만드는 데 일가견이 있어, 라고 그들이 말한다, 그건 확실해, 그러니 넌 일단 마음을 가라앉히는 게 좋을 거야, 네놈은 퓐텐으로 나가게 될 거고 수많은 사람들이 널 둘러쌀 거거든, 벼리빈에 사는 거의 모든 사람들이 네가 매달리는 걸 보려고 모일 거고, 벼리빈의 모든 주민들이 네가 거기 매달린 걸 보게 될 테지, 네가 죽어서 미동도 없게 되면 그들은 네놈이 매달린 모습을, 목이 부러져 죽어서 바닥에 뻣뻣하게 쓰러진 모습을 보게 될 거라고, 그들은 그럴 거야, 그러니 그렇게 발버둥치는 걸 멈추는 게 좋아, 사형집행인이 널 매달면 언제든 발버둥치고 팔을 흔들어 댈 수 있어, 원하는 만큼 얼마든지 몸부림칠 수 있다고, 하지만 그때까지는 몸부림치는 걸 아껴 두도록 해, 라고 그들이 말한다, 그러고서 그들은 그를 세게 잡아당기며 계속 끌고 가는데 올라브가 그들을 따라잡지 못하고 무릎을 꿇는다 그러자 그들이 그를 잡아당기고 그는 무릎으로 거리를 가다가 다치고 만다 그가 가까스로 다시 두 발로 서자 그들은 다시 일정한 속도로 걸어간다 그런데 그들이 곧 도착이라고 말한다, 그래, 잘됐어, 더는 이

게으름뱅이를 끌고 갈 필요가 없으니까 말야. 도착하면 우린 이놈한테서 벗어나는 거야. 일단 이놈을 구덩이에 처넣고 문을 꽁꽁 잠가 두기만 하면, 그걸로 우리 일은 끝이야. 그러고 나면 다른 사람들이 맡게 되겠지, 라고 그들이 말한다. 사형집행인이 준비하는 건 며칠 걸리지 않을 거야. 그러고 나면 정의가 구현되는 거지, 모두의 눈앞에서, 벼리빈의 모든 사람들 앞에서, 퓐텐에서, 정의가 구현될 거야. 우린 정의가 구현되는 걸 돕고 있는 거라고, 언제나 정의는 있어야 하니까. 사형집행인이 자기 일을 해내고 나면 정의는 구현되는 거야, 라고 그들이 말한다. 그리고 그들이 갑자기 오른쪽으로 꺾더니 이제 넌 구덩이에 들어가게 될 거야, 라고 말한다. 네놈이 결국 잡혔으니 정말 다행이지, 모두 그 늙은 게으름뱅이 덕분이야. 이제 사형집행인으로서 그가 할 일이 더 많아지겠군, 이라고 그들이 말한다. 그러고서 그들은 다시 갑자기 오른쪽으로 꺾어 가파른 계단을 하나 내려가는데 올라브가 고개를 들어 바라보자 검게 젖은 바위가 눈에 들어온다 그들이 그를 계단 밑으로 끌어내려 밑에 내려서게 되자 아무것도 알아보기 어려울 정도로 아주 어두운데, 그의 앞에 뭔가 희끗희끗한 것은 아마도 문인 듯하고, 그런 다음 그들은 멈추고서 완전히 미동도 없이 서 있다. 그런데 올라브 앞에 있던 남자가 그를 놓는다.

그리고 올라브의 귀에 절그럭거리는 소리가 들리고 앞에 있던 남자가 문을 향해 몸을 구부리는 것이 눈에 들어온다 남자는 욕을 하며 몸을 뒤적이더니 열쇠를 찾아 자물쇠에 넣고 가까스로 문을 밀어 연다

이곳처럼 어두울 때는 쉽지가 않단 말이야, 그가 말한다

하지만 결국 난 해냈지, 그가 말한다

그래, 썅, 난 해냈어, 그가 말한다

올라브 앞에 섰던 남자가 문으로 걸어 들어가고 뒤로 팔을 잡아당기자 올라브는 가까스로 첫 번째 계단에 발을 내딛는다, 그러고는 다음 계단, 그다음엔 문으로 걸어 들어간다

여기가 이제 네놈이 살 곳이다, 목숨이 붙어 있는 동안은 말이야, 한 남자가 말한다

넌 여기서 남은 시간을 보내게 될 거다, 다른 남자가 말한다

네놈은 그런 일을 당해도 싸, 그가 말한다

너 같은 인간은 살아 있어선 안 돼, 그가 말한다

너 같은 살인자는 죽임을 당해야 해, 다른 남자가 말한다

올라브가 우두커니 서 있자 두 남자가 걸어 나가며 문을 닫

는다 올라브는 열쇠가 절그럭거리는 소리와 문이 잠기는 소리를 듣고 두 손을 문에 가져다 댄다 그는 아무런 생각도 없이 그저 우두커니 서 있다 모든 것이 텅 비어 있고 기쁨도 슬픔도 그에게는 닿지 않는다 그런 다음 그는 한 손을 문에서 떼어 돌 위에 올려놓는데 그 돌은 젖어 있다 그는 돌을 따라 손을 천천히 미끄러뜨린 다음 나머지 손도 돌을 따라 미끄러뜨린다 그런데 뭔가 종아리에 닿는 것이 있어 손을 내려 보니 침상인 듯하고, 그는 더듬더듬 앞으로 다가가며 주위를 느껴 보고는 조심스럽게 침상에 앉아 몸을 누이고 누운 채로 정면의 텅 빈 어둠을 응시한다. 그는 공허하다, 가장 공허한 어둠처럼 그는 공허하다. 그는 누워 있다. 그저 누워 있다. 누워서 두 눈을 감고 있다 그런데 어깨에 알리다의 손이 느껴진다 그는 돌아누워 그녀를 팔로 감아 가까이 끌어당기고 그녀의 평온한 숨소리를 듣는다 숨이 고르고 몸이 따뜻한 걸 보니 그녀는 누워 잠든 듯하다 그가 손을 뻗어 그녀 곁에 누운 아기 시그발의 기척을 느껴 보는데 시그발의 숨소리도 평온하게 들려온다 그러자 그는 손을 알리다의 배 위에 얹고 아주 가만히 누워 움직임 없이 그녀의 고른 숨소리를 듣는다 그리고 그가 몸을 돌려 눕는데 추위가 느껴진다. 추워, 더워, 춥고 더워, 춥고 땀에 젖었어, 알리다, 알리다는 어딨지, 그리고 아기 시그발은, 시그발은 어디 있어, 어두워, 모든 게 다 축축하고 난 땀에 젖었어, 내가 잠든 걸까 아니면 깨어 있는 걸까, 내가 왜 여기 있는 거지, 내가 왜 여기 있어야 하지, 내가 왜 여기 구덩이 안에 있는 거야, 문이 잠겨 있어, 알리다, 난 다시는 알리다를 보지 못하는 걸까, 그리고 아기 시그발, 아기 시그발을 다시는 보지 못하는 걸까, 내가 왜 여기 구덩이 안에 있는 거야, 너무 더워, 너무 추워, 내가 잠든 모양이지, 내가 깬 모양이지, 더워, 추워, 그리고 그가 눈을 뜨자 문틈으로 자그마한 불빛이 들어온다 그가 그 문을 바라보자 커다란 바위가, 겹겹이 쌓인 바위가 눈에 들어온다, 그가 일어서서 문으로 다가가 손잡이를 당겨 보는데 문은 잠겨 있다 그가 문에다 온몸의 체중을 실어 밀어 보아도 문은 잠겨 있다, 알리다는 어디 있지, 아기 시그발은 어디 있어, 난 추워, 난 땀에 젖었어, 문틈으로 밖을 내다봐도 계단에 쌓인 돌들밖에 안 보여, 내가 여기 온지 오래 됐을까, 아니면 막 온 참일까, 여기에 오래 머물게 될까, 아니면 곧 풀려나 햇빛을 보게 될까, 나는 곧 거리를 걸어 집으로, 알리다와 아기 시그발에게 가게 될까, 알리다 그리고 아기 시그발, 그리고 나, 아슬레, 우리 셋은, 하고 그는 생각한다, 그런데 내 이름은 더 이상 아슬레가 아닌데, 내 이름은 올라브야, 그런 것도 기억 못할까 봐, 나는 올라브고, 알리다는 오스타고, 아기 시그발은 시그발이야 그런데 발소리가 들려 그는 움찔한다 이어 자물쇠에 열쇠를 넣는 소리가 들리자 그는 침상으로 다가가 앉는다 날 데리러 온 사람은 분명 사형집행인이 아니야, 그럴 거야, 그래, 나는 오스타와 아기 시그발에게 가게 될 거야, 나는, 아무도 내 목에 밧줄을 감아 목매달 순 없어, 물론 안 되지, 그들이 멋대로 생각할 순 있겠지만, 그런 일이 일어나진 않을 거야, 하고 올라브는 생각한다, 그리고 그가 침상에 앉아 정면을 바라보는데 문이 열리고 어떤 남자가 구덩이 안으로 들어와 선다, 그는 체구가 그리 크지 않고, 허리가 구부정하고, 머리에 잿빛 두건을 쓰고 있다, 그는 그저 가만히 서서 올라브를 쳐다보고 올라브는 그 노인을 쳐다본다

살인자가 여기 있구만, 그가 말한다
가늘고 날카로운 목소리로

이제야 정의가 구현되겠군, 아슬레, 그가 말한다

살인를 저지른 사람은 살해를 당해야지, 그가 말한다
그러고서 노인은 눈을 가늘게 뜨고 올라브를 쳐다본다 그러더니 그가 검은 자루처럼 생긴 것을 꺼내 머리에 쓰고는 한동안 문턱에 서 있다가 그 자루를 벗는다

봤나, 아슬레, 그가 말한다

그는 가늘게 눈을 뜨고

내가 누군지 자네가 알 거라 생각하는데, 누가 사형집행
인인지 말이야, 그가 말한다

자네가 마땅히 아주 잘 알 거라 생각하는데, 그가 말한
다

아니면 자네 생각은 어떤가, 아슬레, 그가 말한다

동의하지 않나, 그가 말한다

그래, 자네가 동의할 것 같은데, 그가 말한다

난 다르게 생각할 수 없을 것 같은데 말이야, 그가 말한
다

노인이 몸을 돌리고는 이제 들어들 오라고 말한다 그러자 올
라브를 이곳 구덩이 안에 집어넣은 그 두 남자가 들어와 한
사람은 노인 곁에, 한 사람은 약간 뒤에 선다

그 날이, 그 시간이 다가왔어, 노인이 말한다

이제 내가 여기 있지, 그가 말한다

사형집행인이 지금 도착하셨단 말이야, 그가 말한다

그리고 그가 올라브를 붙잡으라고 소리치자 두 남자가 구덩
이 안으로 들어와 각자 침상에 앉은 올라브의 어깨를 붙잡고
일으켜 세운다

일어서, 노인이 말한다

올라브가 일어서자 남자들이 각각 올라브의 팔을 붙잡아 등 뒤로 돌려 그의 두 손을 묶는다

이제 걸어, 노인이 외친다

그러자 올라브가 걸음을 앞으로 뗀다

걸으라고, 노인이 다시 외친다

그러자 두 남자가 올라브를 다시 단단히 붙잡는다

이제 정의가 구현될 거야, 노인이 말한다

두 남자가 올라브를 사이에 두고 각자 그의 팔을 움켜잡고는 문 쪽으로 걸어가기 시작한다. 그들은 밖으로 나와 계단을 걸어 올라가기 시작하는데 계단 꼭대기에 올라서자 그들이 잠시 멈춰 서고 올라브는 노인이 구덩이의 문을 닫고 계단을 올라오는 것을 바라본다 노인은 그들 앞에 서서 올라브를 쳐다본다

이제 법이 집행될 거다, 노인이 말한다

정의가 도래할 시간이야, 그가 말한다

놈을 퓐텐으로 데려가, 그가 외친다

걸어, 그가 외친다

그러고서 노인이 안정된 걸음으로 거리를 따라 걸어가기 시작하며 검은 자루를 흔들어 대고 두 남자가 올라브의 팔을 잡아당긴다 그는 두 남자 사이에서 그리고 노인의 뒤에서 거

183
올라브의 꿈

리를 따라 걷는다. 그러고서 그들은 사형집행인, 사형집행인이 여기 있습니다. 이제 정의가 구현될 것입니다. 이제 죽은 이들이 위로를 받고 정의를 얻게 될 것입니다. 라고 외친다 올라브가 손가락을 뻗는데 그곳엔 아무도 없다. 아무도 느껴지지 않는다. 당신 어디 있어. 알리다 당신 지금 어딨는 거야, 하고 그는 생각한다 그리고 그는 아기 시그발에게 손가락을 뻗는데 그곳엔 아기 시그발이 없다 다들 어딨는 거야, 알리다랑 아기 시그발은 어디 있어, 하고 그는 생각한다. 그런데 노인이 검은 자루를 흔들며 소리치는 모습이 그의 눈에 들어온다, 오십시오. 지금 나오세요. 나와서 정의가 구현되는 것을 보세요. 라고 그가 소리친다. 이제 정의가 구현될 겁니다. 꼭들 나오세요. 라고 그가 소리친다. 그러자 사람들이 모여들기 시작하며 올라브 자신과 노인 주변을 둘러싸는 모습이 그의 눈에 들어온다

오세요, 오십시오, 노인이 외친다

이제 정의가 구현될 겁니다. 그가 외친다

계속 걸어. 그가 외친다

이제 퓐텐에서 정의가 구현될 겁니다. 그가 외친다

오세요, 모두들 오세요. 그가 외친다

계속 걸으라고, 그가 외친다

올라브의 눈에 이미 많은 사람들이 모여든 것이 보이고, 그는 몰려든 무리의 한 부분이 되어 있다. 그런데 그의 귀에 알리다의 목소리가 들려온다, 얼른 안 일어날 거야, 그가 바라보자 그녀는 옷을 반쯤 걸친 채 바닥에 서 있다 그가 일어서자 바닥에는 아기 시그발이 거의 벌거벗은 채로 주위를 기어 다니고 있다 그리고 그의 귀에 노인이 오세요, 이제 오세요, 하는 소리가 들린다. 올라브는 춥다고, 덥다고, 그리고 모든 것이 공허하다고 느낀다 그는 두 눈을 감고 그저 앞으로 걸으며 비명과 외침을 듣는다 더는 아무것도 없어, 지금 존재하는 것은 떠오르는 것뿐이야, 기쁨도 없고, 슬픔도 없어, 남은 것은 떠오르는 것뿐, 내가 떠오르고, 알리다가 떠올라, 하고 그는 생각한다

나는 아슬레야, 그가 외친다

그리고 그는 두 눈을 감은 채 걸어간다

그래, 넌 아슬레야, 노인이 말한다

내가 늘상 얘기하지 않았나, 그가 말한다

하지만 너, 네놈은 더 이상 아슬레가 아닌 척은 못 할 거다, 그가 말한다

이 거짓말쟁이야, 그가 말한다

그리고 아슬레는 그 자신이 그것이라 알고 있는 것, 하나의

185

올라브의 꿈

떠오름이 되려고 노력한다, 그 떠오름은 알리다야, 그리고 난 그저 그 바람을 타고 싶어, 하고 아슬레는 생각한다, 그의 귀에 외침과 고함이 들려오고 그들은 멈춰 선다

이제 퓐텐에 도착했다, 노인이 말한다

아슬레가 눈을 뜨자 그곳에, 그의 눈앞에 알리다가 아기 시그발을 가슴에 안고 이리저리 어르고 있다, 너는 그저 잠이 들렴, 울지 말고, 그저 살아 숨 쉬렴, 그저 행복하고 진실되렴, 그저 살아서 네가 되렴, 하고 알리다가 말하며 아기 시그발을 이리저리 어른다 그리고 아슬레는 아주 파랗게 반짝이는 피오르를 바라본다, 오늘은 피오르가 푸르게 반짝이는구나, 하고 그는 생각한다, 피오르가 더할 나위 없이 고요해, 하고 그는 생각한다, 그리고 저만치, 알리다 뒤에서, 비카에서 온 오스가우트가 아슬레에게 손을 흔들며 그의 이름이 아슬레인지 아니면 올라브인지, 뒬리야 출신인지 아니면 비크 출신인지 묻는다 그러고는 비명과 외침뿐이다 그리고 그 소녀가 달려와 알리다에게 다가가서 팔찌를 찬 팔을 알리다에게 내밀고는 아슬레를 바라보는 모습이, 그리고 팔찌를 찬 팔을 들어올려 그에게 흔드는 모습이 눈에 들어온다 그리고 소녀가 팔찌를 흔드는 모습 뒤로 그 보석상이 멋진 차림을 하고서 천천히, 천천히 걸어오는 모습이 눈에 들어온다, 그리고 보석상 바

로 뒤로 그 노파가 걸어오는 모습이, 그녀가 길고 두터운 잿빛 머리 뒤로 미소를 짓는 모습이 눈에 들어온다 그녀의 머리카락은 점점 더 가까이 다가와 그가 바라볼 수 있는 것은 그녀의 길고 두터운 잿빛 머리뿐이다 그리고 그는 수많은, 무수히 많은 얼굴들을 보지만 아무도 아는 사람이 없다, 알리다는 어떻게 된 거지, 아기 시그발은 어떻게 된 거야, 저기 있었는데, 내가 봤는데, 지금 어디들 있는 거야, 어디 있어, 하고 아슬레는 생각한다 그런데 검은 자루가 그의 머리에 덮어씌워지고 밧줄이 그의 목을 휘감는다 비명과 외침이 들려오며 밧줄이 목에 닿는 것이 느껴진다 그런데 알리다의 목소리가 들려온다, 너 거기 있구나, 우리 착한 아기, 넌 세상에서 가장 착한 아기야, 너 거기 있고, 나 여기 있지, 여기 반짝, 저기 반짝, 겁내지 말렴, 우리 아기, 우리 소중한 아기, 그러자 아슬레는 푸르게 반짝이는 피오르 위로 떠오른다 그리고 알리다가 잘 자라 우리 아기, 너는 그저 떠오르고, 너는 그저 살아가고, 너는 그저 연주하렴, 우리 착한 아기, 라고 말하자 그는 푸르게 반짝이는 피오르를 넘어 높이 푸른 하늘로 떠오른다, 그리고 알리다가 아슬레의 손을 잡고 그는 일어서서 알리다의 손을 잡는다

해질 무렵

◆

알레스는 양털 이불을 더 바짝 끌어당겨 몸을 감싸며, 조금 춥네, 하고 생각한다. 그녀는 의자에 앉아 얇고 흰 커튼으로 거의 가려진 창문을 바라보며 바닥의 작은 틈새로 빛이 새어 들어오는 것을 흘깃 바라보는데 누군가 창문 밖을 걸어가는 것이 보인다. 누구인지는 알 수 없지만 누군가 지나간 것을 그녀는 볼 수 있다. 이곳이 내가 사는 곳이지, 하고 그녀는 생각한다. 길 아주 가까이 있는 작은 집, 그런 집에서 살고 싶었는데 이제는 그렇게 되었어, 하고 그녀는 생각한다. 커튼이 아니었다면 누구라도 내가 앉아 있던 곳을 볼 수 있었을 테지. 또렷하게는 아니지만, 지금도 앉아 있는 것을 볼 수 있을지 몰라, 누가 저기 앉아 있구나 하겠지, 하고 그녀는 생각한다. 그렇다고 내가 여기 앉아 있는 걸 누가 볼 수 있다고 해서 그게 무슨 상관이 있나? 아니, 전혀 아니지, 하고 그녀는 생각한다.

눈곱만큼도 상관이 없어, 하고 그녀는 생각한다. 상관이 없지, 하고 그녀는 생각한다. 그리고 그녀는 양털 이불을 더 가까이 끌어당겨 몸을 감싸며 나는 알레스야, 그래, 나는 나이 든 알레스지, 그래, 하고 그녀는 생각한다. 이젠 늙어 버렸어, 알레스, 하고 그녀는 생각한다. 이젠 의자에 앉아 온기를 유지하려고 하고 있지, 하고 그녀는 생각한다. 그러고서 그녀는 벽난로에 장작을 더 집어넣어야지 생각하고는 벽난로 쪽으로 걸어가 난로 문을 열고 장작을 더 집어넣은 다음 의자로 돌아와 앉는다 그리고 양털 이불을 가까이 끌어당겨 덮고는 앉아서 정면을 바라보다가 흘깃 거실의 창문을 바라보는데, 알리다가, 그녀의 어머니가 눈에 들어온다. 그녀는 꼭 지금 알레스가 그녀의 방에 앉아 있는 것처럼 비카에 있는 그녀의 방에 앉아 있다 그리고 이제 알리다가 천천히 뻣뻣하게 일어나서 짧은 걸음으로 바닥을 가로질러 걸어가는 것이 보인다. 어디로 가시는 거지? 어디로 가시는 걸까? 밖으로 나가시려는 건가? 저기 모퉁이에 있는 벽난로까지인가? 알레스가 일어나 짧고 뻣뻣한 걸음으로 바닥을 가로지르자 알리다가 그녀 집의 부엌문을 열고 들어가는 것이 보이고 알레스도 자기 집 부엌으로 들어선다

　나도 너무 늙었나 봐, 알레스가 말한다

세월이 너무 빨리 흘러 버렸어, 그녀가 말한다

살아 계실 때는 나이 든 어머니를 전혀 보지 못했는데, 이젠 자주 보는구먼, 그녀가 말한다

이유를 모르겠네, 그녀가 말한다

이젠 나도 늙었나 보군, 그녀가 말한다

늙었어, 그래, 그녀가 말한다

말을 말아야지, 그녀가 말한다

나는 대개 여기서 혼자 걷고 소일거리를 하지, 이따금 자식들이나 손주들 중 한 녀석이 보러 오기도 하지만, 그녀가 말한다

그렇지만 대개 나는 짧은 걸음으로 여길 걸으며 혼잣말을 하지, 그래, 그녀가 말한다

그리고 알레스는 알리다가 그녀의 부엌에 있는 탁자 옆 의자에 앉는 것을 보고 자기 부엌의 탁자 옆 의자로 다가가 앉는다, 내 예쁜 부엌, 하고 알레스는 생각한다, 여기 부엌 안이 제일 아늑해, 하고 그녀는 생각한다, 늘 그렇게 자주, 부엌이 집 안에서 제일 아늑하다고 생각하지, 하고 알레스는 생각한다, 그리 큰 부엌은 아니지만, 아늑해, 늘 아늑했어, 하고 그녀는 생각한다, 내가 가진 탁자와 의자들, 찬장들과 화로는 어머니가 쓰시던 것과 꼭 닮았지, 어머니의 부엌 한구석에는 부엌을

192
3부작

데우고 요리를 하려고 불을 붙이던 검은 화로가 있었는데, 나도 어머니가 가지고 있던 것과 꽤 비슷한 화로를 가지고 있어. 바닥 한가운데 있던 탁자, 벽을 따라 놓여 있던 침상, 거실과 거기 딸린 다락방, 그 다락방이 아주 생생해, 거기서 우린, 나와 어린 여동생은 잠을 잤지, 그런데 그건, 그건 정말 오래전이어서 존재하지 않는 일인 것 같아, 있었다 해도 정말은 존재하지 않았던 일, 어린 여동생은 창백한 얼굴로 누운 채 가 버렸지, 그 창백한 얼굴, 벌어진 입, 반쯤 뜬 눈은 절대 그 애한테서 사라지지 않을 테고, 난 항상 그것을 보겠지, 어린 여동생은 병에 걸려 죽었고 모든 것이 순식간이었으니까, 그 애는 살아서 행복했고 그런 후엔 병에 걸려 죽었지, 그리고 우리 오빠 시그발, 실제론 이부異父 오빠지만, 그는 내가 아직 조그마한 여자아이였을 때 떠나서 다시는 돌아오지 않았어, 아무도 그가 어떻게 됐는지 몰라, 하지만 그는 바이올린을 연주했어, 그래, 아무도 우리 이부 오빠 시그발보다 더 잘 연주하진 못했을 거야, 그래, 그는 연주를 잘할 수 있었고, 그게 내가 그를 기억하는 유일한 것이야, 그의 아버지도 바이올린 연주를 했다고 했어, 사람들이 말하기로, 그의 이름은 아슬레였고 분명 벼리빈에서 교수형을 당했다고 했지, 사람을 목매달다니, 옛날이어서, 그래서 그럴 수 있었고 그렇게 했을까, 하고 그녀는 생각한다, 그리고 어머니는 아버지와, 오슬레이크와 재혼했지, 그래, 그렇게 됐다고, 그렇게 됐다고 얘기했었어, 우리 아버진, 이름은 오슬레이크였는데 다들 비카라 불렀지, 그가 비카에 있는 것들을 소유하고 있었으니까, 작은 집, 곳간, 보트하우스, 선착장, 배, 그는 손에 넣은 모든 것을 간직하고 있었어, 아버진 진취적인 사람이었지, 그런 후에 알리다가 아들 시그발을, 교수형 당한 연주자였던 아슬레와 그녀 사이에 태어난 아들을 데리고 가정부로 들어갔어, 그렇게 된 것이었지, 아슬레가 교수형을 당하고 나서 어머니가 비카에 갔다고 사람들이 얘기하긴 했지만, 어머니는 결코 그녀 자신에 대해 얘기하지 않았어, 아슬레에 대해서, 그리고 무슨 일이 일어났던 것인지에 대해서 결코 어떤 것도 얘기하고 싶어 하지 않았어, 하고 알레스는 생각한다, 이따금 내가 넌지시 얘기했는데, 물어본 게 아니라 단지 넌지시 얘기하기만 해도 어머닌 말이 없어지고 자리를 피했지, 어머닌 단 한 번도 아슬레라는 이름을 언급한 적이 없었어, 그녀에게 그 남자에 대해 이야기했던 건 다른 사람들이었지, 그들은 그럴 수 있을 때마다 그랬어, 마치 모든 사람들이 어머니가 어떤 남자와 함께 지냈는지 말해 주고 싶어 하는 것처럼, 물론, 그들이 어머니에게 이야기했던 것들 중 뭐가 진실이고 거짓인지는 말하기 어렵지만, 그들이 말하기로 아슬레는 될리야에서 그의 아버지가 전에 그랬던 것처럼 바이올린 연주자였고, 어머니가 아직 어린애였음에도 악랄한 폭력으로 어머니를 취해서 그녀를 임신시켰고, 첫 번째 살인으로 그녀의 어머니를, 즉 우리 외할머니의 목숨을 빼앗고서 그녀를 데리고 갔다고, 그들은 그렇게 말했어, 그런데 그게 정말이라면, 아니야, 누가 알겠어, 그랬을 리가 없지, 그건 아마도 단지 사람들이 지어내고 이야기하는 그런 것일 테지, 하고 알레스는 생각한다, 그들이 말하기로 그 남자가 자기 또래의 어떤 사람이 가진 배를 훔치려고 목 졸라 죽였다고, 아슬레의 아버지가 살았던 될리야의 보트하우스에서 그 일이 일어난 것 같다고 했어, 그리고 버리빈에서 그 남자가 붙잡혀 교수형을 당하기 전에 여러 사람을 목 졸라 죽인 것 같다고, 그렇게들 말했지, 하지만 그게 정말일 리 없어, 우리 어머니, 알리다는 그런 남자와, 그런 짐승 같은 자와는 결코 함께 지낼 수 없었을 거야, 맹세코 아니야, 그건 불가능했어, 난 우리 어머니 알리다를 잘 알아, 그녀는 그런 살인자와는 결코 함께 살 수 없었을 거야, 하고 알레스는 생각한다, 사람들은 교수대가 있어야 해, 적어도 각 마을마다 하나씩, 이라고 말했지, 무엇이 진실이고 거짓이며 아슬레가 무슨 짓을 저질렀고 저지르지 않았는지, 난 그런 것은 잘 모르겠지만, 살인자는 아니었을 거야, 그 남자는 내 오빠, 내 이부 오빠 시그발의 아버지였는걸, 하고 알레스는 생각한다, 그 남자는 우리 외할머니를 죽이지 않았을 거야, 사람들이 말하길 외할머니는 아침에 그녀의 침대에서 죽은 채 발견됐고 사람들이 보통 죽는 것처럼 죽었을지 모른다고들 했으니까, 그녀는 오히려 평온하고 고요하게, 무척 평범하고 좋은 죽음을 맞이하고 세상을 떠났을지 몰라, 물론 그랬던 게 분명할 거야, 하고 알레스는 생각한다, 그러고 나서 그녀는 내가 여기 가만히 앉아 있을 순 없지, 뭐가 됐든, 거의 늘 해야 할 일이 있으니까, 하고 생각한다, 그러고서 그녀가 부엌의 창문을 바라보는데 알리다가 그곳에, 창문 바로 앞의 바다 한가운데에 서 있는 것이 보인다, 어머니가 아주 또렷한 모습으로 저기 서 있어, 내가 어머니의 어깨에 손을 올릴 수도 있을 것 같아, 그렇게 해볼까, 하고 알레스는 생각한다, 아냐, 아냐, 난 그럴 수 없어, 오래전에 돌아가신 어머니에게 내가 손을 올려놓을 수는 없어, 하고 알레스는 생각한다, 아니, 내가 망령이 들었나 보군, 하고 그녀는 생각한다, 더는 제정신이 아닌가 봐, 하지만 나이 든 어머니가 저기 서서 나한테 저주를, 저주를 하고 있는걸, 하고 알레스는 생각한다, 내가 감히 말을 걸어 봐도 될까, 저들이 어머니가 바다로 걸어 들어갔다고 말하는 것이 정말인지 어머니에게 물어보는 걸 종종 상상했는데, 나는 그 말을 믿지 않아, 하지만 저들이 그렇게 말을 해, 어머니가 그랬다고, 어머니가 바닷가에서 발견되었다고, 저들이 말을 해, 그런데 내가 여기 앉아서 오래전에 죽은 사람과 말을 할 수 있을까, 아냐, 난 그렇게 미치지 않았어, 저들이 나에 대해서 뭐라고 생각하고 말하든, 내 자식들이 나에 대해 뭐라고 생각하고 말을 하든, 그래 나는 걔들이 서로, 그리고 어쩌면 남들한테도 나에 대해 뭐라고 지껄이는지 알고 있어, 내가 혼자 살기에는 너무 늙었다고, 그렇게들 말하지, 하지만 그렇다고 걔들 중 아무도 나와 함께 살려고 하진 않아, 적어도 그랬으면 한다고 나한테 말했던 녀석은 아무도 없어, 그리고 걔들은 자기 앞가림하기 바쁘지, 그런데 어머니 알리다가 저기에 계시단 말이야, 하고 그녀는 생각한다, 물론 걔들은 자기 앞가림하기도 벅차고, 날 걱정할 필요도 없지만, 도대체 왜 어머니 알리다가 저기 창문 앞에 계시느냔 말이야, 하고 알레스는 생각한다, 어머니가 부엌에 머물러 계실 셈이라면, 나는 곧장 거실로 가야겠어, 하고 알레스는 생각한다, 내가 오래전에 돌아가신 어머니와 같은 방에 있을 순 없지, 하고 알레스는 생각한다, 그런데 알리다가 몸을 돌려 그녀를 똑바로 바라보는 것이 보인다, 알리다는 내 어린 딸, 내 예쁘고 어린 딸, 나의 사랑스러운, 사랑스러운 작은 아기도 늙었구나, 하고 생각한다. 딸에게도 세월이 유수처럼 빠르게, 정말 무섭도록 빠르게 흘러 버렸구나, 하고 그녀는 생각한다. 하지만 아이들을, 그래, 내 딸 알레스도 자기 아이들을 데리고 있어, 모두 여섯, 그 애들은 다들 자라서 자기 삶을 일궈 가고 있구나, 소녀들과 소년들, 그들 한 사람 한 사람 모두, 내 딸 알레스도 좋은 삶을 살고 있어, 하고 알리다는 생각한다. 그리고 그녀는 어린 알레스가 비카의 집 거실에 딸린 다락방 사다리를 올라가는 것을 본다. 그녀는 계단 꼭대기에 멈춰 서서 알리다를 바라보며 안녕히 주무세요, 엄마, 라고 말하고 알리다는 우리 예쁜 딸도 잘 자렴, 너는 세상에서 제일 착한 딸이란다, 라고 말한다. 그런 다음 알레스는 마저 올라가 다락방의 어둠 속으로, 구석의 침대보 밑으로 사라진다. 그리고 알리다는 그 자리에 서 있다. 그런 다음 알리다는 거실로 가 현관에 서서 저만치 배 아래쪽에 서 있는 오슬레이크를 바라본다. 저이는 몸이 건장하진 않고 아주 강인하지도 않지만, 머리올은 굵고 턱수염은 덥수룩하며 여전히 검어, 머리털과 턱수염 둘 다 여기저기 새치가 몇 가닥 있긴 하지만, 내 검은 머리도 마찬가지지, 하고 알리다는 생각한다. 그리고 그녀는 오슬레이크가 저만치 서서 그의 보트를 바라보는 것을 본다. 저기 서서 뭔가 골똘히 고민하는 모양이네, 하고 알리

다는 생각한다. 오슬레이크는 지금껏 내게 잘해 주었어, 하고
그녀는 생각한다. 나와 아기 시그발이 오슬레이크를 만나지
못했다면 어떻게 됐을지. 버리빈의 선착장에 있을 때 우린 기
력이 다해 비참한 몰골이었고, 난 죽기 직전까지 굶주리고 지
쳐서 부두 창고에 기대 주저앉아 있었지. 그런데 그때 오슬레
이크가 갑자기 나타나 날 내려다봤어

아니, 너 알리다 맞지. 오슬레이크가 말했다

알리다가 올려다보자

너 나 기억 안 나니, 그가 말했다

알리다는 그가 누구인지 기억하려 애썼다

오슬레이크. 그가 말했다

나 오슬레이크야, 비카에 사는, 그가 말했다

될리야의 비카 말인가요. 그녀가 말했다

그래, 그가 말했다

그러고서 그는 아무 말 없이 그 자리에 서 있었다

우린 자주 보지는 못했지, 난 너보다 훨씬 나이가 많으
니까, 그렇지만 난 네가 작은 여자아이였을 때부터 기억한단
다. 그가 말한다

네가 아직 작은 여자아이였을 때 난 어른이었지, 그가
말한다

나 기억 안 나니, 그가 말한다

아, 맞아요. 기억해요. 알리다가 말한다

물론 내가 오슬레이크를 기억하지만, 그저 길 가다 한두 마디

나눴던 어른들 중 하나일 뿐이야, 그가 어머니와 함께 비카에

살고 있다는 것은 기억하지만, 그 이상은 기억나지 않아, 하고

그녀는 생각한다, 그는 나보다 나이가 많으니까, 스물다섯 살,

아마 그 정도, 어쩌면 더 많이, 그러니 어른으로 여길밖에, 하

고 그녀는 생각한다

그런데 왜 여기 앉아 있니, 오슬레이크가 말한다

어딘가는 앉아야죠, 알리다가 말한다

살 곳이 없는 거니, 오슬레이크가 말한다

네, 그녀가 말한다

거리에서 지내는 게로구나, 그가 말한다

집이 없을 땐 그럴 수밖에요, 알리다가 말한다

너랑 네 아이가, 그가 말한다

네, 우린 그럴 수밖에 없어요, 그녀가 말한다

너 무척 야위었구나, 둘 다 먹을 것도 없는 거니, 그가

말한다

네, 그녀가 말한다

오늘 아무것도 먹지 못했어요, 그녀가 말한다

그럼, 일어나서 따라오너라, 나랑 같이 가자, 그가 말한
다
오슬레이크가 그녀의 팔 아래를 잡아 서는 것을 도와주고 그
러자 알리다는 아기 시그발을 안고 일어서는데 그녀의 발아
래에 그녀가 지니고 다니던 두 개의 보따리가 있자 오슬레이
크가 저것들이 네 것이냐 묻고 그녀는 그렇다고 말한다 그러
자 그가 보따리들을 들어 올리고서 따라오라고 말하고 그러
고서 그들은 벼리빈의 선착장을 따라 걷는다, 비카 출신인 오
슬레이크와 알리다와 그녀의 팔에 안긴 아기 시그발은 벼리
빈의 선착장을 따라 걸어가고 그들 중 누구도 아무런 말을 하
지 않는다 그런데 오슬레이크가 한 골목으로 꺾어 들어가고
알리다는 그를 따르며 그의 짧은 다리와 큰 보폭 그리고 열린
채 펄럭거리는 그의 검은 상의와 목까지 눌러 쓴 챙모자 그리
고 그가 손에 들고 있는 그녀의 보따리 둘을 바라본다 그런
데 오슬레이크가 멈추고서 그녀를 바라보며 한 골목으로 고
개를 까닥이고는 그 골목으로 걸어 들어가고 알리다는 포근
하고 달콤한 잠에 빠진 아기 시그발을 가슴에 안고서 그를
따른다 오슬레이크가 문을 열어 잡고 알리다가 들어가서 아
래위를 둘러보자 많은 테이블이 놓여 있는 길고 좁다란 공간
이 보이는데 그녀는 훈제된 쇠고기와 구운 돼지고기 냄새가

나는 것을 알아차린다 그 냄새가 너무도 좋아서 그녀는 갑자기 다리에 힘이 풀리는 것을 느끼지만 아기 시그발을 가슴에 꼭 부둥켜안으며 정신을 차린다. 그래, 정신 차려야지, 그러고 나서 그녀는 침착하게 그 자리에 선다. 하지만 이런 좋은 음식 냄새는 한 번도 맡아 본 적이 없어, 하고 알리다는 생각한다. 그런데 오슬레이크는 왜 날 여기 데려왔을까, 꼭 내가 음식을 사 먹을 돈이 있는 것처럼, 난 한 푼도 없는데, 하고 알리다는 생각한다, 그리고 앉아서 음식을 먹는 사람들을 바라보는데, 그녀는 훈제된 쇠고기와 구운 돼지고기과 완두콩의 그렇게 좋은 냄새는 이전까지 한 번도 맡아 본 적이 없었고 그렇게 배고픔을 느껴 본 적도, 그렇게 맹렬히 음식을 원한 적도 없었다. 내 기억엔 그런 적이 없어. 그런데 내가, 내가 음식을 사 먹을 돈이 있나, 아니 없어, 난 동전 한 닢도 없어, 그러자 두 눈에 눈물이 차오르고 그녀는 울기 시작한다. 검고 긴 머리를 늘어뜨리고서, 아기 시그발을 가슴에 안은 채로

그런데 너 왜 울고 있니, 오슬레이크가 말하다

그녀는 대답을 하지 않는다

아니, 아무것도 아니다, 그가 말한다

이제 이리 와서 앉거라, 오슬레이크가 말한다

그리고 그가 손을 들어 올려 가장 가까운 탁자 곁의 의자를

가리키자 알리다는 그곳으로 가서 앉는다. 그리고 이곳이 따뜻하다고 느낀다. 따뜻하고 편안한 곳이야. 그리고 훈제된 쇠고기와 구운 돼지고기와 완두콩의 이런 환상적인 냄새라니, 그래 끓인 완두콩 냄새도 느껴져. 내가 낼 돈만 있다면 사다가 먹고 또 먹을 텐데, 하고 알리다는 생각한다. 그리고 그녀는 오슬레이크가 카운터로 걸어가는 뒷모습을, 검고 긴 상의와 목까지 눌러쓴 검은 모자를 바라보며 이제 될리야에서의 그를 떠올린다. 떠올려 보니 생각이 나긴 하지만, 그저 가까스로 떠오를 뿐이야. 저 남자는 나보다 훨씬 나이가 많은 어른이야. 하지만 몇몇 남자들이랑 같이 서 있으면서 주머니에 손을 넣고 있던 것이 기억이 나. 서 있으면서 다른 남자들이랑 얘기를 하고 있었는데, 다들 같은 종류의 모자를 쓰고서 자기들 바지 주머니에 손을 넣고 있었어, 다들 똑같이, 하고 알리다는 생각한다. 그러고 나서 그녀는 오슬레이크가 훈제된 쇠고기와 구운 돼지고기와 완두콩 그리고 감자와 순무와 라스페발*을 가득 채운 접시 두 개를 들고 그녀에게로 다가오는 것을 바라본다. 저것 좀 봐, 접시 위에 라스페발도 있잖아, 하고 알리다는 생각한다. 내가 이런 날을 겪게 되다니 누가

* raspeball. 노르웨이 가정 음식으로 고기를 채워 만든 감자만두.

생각이나 했겠어, 그리고 그녀는 미소 짓는 오슬레이크의 입과 푸른 눈을 쳐다본다. 그 남자 전체가, 그 남자 전체가 커다란 미소 그 자체다. 그가 접시를 알리다 앞에 내려놓고 접시 앞에 나이프와 포크를 내려놓자 반짝이고 김이 나는 접시와 아슬레이크의 얼굴 전체가 환하게 빛이 난다 그리고 그가 이제 우리 둘 다 음식을 들자, 적어도 나는 배가 고픈데, 그리고 너도 무지하게 배가 고파 죽을 지경으로 보이는구나, 라고 말한다. 그리고 그가 탁자 반대편에 다른 접시를 내려놓고 나이프와 포크를 접시 곁에 내려놓자 알리다는 아기 시그발을 무릎 위에 내려놓는다

그래, 이제 쇠고기와 돼지고기 맛을 좀 볼까, 오슬레이크가 말한다

그래, 맛을 보자구, 그가 말한다

그리고 라스페발도, 그가 말한다

이걸 마지막으로 맛본 지도 오래 됐는걸, 그가 말한다

너는 세상에서 제일 맛있는 음식을 이 식당에서 맛보는 거란다, 그가 말한다

그런데 네가 마실 게 좀 있어야 할 텐데, 그가 말한다

음식만으론 부족하지, 그가 말한다

그러나 알리다는 지금 배가 너무 고파 기다릴 수 없고, 앞에

있는 이 모든 음식들을 가만히 앉아 보고만 있을 수 없어서 그만 훈제된 쇠고기를 큼지막하게 썰어 입안에 집어넣는다, 아니 이렇게 맛있을 수가, 얼마나 맛있는지 두 눈이 터질 것 같아, 라스페발도 한입 먹어 봐야겠어, 하고 알리다는 생각한다, 그리고 그녀는 큰 조각 하나를 잘라 기름에 찍고 구운 돼지고기도 한 조각 포크에 얹어 입안에 집어넣는데 턱 아래로 기름이 조금 흘러내린다 그게 무슨 상관이야, 하고 알리다는 생각한다, 그리고 그녀는 숨을 깊이 들이쉬고 내쉰다, 전에는 이렇게 맛난 음식을 먹어 본 적이 없기 때문인걸, 정말로, 하고 알리다는 생각한다 그녀는 씹고 맛을 보며 또 다른 훈제된 쇠고기 조각을 잘라 손으로 집어 입안에 우겨넣고는 씹으면서 숨을 들이쉬고 내쉰다 그리고 오슬레이크가 거품이 떠 있는 맥주잔을 들고 와 그녀 앞에 내려놓는데 그는 자기 접시 옆에 자기 잔을 내려놓은 다음 그녀에게 잔을 들어 올리며 건배라고 말한다 그러자 알리다는 자기 맥주잔을 들어올린다, 이거 너무 무거운데, 내가 이걸 힘들게 들어 올릴 정도로 약해졌나, 그러나 그녀는 가까스로 잔을 오슬레이크에게 들어올리고는 건배라고 말한다 그리고 그녀는 오슬레이크가 잔을 입으로 가져가 크게 들이켜서 맥주 거품이 그의 턱수염에 묻어나는 것을 쳐다보고는 자기 맥주잔을 입으로 가져와 맥주

205

를 한 모금 홀짝이는데, 솔직히, 난 맥주를 그리 좋아해 본 적
은 없어, 대개 시큼하고 씁쓸하니까, 그런데 이 맥주는, 그래,
이건 달착지근하고 가볍고 부드러워, 정말 달달해, 하고 알리
다는 생각한다. 그리고 그녀는 다시 맥주를 맛보며 그래, 그
래, 이 맥주는 맛있어, 하고 알리다는 생각한다. 그리고 그녀
는 오슬레이크가 앉아서 훈제된 쇠고기를 한 조각 썰어 입안
에 집어넣고 씹는 것을 바라본다

천하일품이지, 오슬레이크가 말한다

이 식당은 음식을 제대로 만들 줄 알아, 그가 말한다

고기도 잘 훈제됐고 간도 딱이거든, 그래, 그가 말한다

하, 네 의견은 어떻니, 그가 말한다

제가 먹어 본 것들 중 최고예요, 알리다가 말한다

그렇지, 나도 거의 비슷한 의견이란다, 오슬레이크가 말
한다

그리고 라스페발, 그것들도 맛있단다, 그가 말한다

네, 알리다가 말한다

맞아요, 제가 먹은 것들 중 최고예요, 그녀가 말한다
그리고 그녀는 오슬레이크가 라스페발을 한 조각 큼지막하
게 잘라 입안에 넣고는 씹고 또 씹는 것을 쳐다본다 그는 씹
는 중간에 일품이야, 일품의 라스페발이라구, 이 식당에서는

음식을 할 줄 안다니까, 누가 더 맛난 라스페발을 만들 수 있 겠어, 어디서 더 맛난 라스페발을 살 수 있겠냔 말이지, 라고 말한다 그리고 알리다는 순무가 있으니 순무도 맛보고, 완두 콩도 맛본다. 모든 게 다 맛이 일품이야, 이렇게 맛난 것은 먹 어 본 적이 없어, 크리스마스이브에 먹은 양갈비라면 모를까, 하고 알리다는 생각한다. 아니, 아냐, 그것도 그렇게 맛있지는 않았어, 이 훈제된 쇠고기, 이 폭신한 라스페발, 이게, 이것들 다, 분명 내가 이제까지 살면서 맛본 것들 중 최고일 거야, 하 고 알리다는 생각한다. 그리고 오슬레이크가 그래, 이 맛이야, 하고 말하며 라스페발 한 조각을 구운 돼지고기와 돼지고기 기름에 묻히고는 그것을 씹는다

신이시여, 전 시장했나 봅니다, 그가 말한다

그래요, 그게 반찬이지요, 라고 그가 말한다

알리다는 식사를 하며 한숨을 쉬고는 최악의 배고픔은 면했 다고 느낀다. 지금도 맛은 있지만, 처음 한입만큼 맛있진 않 아, 당연히 그렇겠지, 그런데 나는 돈이 없는데, 낼 돈도 없는 데 어떻게 바로 여기 앉아서 벼리빈에서 가장 맛있는 음식을 집어 먹고 있지, 안 돼, 나 어떡해, 하고 알리다는 생각한다, 안 돼, 안 돼, 내가 무슨 짓을 저지른 거야, 그래도 너무 맛있 는걸, 아냐, 안 돼, 하고 그녀는 생각한다, 어떡하지, 하고 알

리다는 생각한다, 안 돼, 이젠 더 먹어선 안 돼, 그러면 안 된다고, 최악의 배고픔은 면했으니까, 여러 날 동안 먹질 못하고 물만 마시다가 이 음식들을 먹게 됐어, 그건 믿을 수 없는 일이지, 하고 알리다는 생각한다, 하지만 이제, 이제 어떻게든 들키지 않게 여길 빠져나가야 해, 하고 그녀는 생각한다, 그렇지만 어떻게, 하고 알리다가 생각하는데 오슬레이크가 그녀를 올려다본다

음식이 맛이 없었니, 그가 말한다

그는 이해가 가지 않고 약간 어리둥절하다는 듯 파랗고 큰 두 눈으로 그녀를 쳐다본다

아뇨, 아니에요, 알리다가 말한다

그렇지만, 그녀가 말한다

말해 보렴, 오슬레이크가 말한다

그러나 알리다는 아무 말도 하지 않는다

무슨 일이니, 그가 말한다

저는, 그녀가 말하다

응, 그가 말한다

저는 낼 돈이 없어요, 그녀가 말한다

그러자 아슬레이크가 나이프와 포크에서 기름이 튀도록 두 팔을 쳐들고는 기쁨에 찬 파란 두 눈을 둥그렇게 뜨고 알리다

를 쳐다본다

　　내가 있잖니, 그가 말한다

그리고 그가 접시들이 들썩이고 맥주잔이 튀어 오르도록 주먹을 탁자에 내려치자 식당 안의 모든 눈들이 그들에게로 향한다

　　그래, 내가 있어, 그가 말하며 활짝 웃는다

　　이 내가 돈을 가지고 있지, 그가 말한다

　　어떻게 내가 너한테 식사 한 끼도 대접하지 않을 거라고 생각할 수 있니, 그가 말한다

　　내가 배고픈, 그래 굶주린 고향 사람에게 식사 한 끼 대접하지 않을 사람으로 보이든, 그가 말한다

　　그랬다간 내가 어떤 놈이 되겠니, 그가 말한다

　　그럼 안 되지, 내가 계산하마, 그가 말한다

그러자 알리다가 감사합니다, 정말 감사합니다, 그런데 너무 많이 나올 텐데요, 라고 말한다

그러자 오슬레이크가 그리 비싸지 않단다, 생선을 많이 팔아서 돈이 주머니에 두둑이 들어 있거든, 그러니 훈제된 쇠고기와 구운 돼지고기와 라스페발, 삶은 완두콩과 순무 그리고 우리가 이 식당에서 원하는 건 며칠이든 몇 달이든 먹을 수 있단다, 라고 말한다. 그리고 그는 맥주잔을 들어 맥주를 벌

컥 들이켜고는 입과 턱수염을 닦더니 숨을 깊게 들이쉬고 내쉰다 그러고는 알리다를 바라보며 그렇게 안 좋은 일이 있었던 거니, 라고 묻고 알리다는 네, 라고 대답한다 그리고 다시 그들은 조용히 앉아 음식을 먹기 시작하는데 알리다가 맥주를 홀짝이자 오슬레이크는 내 배가 선착장에 정박해 있는데 내일 북쪽으로, 될리야로 항해할 예정이란다, 라고 말한다, 따라오고 싶으면, 다시 집으로 가고 싶으면 그렇게 하려무나, 오늘 밤 달리 잘 곳이 없고 내 선실의 침상에서 자도 된다면 말이다, 라고 오슬레이크가 말한다, 누울 수 있는 침상도 있고, 덮을 이불도 있으니까, 그걸 네게 주마, 라고 그가 말한다, 그러자 알리다가 그를 바라보는데 그녀는 무슨 생각을 해야 할지 아니면 무슨 말을 해야 할지 그리고 오늘 밤 여기 벼리빈의 어디서 묵어야 할지도 알지 못한다, 될리야에 가면 내가 뭘 해야 할지 알고 있나, 아니 전혀, 아버지 아슬락도 거기 없고 어머니에게 가고 싶진 않아, 그러니까 난 브로테엔 다시는 발을 들여놓지 않을 거야, 나와 아기 시그발에게 무슨 나쁜 일이 생긴대도, 절대, 절대로, 하고 알리다는 생각하고는 맥주 잔을 들어 올려 맥주를 홀짝인다

그래, 간이 잘 된 맛있는 음식을 먹으면 잘 마셔 둬야지, 오슬레이크가 말한다

그리고 그는 자신의 잔을 비운 다음 나는 한 잔 새로 마실 건데, 너도 한 잔 가져다줄까, 그런데 네 건 아직 많이 남은 모양이니 기다릴 거면 그렇게 하려무나, 그가 말한다

어쨌든, 내가 말했듯이, 내 배에서 자겠다면 그래도 좋단다, 그가 말한다

그리고 그들은 조용히 앉아 있다

너희 어머니 일은 참 안됐어, 그가 말한다

우리 어머니요, 알리다가 말한다

응, 그래, 그렇게 갑자기 돌아가셨으니, 오슬레이크가 말한다

알리다는 깜짝, 그렇게 많이는 아니지만, 깜짝 놀란다, 어머니가 돌아가셨다니, 그런 줄은 몰랐어, 그래도 그렇다고 달라질 건 없어, 하고 그녀는 생각한다, 그렇지만 슬픈 일이야, 하고 알리다는 생각한다 그리고 슬픔이 차올라 그녀의 눈가가 젖어든다

난 그분의 장례식에 갔었단다, 오슬레이크가 말한다

알리다는 두 손으로 눈을 닦고는 지금 어머니가 돌아가셨지만 모든 건 마찬가지야, 그래도 내가 이렇게 생각하면 안 돼, 어머니가 돌아가셨는데, 어쨌든 우리 어머니였는데, 아니 이건 너무 끔찍해, 하고 생각한다

무슨 일이니, 오슬레이크가 말한다

어머니 생각을 하고 있니, 그가 말한다

네, 알리다가 말한다

그래, 그렇게 갑자기 떠나셔야 했다니 슬픈 일이로구나, 그가 말한다

그렇게 늙진 않으셨는데, 그가 말한다

지병이 있으셨던 것도 아니고, 그가 말한다

이해하기 어려운 일이야, 그가 말한다

그리고 그들은 오랜 시간 말없이 앉아 있다 그리고 알리다는 어머니가 돌아가셨으니 난 될리야로 돌아갈 수 있어, 어쩌면 브로테에 살 수도 있겠지, 이제 어머니가 돌아가셨으니까, 하고 생각한다, 어디든 내가 머무를 곳을, 어디든 나와 아기 시그발이 머물 곳을 찾아야 해, 하고 그녀는 생각한다

그 문제는 생각해 보려무나, 오슬레이크가 말한다

그래, 네가 될리야로 돌아가고 싶다면 말이다, 그가 말한다

그리고 알리다는 오슬레이크가 일어나 활기찬 걸음으로 바닥을 가로질러 카운터로 향하는 모습을 본다 그리고 알리다는 나와 아기 시그발은 어디선가 잠을 자야 해, 정말 너무, 너무 피곤해서 의자에 앉자마자 금방 잠들 수 있을 것 같아, 하

212

3부작

고 생각한다. 이제 어머니가 돌아가셨으니 내가 집으로 돌아
갈 수 있지 않을까, 그런데 어머니가 죽었다니 너무 끔찍해,
너무 슬퍼, 그런데 지금은 정말 피곤해, 정말 피곤해, 하고 알
리다는 생각한다. 스트란다에서 벼리빈까지 걷고 또 걸었으
니까, 그담엔 벼리빈 시내를 전부 걷고 또 걸으면서 잠도 제
대로 못 잤으니까, 정말로 오래 걸었지, 잠을 잔 지 얼마나 됐
는지 모르겠어, 걷고 또 걸으며 아슬레를 찾았는데, 어디서
도 아슬레를 찾을 수가 없어, 그가 없이 난 어쩌면 좋지, 하고
알리다는 생각한다. 어쩌면 그가 될리야로 돌아갔을까, 하고
알리다는 생각한다. 그랬을지 몰라, 아냐, 그러지 않았을 거
야, 아슬레는 나를 남겨 두고서 그럴 사람이 아니야, 나는 알
아, 하고 알리다는 생각한다. 그럼 그에게 무슨 일이 일어난
걸까, 단지 벼리빈에 할 일이 있다고만 말했는데, 그가 문턱에
서 있는 모습을 봤었지, 내가 다시는 그를 보지 못하게 될 거
란 걸 느끼지 못했었나, 아냐, 느꼈어, 그리고 그에게 가지 말
라고 부탁했었어, 그래, 그랬어, 하지만 그는 가야 한다고 말
했고, 내가 다시는 아슬레를 보지 못하게 될 것이 온몸으로
느껴진다고 말해도 도움이 되지 않았어, 하지만 그건, 그렇게
느꼈던 건 아마 그저 느낌일 뿐이라고 그렇게 반복해서 생각
했지, 그런데 아슬레는 돌아오지 않았어, 날이 지나고 밤이

지나도 아슬레는 돌아오지 않았어, 아슬레는 돌아오지 않았
고 난 음식이고 뭐고 아무것도 없이 가만히 집 안에 앉아 있
을 순 없어서 가진 모든 걸 보따리 두 개에 싸들고 버리빈으
로 향했어. 보따리 둘을 지고 아기 시그발을 데리고서는 무겁
고 먼 길이었지. 먹을 것은 아무것도 없었고 찾은 거라고는 개
울과 강의 물뿐이었어. 버리빈에 도착한 후로는 거리를 돌아
다니며 아슬레를 찾아다녔는데 때로 물어보거나 하면 사람
들은 그저 날 바라보며 머리를 흔들고는 버리빈 같은 곳에서
는 그런 자들이 넘쳐난다고. 그러니 내가 말하는 그런 사람을
어떻게 알겠느냐고. 그렇게들 말했어. 마침내 너무 피곤해서
더는 두 발로 서 있지 못할 것 같고 두 눈이 자꾸만 감겨서 버
리빈의 선착장에 있는 부두 창고 벽에 등을 기대고 앉았는데,
그런데 지금은 여기 앉아 있고 온 세상에 존재할까 싶은 멋진
음식을 먹었어. 그리고 너무 피곤해, 너무 피곤해, 하고 알리
다는 생각한다. 그리고 여긴, 여긴 따뜻하고 편안해, 하고 그
녀는 생각한다. 그리고 그녀의 눈이 감기자 그녀는 스트란다
에 있는 집 문턱에 아슬레가 서서 오래 걸리지 않을 거야, 버
리빈에서 할 일만 하면 돼, 라고 말하는 것을 본다. 할 일을 마
치자마자 나는 당신에게 돌아올 거야, 라고 아슬레가 말한다.
그러자 그녀는 당신 가면 안 돼, 그랬다간 나 다시는 당신을

보지 못하게 될지 몰라, 나 그렇게 느껴져, 라고 말한다. 그러
나 아슬레는 오늘이 그날이야, 오늘이 내가 벼리빈에 갈 날이
라구, 하지만 가능한 한 서둘러서 돌아올게, 라고 말한다. 그
런데 이제 맥주잔이 다시 채워졌군, 하고 오슬레이크가 말하
는 소리가 그녀의 귀에 들려온다. 그리고 그녀는 두 눈을 떠
오슬레이크가 탁자에 맥주잔을 내려놓는 것을 보는데 그는
자리에 앉아 알리다를 똑바로 쳐다보며 그래, 내가 말했듯이,
네가 달리 갈 곳이 없다면, 내 배에서 자도 좋단다. 내가 말했
듯이 말이야, 라고 말한다. 그러자 알리다가 그를 바라보며 고
개를 끄덕이고 그러자 그는 자기 맥주잔을 들어 올리며 건배
할까, 라고 말하고 알리다는 그녀의 잔을 들어 올려 서로 잔
을 부딪치고는 둘 다 맥주를 조금 마신다 그러고서 그들은 말
없이 앉아 있는데, 둘 다 맛난 음식과 맥주를 먹고 마신 뒤라
배도 부르고 따뜻하며 노곤하다. 그런데 오슬레이크가 지금
나는 좀 졸린데, 잠깐 눈을 붙이는 것도 좋지 않겠니, 라고 말
한다. 다행히 걸어서 멀지 않은 선착장에 배가 있으니, 아마
승선해서 낮잠이라도 잘 수 있을 게다, 라고 말한다. 그러자
알리다가 피곤해요, 의자에 앉은 채로 잠들 수도 있을 것 같
아요, 라고 말한다. 그러자 오슬레이크가 마저 마시고 가서 쉬
자꾸나, 라고 말한다. 그러자 알리다가 네, 그렇게 해요, 라고

말하고 맥주를 조금 마시는데 오슬레이크가 단 두 모금 만에 그의 잔을 비우는 것을 보고는 원하시면 제 남은 맥주도 드세요, 라고 말한다 그러자 오슬레이크가 그녀의 맥주잔도 들어 올리더니 입으로 가져가 남은 맥주를 한 모금에 죽 들이켜고는 자리에서 일어서고 알리다는 아기 시그발을 가슴에 안아 든다 그런 다음 오슬레이크는 보따리 둘을 짊어 들고 문으로 걸어가기 시작하고 알리다는 그를 따르는데 그녀는 너무 피곤해서 가까스로 발을 내딛으며 오슬레이크의 등만 봐야지, 하고 생각한다. 그런데 그녀의 눈이 스르륵 감기며 아슬레가 의자에 앉아 있는 모습이 보인다 결혼식이 있고 그는 연주를 하고 있는데 음악이 고조되더니 그를 들어 올리고 그녀를 들어올린다 그러자 그들은 음악과 함께 미풍을 따라 떠오르고, 각자 한 마리 새의 양쪽 날개가 된 듯이 그들은 하나가 되어 푸른 하늘을 가로지른다 모든 것이 파랗고 가볍고 푸르고 희끄무레하다 그리고 알리다는 눈을 뜨고 앞쪽에 있는 오슬레이크의 등을, 목까지 눌러쓴 챙모자를 바라본다. 그는 선착장을 따라 걸어가고 있고 알리다는 멈춰 서 있는데, 그런데 그녀의 한쪽 발 앞에, 그곳에 한 팔찌가 놓여 있다. 이렇게 노랗고 파랗고 아름다울 수가, 새파란 진주가 장식되어 있고 황금으로 만든 이런 아름다운 팔찌는 난생처음 봐, 하고 알리다는 생각한다. 그리고 그녀는 허리를 굽혀 그것을 주워 들고는, 이렇게 아름다울 수가, 이렇게 아름다운 것은 본 적이 없어, 이렇게 노랗고 파랗다니, 하고 그녀는 생각한다. 이런 것이 선착장에 놓여 있다니, 그것도 바로 내 한쪽 발 앞에. 그녀는 팔찌를 눈앞에 들어 올린다. 왜 팔찌가 바로 여기 놓여 있을까, 하고 그녀는 생각한다. 누군가 잃어버렸나 봐, 하고 그녀는 생각한다. 하지만 이젠, 이젠 내 것이야, 이 노랗고 푸른 팔찌는 앞으로 평생 내 것이야, 하고 알리다는 생각한다. 그리고 그녀는 그 팔찌를 손에 든 채로 믿기지 않아, 하고 생각한다. 이런 아름다운 팔찌를 잃어버릴 수 있다니, 이걸 잃어버리는 것엔 별 신경을 쓰지 못했나 봐, 하고 생각한다. 하지만 이젠, 이젠 이건 내 팔찌야. 그리고 절대 잃어버리지 않을 거야, 하고 알리다는 생각한다. 나는 지금 알고 있으니까, 아슬레가 내게 준 선물이란 걸 나는 지금 알고 있으니까, 하고 그녀는 생각한다. 하지만 어떻게 내가 그렇게 생각할 수 있지, 그래선 안 돼, 나는 벼리빈의 선착장에서 팔찌 하나를 발견하고는 아슬레의 선물이라고 생각하고 있어. 하지만 맞는걸. 이 팔찌는 아슬레가 내게 주는 선물이야. 그냥 나는 알아, 하고 알리다는 생각한다 그리고 결코, 결코 더는, 결코 더는 아슬레를 다시 보지 못하겠지, 하고 그녀는 생각한다. 그것도 알고 있어, 하고 알리다는 생각한다. 그런 것을 어째서 그리고 어떻게 아는지는 몰라, 그저 알 뿐이야, 하고 알리다는 생각한다. 그리고 그녀는 오슬레이크가 꽤나 앞서 가 선착장에 이르러 있고 그가 멈춰 서서 그녀를 바라보고 있는 것을 본다 그러자 그녀는 노랗고 푸른 팔찌를 팔에 차고는, 내가 지금 이렇게 아름다운, 세상에서 가장 아름다운 팔찌를 갖게 되다니, 하고 생각한다, 그리고 오슬레이크가 멈춰 서 있는 것을 바라보는데, 그는 어딘가를 가리키며 저기 곳이 보이니, 퓐텐이라고들 하는데, 사람들을 목매다는 곳이 저기란다, 라고 말한다. 그리고 얼마 전, 바로 며칠 전에 될리아 출신인 누군가가 저기서 목이 매달렸단다, 라고 그가 말한다. 그런데 그게, 네가 알 거라 생각하는데, 라고 그가 말한다. 물론 너도 알겠지, 라고 오슬레이크가 말한다. 그 남자는, 그래, 그건 아슬레였으니까, 잘 알고 있지, 그렇잖니, 라고 그가 말한다. 그러나 알리다는 그의 말뜻도, 그가 여전히 가리키고 있는 것도 이해하지 못한다. 저기서, 저기 퓐테이란 곳에서 아슬레가 목이 매달렸단다. 내 두 눈으로 봤지. 그가 매달릴 때 그 자리에 있었거든, 그때 나는 벼리빈에 있었단다, 라고 오슬레이크가 말한다. 물론, 그가 말한다. 하지만, 그래 어쩌면 너도 거기 있어서 알지도 모르겠구나, 라고 그가 말한다. 그가 네 아이의 아버지이지 않니, 그래,

그렇지, 라고 그가 말한다. 적어도 저들 말로는, 그 남자가 살인을 저지른 게 분명하다고들 하더구나, 오슬레이크가 말한다. 네가 벼리빈에서 멀리 떨어져 있지 않았으면 그들은 너마저 매달려고 했을 게다, 라고 그가 말한다. 그러니 이제, 내 배에 오르자꾸나, 라고 그가 말한다. 저들이 널 잡아다가 너까지 매달기 전에, 라고 오슬레이크가 말한다. 그러나 알리다는 그의 말이 들리지만 귀에 들어오지 않고 아무것도 이해하지 못할 만큼 피곤하다. 고향 사람이 매달리는 걸 보는 건 끔찍한 일이었지, 그렇게 그의 목에 밧줄이 둘러서 말이야, 그런데 저들 말이 사실이라면, 그가 적어도 한 사람 이상을 죽였다더구나, 그 말이 맞다면 말이다, 라고 오슬레이크가 말한다, 그런데 너희 어머니, 그녀에게 무슨 일이 일어났던 것일까, 라고 그가 말한다. 그녀는 너무 갑작스레 죽었고, 바로 다음 날 너와 아슬레가 사라졌지, 어째서였을까, 그리고 아슬레네 아버지의 보트하우스를 돌려받고자 했고 아슬레에게 그곳을 비워 달라고 했던 남자는, 당연한 권리로 그렇게 말했지, 적어도 저들 말로는 그래, 그런데 어째서 그가 바다에서 익사한 시체로 발견되었을까, 어떻게 그런 일이 일어났을까, 라고 그가 말한다, 이 모든 걸 분명하게 아는 사람은 아무도 없지, 그런데 여기 벼리빈의 늙은 산파 여인의 경우는 달라, 그녀의 경우에는 의심의 여지가 없어, 그녀는 살해당했어, 목이 졸리고, 질식했지, 의심의 여지가 없다고 저들이 그러더구나, 라고 오슬레이크가 말한다, 누가 그런 짓을 했든, 그래, 그런 짓을 저지른 사람은 남들이 바라보는 눈앞에서 목매달려 죽어 마땅하지, 아슬레가 죽었던 식으로 말이다, 라고 그가 말한다, 그런 짓을 하다니, 라고 오슬레이크가 말한다, 알리다는 그가 계속해서 말하는 것을 듣고 있지만 그의 말을 이해하지 못한다 그리고 그녀는 아슬레가 저만치 앞에서 보따리 두 개를 지고 선착장을 따라 걸어가는 것을 본다 그는 우린 벼리빈을 벗어나야 해, 계속 가야 한다구, 그러고 나면 앉아서 푹 쉬게 될 거야, 든든히 식사도 하게 될 거고, 내가 음식을 잘 챙겨 왔으니까, 라고 말한다, 그리고 그녀는 선착장을 따라 걸어가는 오슬레이크의 등을 바라본다 알리다는 노랗고 푸른 팔찌를, 세상에서 가장 아름다운 팔찌를 손가락으로 꽉 쥔다, 그리고 그녀는 아슬레가 멈춰 서서 자신을 바라보는 모습을 보고 그에게 다가가는데 그는 벼리빈을 벗어날 때까지 우린 걸음을 서둘러야 해, 그런 다음엔 걸음을 늦출 수 있어, 그러고 나면 우리에겐 시간이 충분해, 쉴 수도 있고 먹을 수도 있고 조용한 삶을 살 수도 있어, 라고 말하고는 다시 걷기 시작한다, 그리고 알리다는 오슬레이크가 멈춰 서는 것을 바라보는데 그는 저게 내 배란다, 좋은 화물선이지, 라고 말한다, 그리고 알리다는 그가 배에 오르는 것을 보는데 그는 그녀의 보따리들을 갑판에 내려놓고 서서 두 팔을 내뻗고 그녀는 팔찌를, 세상에서 가장 아름다우며 아주 노랗고 파란 팔찌를 조이면서 그에게 아기 시그발을 건네준다, 그런데 오슬레이크가 아기 시그발을 받아 들자 아기는 성난 울음을 울어 댄다, 알리다는 오슬레이크가 뻗은 손을 잡지 않고 스스로 난간을 넘어 배에 오른 다음 갑판에 안정감 있게 선다 그리고 아기 시그발이 울면서 고함을 외쳐 대자 오슬레이크는 시그발을 알리다에게 넘기고 그녀는 시그발을 가슴에 꼭 안고서 앞뒤로 어른다 그러자 아기 시그발이 고함을 멈추고는 그녀의 가슴에 안겨 다시 평온하게 숨을 쉰다

그래, 이게 내 화물선이란다,

난 고기를 낚고, 그걸 벼리빈에 가지고 가지, 그가 말한다

그리고 지금 나는 주머니가 두둑하단다, 그가 말한다 그러면서 그는 바지주머니를 툭툭 친다 그런데 알리다의 눈이 스르륵 감겨 오고 아슬레가 선미에 앉아 있는 모습이 눈에 들어온다 그들의 눈이 마주치자 그녀의 두 눈이 그의 것인 듯이, 그의 두 눈이 그녀의 것인 듯이 느껴지고 그들의 눈은

바다만큼 크게, 하늘만큼 크게, 그리고 그녀와 그와 배는 빛나는 하늘에서 홀로 빛나는 움직임처럼 느껴진다

아니, 지금 잠들면 안 돼, 오슬레이크가 말한다

알리다가 눈을 뜨자 그 빛나는 움직임은 사라지고 아무것도 아닌 것이 되고 만다 그리고 그녀는 오슬레이크의 손이 어깨에 얹히는 것을 느끼는데 그가 아슬레의 일은 참 안됐다, 하지만 그건 물론 네 잘못이 아니었어, 너와는 상관이 없는 일이야, 라고 말한다, 나 역시 충분히 이해하고 있단다, 하지만 다르게 믿는 사람들이 있을지 몰라, 네가 여기 벼리빈에 남아 있는다면 네가 무슨 관련이 있다는 의심을 사게 될 게다, 충분히 있을 수 있는 일이지, 라고 그가 말한다, 내 조언은 네가 여기 벼리빈에 있으면 안 된다는 것이란다, 라고 그가 말한다, 하지만 지금 내 선실 안이라면 안전해, 라고 오슬레이크가 말한다, 그리고 그는 그녀를 갑판으로 데리고 가더니 선실 뒤쪽의 문 딸린 칸막이 안에 통이 있단다, 우린 먹고 마셨으니 통이 어딨는지 아마도 알아 둘 필요가 있을 테지, 라고 말한다, 그래, 지금 내가 통을 써야겠구나, 라고 그가 말하고는 선실로 향하는 문을 열고 여기가 바다 위 내 작은 집이란다, 그리나쁘진 않지, 내가 직접 얘기하긴 그렇지만, 이라고 말하고서 선실로 들어가 등불에 불을 켜는데 알리다는 어둑어둑한 속

에서 겨우 침상과 탁자가 있는 것만 알아본다 그리고 오슬레이크는 아슬레가 널 끌어들이다니 무슨 끔찍한 일이란 말이냐, 라고 말한다. 하지만 이제 그는 앙갚음과 함께 처벌을 받았지, 라고 그가 말한다. 이제 그는 자기 삶의 대가를 치렀어, 라고 오슬레이크는 말한다. 그리고 알리다는 가까스로 침상과 탁자와 작은 난로가 있는 것을 알아보고 침상에 앉아 이제는 안심하고 깊이 잠든 아기 시그발을 칸막이 벽에 기대어 내려놓는다 그리고 그녀는 노랗고 파란 팔찌를 손가락으로 조이며 세상에서 가장 아름다운 팔찌라고 생각하면서 오슬레이크가 장작을 난로에 넣는 것을 바라본다

여길 좀 데우는 게 좋겠구나, 그가 말한다

오슬레이크가 톱밥과 장작을 난로에 집어넣고 불을 붙이자 바로 타오르기 시작하고 그는 볼일을 보러 가야겠다고 말하고서 밖으로 나간다 그리고 알리다는 팔찌를 눈앞에 들어 올리고는 너무 아름다워, 하고 생각한다. 이렇게 노랗고 파랗고 아름답다니, 분명 가장 순수한 금일 거야. 그리고 이 푸른 진주들은 나와 아슬레가 있던 하늘을, 나와 아슬레가 있던 바다를 닮았어. 정말 노랗고 파랗고 아름다운 돌들이야, 하고 알리다는 생각한다. 이 팔찌는 아슬레의 선물이야, 난 확신해, 하고 알리다는 생각한다. 그냥 나는 알고 있어, 누구라도

알 수 있을 만큼 확실해, 하고 그녀는 생각한다. 그리고 그녀는 손목에 팔찌를 채우고는 이제부터 이건 내가 살아 있는 한 여기에 있을 거야, 하고 생각한다. 그리고 그녀는 팔찌를 바라보며, 이렇게 아름다울 수가, 이렇게 예쁘다니, 하고 생각한다. 그런데 그녀의 두 눈에 눈물이 맺힌다 그리고 그녀는 너무나 피곤하고, 너무나 피곤하다. 그런데 그녀의 귀에 아슬레의 말이 들려온다. 당신은 이제 잠이 들 거야, 이제 당신은 오랫동안 푹 쉬게 될 거야, 당신에겐 그게 필요해, 라고 그가 말한다. 그리고 그 팔찌, 그건 내가 주는 선물이야, 라고 그가 말한다. 당신이 그걸 알았으면 해, 나에게서 직접 받진 않았더라도, 그건 불가능한 일이었으니까. 하지만 그 팔찌는 내가 당신에게 주는 선물이야, 라고 그가 말한다. 난 반지들을 사러 벼리빈에 갔었어, 그런데 훨씬 아름다운 팔찌를 봤고 내가 할 수 있는 일은 그걸 사는 것 말고는 없었어, 그리고 이제 당신이 그걸 가지고 있어, 그 팔찌가 주운 것이라 해도, 그건 내가 주는 거야, 내가 당신에게 주는 선물이야, 라고 아슬레가 말한다. 그러자 알리다는 팔찌를 찬 채로 침상에 누워 몸을 뻗는데 아슬레가 물어보는 소리가 들린다. 팔찌가 마음에 드니, 그러자 그녀는 아름다워, 내가 본 가장 아름다운 팔찌야, 이렇게 아름다운 팔찌는 세상 어디에도 없을 거야, 정말 고마워, 진심으로 고마워, 라고 말한다. 당신의 착한 아기, 시그발은 참 순하지. 그리고 이제, 이제 당신은 괜찮아, 라고 아슬레가 말한다. 그러자 그녀가 나 이제 자야겠어. 머리 위에 지붕이 있고, 여긴 따뜻하기까지 해. 나도 시그발도 모든 게 다 좋아, 라고 말한다. 당신은 걱정하지 않아도 돼. 모든 게 다 좋아. 모든 게 그럴 수 있을 만큼 가장 좋아, 라고 알리다가 말한다. 그러자 아슬레가 당신 푹 자야겠다고 말하고 알리다는 우리 내일 이야기하자고 말한다. 그러고 나자 그녀는 자신이 지친 몸 안으로 가라앉는 것을 느낀다. 아무것도 보이지 않고 모든 것이 어두컴컴하다. 그리고 모든 것이 어둡고 부드럽고 조금 축축하게 느껴진다. 오슬레이크가 선실로 들어와 그녀를 보고는 이불을 찾아 그녀를 덮어 주고 난로에 장작을 더 집어넣고는 침상 끄트머리에 걸터앉아 칸막이 벽에 등을 기대고 앞을 바라보며 미소를 짓는다. 그러고 나서 그가 등불의 심지를 줄이자 선실이 어두워지고 그는 옷을 입은 채로 갑판에 드러눕는다. 그러자 모든 것이 고요해지고 오직 바다가 가볍게 철썩이며 뱃전에 출렁이는 소리만 있을 뿐이다. 출렁임 그리고 철썩임 그리고 거의 다 탄 장작에서 나는 타닥거림. 그리고 알리다는 그녀를 감싸 안는 아슬레의 팔을 느낀다 그는 속삭임으로 내 소중한 사람, 내 유일한 사람, 그건 당신이야. 영원히 당신이야, 라고 말한다. 그리고 그는 그녀를 꼭 안고 그녀의 머리카락을 쓰다듬는다, 그러자 그녀가 당신은 영원히 내 소중한 사람이야, 라고 말한다. 그러자 그녀의 귀에 아기 시그발의 평온한 숨소리가 들려오고 아슬레의 평온한 숨소리가 들려온다 그의 온기가 그녀 안으로 스며드는 것을 느낀다 그리고 그녀와 그는 평온하게 숨을 쉰다 모든 것은 잔잔하고 잔잔한 움직임이 있다 그녀와 아슬레는 똑같이 잔잔하게 움직인다 모든 것이 고요하며 믿을 수 없을 만큼 파랗다 그리고 알리다는 잠에서 깨어나 주변을 둘러본다. 내가 지금 어디에 있지, 위아래로 격하게 흔들거리는데, 이게 뭐야, 내가 어디에 있는 거야, 하고 그녀는 생각한다. 그녀는 침상에 일어나 앉으며, 배 안에 있고 바다에 있구나, 그래, 어제 난 오슬레이크를 따라 배에 올랐어, 나와 아기 시그발은 어디서든 잠을 자야 했으니까, 그리고 난 여기서 잠들었고 지금 일어났고 아기 시그발은 침상에서 자고 있어, 난 아슬레를 찾으러 벼리빈에 갔지만 그를 찾지 못했어, 그러고는 주저앉았는데, 그런데 지금 나 어디쯤 있는 걸까, 하고 알리다는 생각한다. 어디로 가고 있는 거지, 하고 알리다는 생각한다. 그리고 그녀는 팔찌를 들여다보며, 이렇게 아름답다니, 이제, 그래, 이제 기억나, 이 팔찌를 선착장에서 발견했어, 이렇게 아름답고 노랗고 파랗다니, 이

건 아슬레가 준 선물이야, 나는 그렇게 생각했어, 하지만 아닐
지도, 누군가 잃어버린 팔찌일지도 몰라, 그렇지만 아름다워,
그래 이건 아름다워, 이제 이건 내 것이야, 그리고 보니 오슬
레이크는 우리 어머니가 돌아가셨다고 말했지, 그리고 아슬
레도 죽었다고, 그들이 아슬레를 목매달았다고, 그래 그렇게
된 거라고, 그리고 지금 나는 오슬레이크의 배에 올라 있고
뒬리야로 항해해 가고 있어, 벼리빈에 머물 수는 없으니까, 나
는 묵을 곳도 없었고, 돈 한 푼도 없었으니까, 그리고 오슬레
이크는 함께 뒬리야로 돌아가도 좋다고 말했어, 그러니 아마
그곳으로 향하고 있을 거야, 하고 알리다는 생각한다, 어차피
벼리빈에서 아슬레를 찾지는 못했을 테니, 어쩌면 잘된 일일
지도 몰라, 나와 아기 시그발은 어디서든 묵어야 할 텐데, 그
럴 곳이 어디에도 없으니까, 그리고 이제 어머니가 돌아가셨
으니 집으로 돌아가 머물 수 있을지 몰라, 하고 알리다는 생
각한다, 하지만 아슬레가 죽었다는 말은 충격이었어, 그가 목
매달렸다니, 퓐텐에서 그가 목이 매달렸다니, 아니, 아냐, 아
슬레는 살아 있어, 그는 분명 살아 있어, 그는 살아 있다고, 당
연히 아슬레는 살아 있어, 다른 일은 없어, 하고 알리다는 생
각한다, 그리고 그녀는 몸을 쭉 뻗고는 저만치 누워서 평온하
게 깊이 잠들어 있는 아기 시그발을 바라본다 그리고 그녀가

문을 열고 밖으로 나오자 신선한 바람이 그녀의 얼굴을 스치고 머리카락을 떠오르게 만드는데 기분 좋은 짠내가 느껴진다 그리고 그녀가 몸을 돌리자 오슬레이크라는 이름의 남자가 키를 잡고 있는 것이 눈에 들어온다 그가 좋은 날, 좋은 날이야, 라고 외친다, 좋은 아침이라고는 할 수가 없겠구나, 이미 아침은 한참 지났거든, 하고 오슬레이크가 외친다, 알리다가 주변을 둘러보자 저 밖의 바다, 탁 트인 바다가 보이고, 저만치 있는 육지, 아무것도 자라지 않는 산등성이와 암초, 헐벗은 바위가 보인다

　　속도가 빠르지, 바람이 좋거든, 오슬레이크가 말한다

　　벼리빈에서부터 내내 순풍을 받고 있단다, 그가 말한다

　　그리고 우린 뒬리야에 접근하고 있어, 그가 말한다

그런데 강력한 돌풍이 커다란 팡 소리와 함께 돛을 휘어잡는다

　　저기 들리지, 그가 말한다

　　바람이 좋아, 정말로, 그가 말한다

　　그러니 머지않아 뒬리야에 도착할 게다, 그가 말한다

　　우리가 뒬리야에 도착한다고요, 알리다가 말한다

　　그래, 오슬레이크가 말한다

　　그런데 거기서 제가 뭘 하죠, 그녀가 말한다

　　내가 생각해 봤는데, 그가 말한다

당신이 생각해 봤다고요, 그녀가 말한다

응, 네가 따라오는 걸 선택한 것 말이다. 오슬레이크가
말한다

네, 알리다가 말한다

그래, 내 생각엔 네가 될리야로 가는 게 가장 좋을 것 같
구나, 너랑 네 아이가 벼리빈에서 어디를 가겠니, 그가 말한다
그러자 알리다가 안정적인 걸음으로 갑판을 가로질러 오슬레
이크 곁에 멈춰 선다

하지만 될리야에서도 나는 갈 곳이 없어요, 그녀가 말
한다

거긴 네 언니가 있잖니, 그가 말한다

하지만 전 언니에게 가긴 싫어요, 알리다가 말한다

어째서, 그가 말한다

그런 다음 그들은 아무 말 없이 우두커니 서 있다 바람이 돛
과 그들의 머리카락을 움켜잡고 이따금씩 파도가 뱃머리를
치고는 갑판 위로 넘쳐 들어온다

나는 될리야에서 할 일이 아무것도 없어요, 알리다가
말한다

저런, 저런, 오슬레이크가 말한다

절 해안가 아무 데나 내려주세요, 그녀가 말한다

거기서 뭘 어쩌려고, 그가 말한다

그럼 될리야에선 제가 뭘 하는데요, 그녀가 말한다

그러자 다시 한번 그들은 아무 말 없이 서 있다

알았다, 오슬레이크가 말한다

그러고서 그는 달리 아무런 말을 하지 않고 그러자 알리다도
아무 말도 하지 않는다

옳지, 그래, 우리 어머니가 돌아가셔서 말이다, 내가 집
을 돌볼 사람을 써야 할 것 같은데, 오슬레이크가 말한다

알리다는 그저 말없이 가만히 서 있다

대답을 않는구나, 그가 말한다

저는 아슬레를 찾고 있어요, 그녀가 말한다

하지만 그는, 그래, 내가 그에게 무슨 일이 있었는지 말
해 주지 않았니, 오슬레이크가 말한다

알리다는 그가 말하는 것을 듣고 있지만 귀에 들어오지 않는
다, 당연히 아슬레를 찾을 수 있을 테니까, 다른 일은 없으니
까, 다른 것은 불가능하니까

그래, 그에게 무슨 일이 있었는지 내가 어제 말해 줬잖
니, 오슬레이크가 말한다

거짓말이야, 단지 그가 하는 말일 뿐이야, 하고 알리다는 생
각한다

그래, 그에게 그런 일이 일어났지, 오슬레이크가 말한다

내 두 눈으로 직접 봤단다, 그가 말한다

그리고 그들은 조용히 서 있다

저들이 그를 목매다는 것도, 그가 목이 매달린 것도 직접 봤어, 그가 말한다

그러나 알리다는 자신과 아슬레가 여전히 연인이라고 생각한다, 우린 서로 함께해, 그는 나와 함께하고, 나는 그와 함께해, 나는 그 안에 있고, 그는 내 안에 있어, 하고 알리다는 생각한다, 그리고 그녀는 바다 저편을 내다보고, 하늘에서 아슬레를 본다, 그녀는 저 하늘이 아슬레인 것을 보고, 저 바람이 아슬레인 것을 알아차린다, 그는 저기 있어, 그는 바람이야, 그를 찾지 못해도 그는 여전히 저기 있어, 그러자 그녀의 귀에 아슬레가 말하는 것이 들린다, 나는 저기 있어, 당신은 저기 있는 날 보는 거야, 당신이 바다를 내다보면 바다 저편 하늘에 내가 있는 것을 보게 될 거야, 라고 아슬레가 말한다, 그리고 알리다가 바다를 내다보자 물론 아슬레가 보이는데, 그만 있는 것이 아니라 그녀 자신도 하늘에 있는 것이 보인다, 그리고 아슬레가 나는 당신 안에도 그리고 아기 시그발 안에도 존재하고 있어, 라고 말하고 그러자 알리다가 그래, 당신은 존재하고 있어, 앞으로도 늘 그럴 거야, 라고 말한다, 그리고

231
해질 무렵

알리다는 이제 아슬레는 오직 나와 아기 시그발 안에서 살아 있는 거야, 이제는 내가 살아 있는 아슬레야, 하고 생각한다, 그러자 아슬레의 목소리가 들린다, 나는 거기 있어, 난 당신과 함께, 언제나 당신과 함께 있어, 그러니 두려워하지 마, 내가 당신 곁에 있을 거야, 라고 아슬레가 말한다, 그리고 알리다가 바다를 내다보는데 저편에, 하늘 저편에 구름에 가려진 해처럼 그의 얼굴이 보인다, 그리고 그의 손을 그녀에게 흔드는 것이 보인다, 그리고 아슬레가 당신은 두려워할 필요가 없다고 반복해서 말한다, 당신은 당신과 아기 시그발을 잘 돌보도록 해, 정말 최선을 다해서 당신과 아기 시그발을 돌보는 거야, 그러고 나면, 머지않아, 머지않아 우린 다시 만나게 될 거야, 라고 말한다, 그리고 알리다는 그의 몸이 가까워 오는 것을, 그의 손이 그녀의 머릿결을 쓰다듬는 것을 느낀다 그리고 그녀도 그의 머릿결을 쓰다듬는다

그래, 넌 어쩔 셈이냐, 오슬레이크가 말한다

그러자 알리다가 아슬레에게 그의 뜻이 무엇인지 묻고 그는 당신이 오슬레이크를 따라가는 게 가장 좋을 것 같아, 달리 갈 곳이 없으니까, 당신과 아기 시그발을 위해서는 그게 최선일 것 같아, 라고 말한다

당신 집을 돌보라고요, 알리다가 말한다

그래, 오슬레이크가 말한다

그러면 물론 너랑 네 아이는 먹을 것과 잘 곳을 얻게 될
게다, 그가 말한다

그렇군요, 알리다가 말한다

그리고 보수는, 그래, 다른 가정부들보다 조금 더 쳐 주
지, 약속하마, 그가 말한다

그리고 알리다는 아슬레의 말을 듣는다, 그게 아마 최선일 거
야, 그리고 내가 당신과 함께할게, 그래, 라고 그가 말한다, 당
신은 두려워할 필요 없어, 라고 그가 말한다, 그러고서 아슬레
는 나중에 이야기하자고 말하고 알리다는 그러자고 말한다

그래서 네 뜻은 어떠냐, 오슬레이크가 말한다

알리다는 대답하지 않는다

알다시피, 나는 비카에 산단다, 그가 말한다

그곳에 집과 보트하우스와 곳간을 가지고 있지, 그가
말한다

부두가 딸린 든든하고 안전한 항구도 있어, 그가 말한다

양이랑 소도 몇 마리 있고, 그가 말한다

어머니가 돌아가신 뒤로는 그곳에서 나 혼자 산단다, 그
가 말한다

그래서 네 뜻은 어떠냐, 오슬레이크가 말한다

너는 고기와 생선도 먹게 될 게다, 그가 말한다

그리고 감자도, 그가 말한다

알리다는 그녀가 달리 어디를 갈 수 있는지 생각해 보는데, 오슬레이크의 가정부가 되는 것이 최선인 듯하다

알겠어요, 달리 제가 어딜 갈 수 있겠어요, 알리다가 말한다

그러니까 좋다는 얘기지, 오슬레이크가 말한다

그렇게 할게요, 그녀가 말한다

그게 최선일 거 같아요, 알리다가 말한다

분명 그럴 게다, 오슬레이크가 말한다

그래, 내 말이 그 말이야, 그가 말한다

달리 뭘 어쩔 수 있는지 모르겠어요, 그녀가 말한다

자, 자, 오슬레이크가 말한다

나는 집을 돌볼 여자가 필요하고, 너와 네 아이는 어딘가 살 곳이 필요하잖니, 그가 말한다

도착할 때까지 오래 걸리진 않을 게다, 그가 말한다

그리고 비카, 거기는 괜찮은 곳이란다, 살기 좋은 곳이란 걸 너도 알게 될 거야, 그가 말한다

그리고 알리다가 볼일을 보러 가야겠다고 말하자 오슬레이크가 저기, 저 문 뒤란다, 라고 말하며 문을 가리키고는, 저

234
3부작

기 칸막이 안에 통이 있단다, 라고 말한다. 그러자 알리다는 문을 열고 들어가 문고리를 걸고 앉아서, 여기 앉아서 볼일을 볼 수 있고, 어떤 경우에도 밖에서 볼일을 보지 않아도 되니 다행이야, 하고 생각한다. 그리고 그녀는 그 이상 무슨 일이 일어날지는 모르겠어, 하고 생각한다. 아마 다른 곳보다는 오슬레이크네 가정부가 되는 게 더 나을 거야, 분명 그는 다른 사람들보다는 나쁘지 않을 거야, 하고 생각한다. 어쩌면 더 나을지도 몰라, 그럴 법하잖아, 하고 생각한다. 나는 분명 브로테의 언니 집으로는 가지 않을 테니까, 어떻게 그런 생각을 할 수 있느냐 하면, 내가 언니에게 가서 같이 살아도 되겠느냐고 물어보는 걸 떠올렸기 때문이지, 그럴 바엔 오슬레이크네 가정부가 되는 게 훨씬 나아, 하고 알리다는 생각한다. 그러니까 오슬레이크네 가정부가 되려는 거야, 하고 알리다는 생각한다. 달리 내가 어딜 갈 수 있겠어, 아슬레는 이제 가 버렸는데, 아니 아직 나와 함께 있나, 정말 아무것도 모르겠어, 하고 알리다는 생각한다. 그런데 오슬레이크가 노래를 부르기 시작하는 소리가 들려온다. 내 인생은 선원이라네, 하고 그가 노래를 부른다. 배는 나의 세상, 나는 별 아래를 항해한다네, 나는 하늘 가까이에 있다네, 그 소녀는 나의 사랑, 저 바다는 나의 꿈, 나는 별 아래를 누에고치 같은 달과 함께 항해한다네, 하고 그가 노래를 부른다. 딱히 노래를 잘 부르는 목소리는 아니구나, 하고 알리다는 생각한다. 그렇지만 그의 목소리에는 기쁨과 행복이 실려 있어, 그가 노래를 부르는 걸 듣는 게 좋아, 하고 알리다는 생각한다. 그가 뭐랬지, 누에고치 랬나, 누에고치 같은 달이라고, 그가 그렇게 말했지, 그게 무슨 뜻이람, 하고 알리다는 생각한다. 그녀는 볼일을 끝냈지만 통에 쭈그리고 앉은 채, 누에고치, 그게 뭐람, 하고 생각한다. 그런데 오슬레이크가 거기서 잠들었니, 하고 그녀를 부르는 소리가 들려오고 그녀는 아뇨, 라고 대답한다. 그러자 그가 그렇다니 다행이구나, 라고 말하고는 마음을 굳혔니, 그래, 우리 집 가정부가 될 테냐, 하고 묻는데 그녀는 대답을 하지 않는다. 그러자 그는 얼른 결정을 내려야겠구나, 라고 말한다. 이제 저기 곶 너머로 스투르바덴이 보이거든, 이라고 말한다. 그러고는 우리가 비카에 이르기까지는 그리 많이 남지 않았단다, 라고 말한다. 그러자 알리다가 일어서는데 오슬레이크네 가정부가 되는 게 최선이야, 라고 아슬레가 말하는 소리가 들려온다. 그러자 알리다는 아마도, 달리 내가 어딜 가겠어, 라고 말한다. 그러자 아슬레가 나중에 다시 이야기하자, 라고 말하는데 내가 오슬레이크의 집에 가도 될까, 라고 그녀가 말하자, 아마 그게 가장 좋을 거야, 라고 그가 말한다. 그러자 그녀가 문고리를 풀고 신선한 바람 속으로 걸어 나와 등 뒤로 문을 닫고서 문 바깥쪽 고리를 채우고는 긴 머리카락을 바람에 흩날리며 우두커니 그 자리를 지키고 선다 그러자 오슬레이크가 그녀를 똑바로 보며 어떻게 할 것인지 묻는다

알겠어요, 알리다가 말한다

무슨 뜻이니, 오슬레이크가 말한다

알겠다구요, 당신을 위해 일할게요, 그녀가 말한다

내 가정부가 되겠단 거지, 그가 말한다

네, 알리다가 말한다

그러자 오슬레이크가 손을 들어 올리며, 봐, 저길 보거라, 저기 곶 너머, 저기가 스투르바덴이란다, 라고 말한다, 알리다가 곶의 언덕 위에 돌로 쌓아 놓은, 넓고도 높은 돌더미를 바라보는데 오슬레이크가 스투르바덴을 볼 때면, 그래, 난 항상 기쁨으로 가득 차지, 내가 집에 거의 다 도착했다는 의미니까, 라고 말한다, 이제 우리가 곶을 돌아서 해안가 안쪽을 따라 조금만 가면 비카에 도착한단다, 라고 그가 말한다, 안쪽으로 조금만 더 가면, 이제부터 네가 살 집이 보일 게다, 라고 오슬레이크가 말한다, 그리고 보트하우스와 부두도 보게 될 거고, 언덕과 들판과 온갖 절경을 볼 수 있어, 라고 그가 말한다, 그리고 지금 여기 두 사람이 승선해 있으니, 네가 날 좀 도와주

럼, 내가 돛을 내리는 동안 배를 조종해 주면 좋겠구나, 그럼 가장 좋게 배를 댈 수 있을 거야, 라고 말하고서 오슬레이크는 이리 와 보라고, 내가 보여 주겠다고 말한다. 알리다가 오슬레이크 곁에 서자 그는 네가 키의 손잡이를 잡아야 한다고 말하고, 알리다가 손잡이를 잡고 서자 진로를 좌현으로 조금 꺾을 수 있겠니, 라고 말한다. 그녀가 그를 쳐다보자 그가 좌현이란 왼쪽이랑 같은 말이란다, 라고 말한다. 알리다가 키를 조금 틀자 오슬레이크가 더 많이 꺾어야 한다고 말하고, 알리다가 그렇게 하자 배가 조금 바다 쪽으로 나간다. 그러자 오슬레이크가 이제 키를 우현으로, 그러니까 오른쪽으로 틀거라, 라고 말하고, 알리다가 그렇게 하자 배가 다시 좀더 육지 쪽으로 미끄러진다 그러자 오슬레이크가 이제 자세를 바로 해야 한다고 말하는데 알리다가 그게 무슨 의미냐고 묻자 오슬레이크가 이제 곧장 앞을 향해 항해하는 거라고, 스투르바덴이 있는 곳에서 십 미터가량 떨어진 곳을 목표로 하면 된다고 말한다. 그러자 알리다는 자신이 그 장소로 배를 몰아야 한다는 것을 이해하고서 키의 손잡이를 조금 되돌리고 그러자 배는 앞으로 부드럽게 미끄러져 간다 그러자 오슬레이크는 기대이상인걸, 곶을 돌아들면 네가 꼭 조종해야겠구나, 라고 말한다, 내가 돛을 다루고, 내릴 테니, 너는 정확히 내가 말해

주는 대로 해야 한다. 내가 좌현으로 조금, 이라고 하면 넌 손잡이를 돌리거라, 그렇게 많이는 말고, 그리고 내가 좌현으로 힘껏, 이라고 하면 너는 손잡이를 더 세게 돌리거라, 라고 말한다. 그러자 알리다가 가능한 한 정확히 당신 말대로 할게요, 라고 말한다. 그러자 오슬레이크가 다가와 키를 넘겨받는데 그가 그녀의 팔찌를 쳐다본다

아니, 아주 예쁜 팔찌로구나, 그가 말한다

그런 예쁜 팔찌를 가지고 있었니, 그가 말한다

그러자 알리다가 팔찌를 바라보고는, 이 팔찌를 완전히 잊고 있었어, 어떻게 그럴 수가 있지, 하고 생각한다. 무척 아름답구나, 이만큼이나 예쁜 것은 본 적이 없어, 하고 생각한다

네, 알리다가 말한다

그리고 그들은 아무 말 없이 가만히 서 있다

그거 이상하구나, 그가 말하자

뭐가요, 알리다가 말한다

어제, 내가 앉아 있는 널 만나기 전에 말이다. 그래, 누가 나더러 팔찌 하나를 못 봤냐고 물었거든, 그가 말한다

그래, 벼리빈에서는 별의별 사람들을 마주치게 되지, 그가 말한다

그렇죠, 알리다가 말한다

그래, 알다시피, 그녀는 그런 쪽의 사람이었지, 오슬레이크가 말한다

내가 널 만나기 직전에, 선착장에서 약간 벗어난 곳이었는데, 그가 말한다

그래, 그녀가 뭘 원했는지 너도 짐작할 수 있을 게다, 그가 말한다

그런데 난, 그래, 나는, 그가 말한다

그래, 너도 알지, 그가 말한다

네, 그녀가 말한다

난 그녀가 수작을 걸기 위해 팔찌를 본 적 있냐고 묻는 줄 알았는데 말이다, 그가 말한다

내가 글쎄요, 하니까 그녀가 팔찌를 하나 잃어버렸다고, 새파란 진주로 장식된 황금 팔찌라고, 그런 아름다운 팔찌라고 하더구나, 그가 말한다

그러고는 나더러 그걸 봤냐고 물었어, 그가 말한다

네가 차고 있는 것과 분명 비슷한 팔찌였을 게다, 그가 말한다

그렇군요, 알리다가 말한다

그래, 분명히, 그가 말한다

그러나 알리다는 아니야, 이 팔찌일 리가 없어, 이건 아슬레

가 내게 준 거니까, 오슬레이크가 멋대로 말할 순 있지만, 이건 아슬레가 내게 준 거야, 아슬레가 그렇게 말했는걸, 하고 알리다는 생각한다. 그런데 그녀의 귀에 아슬레의 말이 들려온다. 이 팔찌는 내가 당신에게 주는 선물이야, 라고 그가 말한다. 그리고 오슬레이크가 지금 말하고 있는 소녀는, 이걸 내게서 훔쳤어, 라고 아슬레가 말한다. 그러고선 잃어버렸지, 그런 다음 알리다 당신이 찾은 거야, 그렇게 된 거야, 그렇게 되었어야 했고, 그렇게 되길 난 바랐어, 라고 아슬레가 말한다, 그러자 알리다가 그렇게 된 걸 난 알아, 그리고 지금 그 팔찌는 내 팔에 채워져 있어, 난 이걸 꼭 잘 간수할 거야, 라고 말한다, 절대 이 팔찌를 잃어버리지 않을게, 라고 그녀가 말한다, 절대, 절대로, 라고 그녀가 말한다, 당신이 이런 아름다운 팔찌를 준 게 얼마나 고마운지 몰라, 라고 알리다가 말한다

봐라, 저기 비카가 보이지, 오슬레이크가 말한다

그러자 알리다가 부두와 보트하우스를, 그리고 작은 오두막과 조그마한 헛간을 바라본다, 오두막은 건물들 중 가장 꼭대기에 있고, 헛간은 약간 낮고 외진 곳에 있다

그래, 비카란다, 오슬레이크가 말한다

이게 내 왕국이야, 그가 말한다

멋지지 않니, 그가 말한다

난 이곳이 지구상에서 가장 아름다운 곳이라고 생각한 단다, 그가 말한다

내가 집으로 돌아와 저 집들을 바라볼 때면 늘 그런 기 쁨에 가득 차곤 하지, 그가 말한다

그래, 결국 난 다시 집으로 돌아왔어, 하고 말야, 그가 말한다

크지도 화려하지도 않지만, 어쨌든 집이지, 그가 말한다

여기서, 여기 비카에서 난 태어나고 자랐단다, 그리고 여기서 죽겠지, 그가 말한다

우리 할아버지가 여기 처음으로 정착했어, 그가 말한다

그분이 땅을 다지고, 건물을 지어 올렸지, 그가 말한다

할아버진 바다 서편에 있는 섬들 가운데 한 섬 출신이 었는데, 그가 말한다

이 땅뙈기를 사는 데 성공하셨지, 그가 말한다

그리고 여기서 사셨단다, 그가 말한다

그분의 이름은 나와 똑같은 오슬레이크였어, 그가 말한 다

그리고 뒬리야 출신의 한 소녀와 결혼하셨지, 그가 말한 다

그분들은 아이들을 많이 낳으셨고, 그중 장남이 우리

아버지였단다. 그가 말한다

아버지도 역시 뒬리야 출신의 소녀와 결혼했어. 그러고
나서 내가 태어났고, 그다음엔 세 여동생들이 태어났지. 다들
지금은 결혼했는데, 각각 바다 서편에 있는 섬들에 정착해서
살고 있단다, 라고 오슬레이크가 말한다

그리고 그가 난 어머니와 함께 비카에 외따로 떨어져서 여러
해를 살았는데, 지난겨울 어머니가 돌아가시고서야 내가 혼
자라는 걸 알게 됐지. 그리고 어머니가 얼마나 많은 것을 하
셨는지, 어머니 없이 지내기가 얼마나 어려운지를 알게 됐단
다, 라고 말한다. 꼭 누군가 떠나고 나서야 그 사람이 얼마나
중요했는지 알게 되는 법이더구나, 라고 그가 말한다. 그래, 어
머니는 평생토록 내게 잘해 주셨어, 라고 그가 말한다. 하지
만 그분은 늙으셨고, 병이 드셨고, 결국은 돌아가셨지, 라고
그가 말한다

그래, 그랬지, 그가 말한다

그랬어, 그가 말한다

그리고 그들은 아무 말 없이 서 있다

난 도움이 필요하단다, 그가 말한다

그래, 정말로, 그가 말한다

그리고 그가 알리다 네가 우리 집에 가정부로 지내길 허락해

쥐서 고마움을 전하고 싶구나, 정말로 고맙다고 전하고 싶어,
라고 말한다. 그런데 이제, 이제 네가 키를 잡아야겠구나, 지
금 돛을 내려야겠거든, 그러자 알리다가 키를 넘겨받는데 오
슬레이크가 밧줄 하나를 엄청난 속도로 풀어내고는 다른 하
나를 잡아당기자 돛이 펄럭거리는 것이 눈에 들어온다

　　좌현으로 조금, 그가 외친다

그러고서 그가 배의 반대편으로 가 밧줄 하나를 잡아당기자
돛이 한층 더 펄럭거리며 떨어지고 이제 일부가 갑판 위에 놓
여 있다

　　좌현으로 좀더, 오슬레이크가 외친다

그러자 돛이 곧장 아래로 떨어져 걸리고 오슬레이크는 한달
음에 반대편으로 넘어가 밧줄을 잡아당기며 저주를 한다, 빌
어먹을, 이제 좀 걸려라, 그리고 그가 쥐어뜯고 잡아당기고 저
주를 퍼붓고 소리를 지르자 돛이 풀리고 돛 전체가 갑판에
놓인다

　　조금 더 좌현으로, 부두를 향해서, 어딘지 보이지, 그가
말한다

그러고서 그가 다른 돛으로 넘어가 매듭을 풀어 잡아당기고
는 반대편으로 뛰어넘어가 돛을 내리자 이제 남은 돛이 없다

　　좀더 좌현으로, 그가 외친다

좀더, 그가 외친다

알리다는 그의 목소리에 노여움이 배어 있다고 생각한다 그런데 그가 갑판을 달려온다

바로잡아, 빌어먹을, 그가 외친다

그리고 그가 키 손잡이를 움켜쥐고는 바로잡는다

이대로 유지해, 그가 외친다

그리고 오슬레이크는 다시 갑판을 가로질러 돛을 완전히 내린다

좀더 좌현으로, 많이는 말고, 조금, 그가 외친다

그러자 배는 부두 쪽으로 미끄러져 간다

우현으로 조금, 그가 외친다

그러자 배는 부두를 따라 미끄러지고, 오슬레이크가 뱃머리 앞에 밧줄을 들고 서서 부두의 말뚝에 밧줄 고리를 던지고는 밧줄을 묶어 배를 고정시킨다 그리고 다른 밧줄 하나를 챙겨서는 아직 배가 부둣가에서 먼데도 뱃전에 올라서서 한 번에 부두로 뛰어넘더니 말뚝에 밧줄을 감아 묶는다 그러고는 그가 배를 부두로 끌어당기더니 다시 갑판에 오른다

잘했다, 좋은 솜씨였어, 잘 마무리됐다, 그가 말한다

바람이 맞게 불었고, 너도 잘했어, 그가 말한다

나 혼자서는 못 했을 게다, 그가 말한다

그러자 알리다는 그가 어떻게 배를 댔었는지 묻는다

예인을 해야 했지, 그가 말한다

노를 저어서 부두에 배를 대야 했단다, 그가 말한다

어떻게요, 알리다가 말한다

작은 배를 연결해 끄는 거야, 작은 배로 노를 저어서 안으로 끄는 거지, 라고 오슬레이크가 말한다

그런데 그녀의 귀에 아기 시그발이 크게 울어 대는 소리가 들려온다, 오래 울었나 보구나, 우는 소리는 듣지 못했는데, 이름이 뭐든 간에 돛이랑 밧줄들이 내는 소리에다 오슬레이크가 외치는 소리에 아기 시그발의 울음소리가 묻혔나 봐, 하고 알리다는 생각한다, 그리고 그녀가 선실 안으로 들어가자 침상에 아기 시그발이 누워서 고개를 좌우로 내저으며 울부짖고 있다

이제 내가 왔단다, 울지 말렴, 알리다가 말한다

우리 착한 아기, 그녀가 말한다

착한 아기, 그녀가 말한다

그리고 그녀가 아기 시그발을 들어 올려 가슴에 안고는 내 말 들려, 아슬레, 내 말 들려, 라고 말한다, 그러자 아슬레의 말이 들려온다, 들려, 난 항상 당신과 함께 있어, 라고 그가 말한다, 그리고 알리다가 앉아서 한쪽 가슴을 내놓고 아기 시그발

에게 젖을 물리자 시그발은 줄기차게 젖을 빤다 그리고 알리다는 아슬레가 말하는 것을 듣는다, 시그발이 배가 고팠거든, 그치, 라고 그가 말한다, 그래, 이제 아기 시그발이 기분 좋대, 라고 그가 말한다, 그러자 알리다가 이제, 그래, 나도 이제 기분이 좋아, 라고 말한다, 당신이 지금 여기 와 있는걸, 이라고 그녀가 말한다, 그러자 아슬레가 나는 여기 있어, 나는 늘 당신과 함께 있고 항상 여기 있을 거야, 라고 말한다, 그런데 오슬레이크가 문턱에 서 있는 것이 알리다의 눈에 들어온다

그래, 걔도 먹어야지, 그가 말한다

그럼요, 알리다가 말한다

그럴 수 있지, 그가 말한다

이제 집에다 짐을 실어 나를 거란다, 그가 말한다

벼리빈에서 잔뜩 사다 놨거든, 그가 말한다

소금이랑 설탕이랑 비스킷이랑, 그가 말한다

그리고 커피랑, 언급하고 싶지 않은 다른 것들도, 그가 말한다

그리고 알리다는 아슬레가 말하는 것을 듣는다, 난 결국 그렇게 됐으니까, 이제 당신이 비카에서 가정부가 되기로 한 것은 잘된 일이었어, 그러면 당신과 아기 시그발 둘 다 먹을 것과 잘 곳을 얻게 되니까, 라고 그가 말한다, 그러자 알리다가 당

신이 그렇게 생각한다면, 알겠어, 그럼 그렇게 할게, 라고 말한다. 그리고 아기 시그발이 젖을 빨기를 멈추고 누워 있자 알리다는 일어서서 갑판으로 나와, 양 어깨에 상자를 얹고 언덕을 걸어 집으로 올라가는 오슬레이크를 바라본다. 그리고 그녀는 그런 상자와 자루들이 갑판에 널려 있는 것을 본다. 그리고 그녀는 이곳, 이곳 비카는, 이곳 될리야의 비카는 내가 살게 될 곳이야, 얼마나 오래일지는 모르겠지만 비카에서 나와 아기 시그발이 머물게 될 거야, 어쩌면 내 남은 날들을 비카에서 머무르게 될지도 몰라, 하고 그녀는 생각한다. 그리고 그녀는 분명 그렇게 될 거야, 나는 남은 생을 비카에서 살게 될 거야. 그리고 그걸로 충분해, 하고 그녀는 생각한다. 이곳에서 내 삶을 꾸릴 수도 있어, 하고 그녀는 생각한다. 그리고 알리다는 난간을 올라가 부두에 내려서서 헛간 쪽으로 길이 나 있는 것을, 그리고 오슬레이크가 그 앞의 오두막 문을 열고 들어가는 것을 바라본다. 알리다가 길을 걸어 올라가기 시작하는데 오슬레이크가 밖으로 나오더니 내 집에 돌아오니 좋구나, 작긴 하지만 내 오두막을 다시 보는 것도 좋고, 라고 말한다. 그러고서 그는 길을 내려오며 벼리빈에 한번 다녀오면 집까지 실어 나를 게 많단다, 그렇게 오래 지내는 거지, 라고 말한다. 알리다가 오두막으로 걸어 올라가 안으로 들어서자

구석에 있는 난로 하나, 의자 몇 개가 딸린 탁자 하나, 그리고 벽에 붙은 침상이 하나 보인다. 그리고 사다리로 올라가는 다락방이 있고, 문이 하나 보이는데, 아마 부엌으로 통하겠지, 하고 알리다는 생각한다. 그리고 그녀는 침상으로 다가가 이 제는 곤히 잠든 아기 시그발을 내려놓고, 창문으로 걸어가 어깨에 자루를 지고 사다리를 올라가는 오슬레이크를 본다 그리고 그녀가 아슬레에게 무언가 말할 것이 있느냐고 묻자 그는 모든 게 그럴 수 있을 만큼 가장 좋다고 말한다 그러자 알리다는 아주 피곤하다고, 아주 피곤하다고 느낀다. 그리고 그녀는 침상으로 다가가 벽 안쪽 가까이 누운 아기 시그발을 바라본다. 나 정말 피곤해, 정말로 피곤해, 정말 끊임없이 피곤한데, 왜 지금 이렇게 피곤할까, 여태까지의 그 모든 것 때문일 테지, 하고 그녀는 생각한다. 벼리빈으로 걸어간 것, 벼리빈 거리를 터벅터벅 걸어다닌 것, 여기로 배를 타고 온 것, 그것들 전부 다, 하고 그녀는 생각한다. 그리고 아슬레, 그가 사라져 버린 것과 여전히 가까이 있는 것, 그것도 전부, 전부 다, 하고 알리다는 생각한다. 그리고 그녀는 침상에 드러누워 눈을 감는다. 나 너무 피곤해, 너무 피곤해, 그런데 그녀의 눈에 아슬레가 저만치 길 앞에 서 있는 것이 보인다. 그녀는 너무 피곤하고, 너무 피곤해서, 거의 잠에 빠져들 지경인데 아슬레가 저기 서 있다. 그들은 오랜 시간을 걸었고, 마지막으로 인가를 본 지도 여러 시간이 지났다. 그리고 지금에서야 아슬레가 멈춰 선 것이다

저기 집이 있어, 우리 저기로 가 보자, 그가 말한다

우린 좀 쉬어야 해, 그가 말한다

그래, 맞아, 나 너무 피곤하고 너무 배가 고파, 알리다가 말한다

잠깐만 여기서 기다려, 그가 말한다

그리고 아슬레가 보따리들을 내려놓고는 집으로 걸어가고 알리다는 그가 문 앞에 서서 문을 두드리는 것을 본다. 그는 기다렸다가 다시 두드린다

아무도 대답이 없네, 알리다가 말한다

그러게, 분명 집에 아무도 없나 봐, 아슬레가 말한다

그리고 그가 문을 미는데 잠겨 있다 그리고 알리다는 아슬레가 뒤로 물러서더니 달려가 문에 어깨를 부딪치는 모습을 본다 그러자 문이 삐걱거리며 갈라지고 조금 열린다 그리고 나서 알리다는 아슬레가 나무로 다가가 칼을 꺼내어 가지 하나를 자르는 것을 보는데 그가 그 작대기를 들고 가서 문틈에 찔러 넣자 가지가 부러지고 문이 조금 더 열린다 그런 다음 그가 다시 문으로 달려가 몸을 부딪치자 문이 열리며 아슬레

250
3부작

가 문 안으로 나자빠진다 그리고 알리다는 그가 문턱에 서 있는 것을 본다

이제 들어와, 그가 말한다

알리다는 아주 피곤하고, 아주 피곤하지만, 그냥 집으로 들어가면 안 될 것 같다고 생각한다 그래서 아슬레가 집 안으로 걸어 들어가는 모습을 그저 바라보며 서 있는데 아슬레가 다시 밖으로 나오는 것이 보인다

여긴 아무도 살지 않아, 그리고 사람이 산 지도 오래됐어, 그가 말한다

여기 머무를 수 있겠다, 그가 말한다

이리 와, 그가 말한다

그러자 알리다가 집 안으로 발걸음을 옮기기 시작한다

행운인걸, 아슬레가 말한다

그리고 알리다는 잠에서 깨어 눈을 뜨는데 이제 그녀가 누워 있는 오두막 안은 무척 어두컴컴하다 그런데 방 한가운데에 오슬레이크가 검은 그림자처럼 서서 옷을 벗고 있는 모습이 눈에 들어온다 그녀가 눈을 감자 오슬레이크가 바닥을 가로질러 걸어오는 소리가 들린다 그는 그녀에게 담요를 덮어주고는 침상에 올라 담요를 덮고 두 팔로 그녀를 바짝 끌어안는다 그리고 알리다는 그래, 그렇겠지, 물론, 하고 생각한

다, 그러고서 그녀는 날 안는 건 아슬레야, 그 이상은 생각하고 싶지 않아, 하고 생각하고는 꼼짝도 않고 누워 있다, 그런데 오슬레이크가 이곳 비카는 꽤 멋진 곳이야, 집은 그리 크지 않지만 언덕 양지바른 곳에 있고, 푸른 언덕이 집을 둘러싸고 있고, 그리고 헛간은 약간 아래쪽 멀리 바다를 향해 있지, 거기에 보트하우스도, 부두도 있어, 그리고 내 배가 부두에 정박해 있지, 여긴 그런대로 괜찮아, 지금 양들은 풀을 뜯고 있고 암소는 외양간에 있어, 내가 그 젖을 짜왔지, 부엌의 화로 옆에 우유가 있단다, 라고 말한다, 네가 우유를 마셔도 돼, 그래, 물론 그래도 된단다, 그리고 네가 할 수 없는 것뿐만 아니라 네가 알아야 할 필요가 있는 것 모두, 내가 가르쳐 주마, 네가 할 수 없는 것뿐만 아니라 내가 할 수 있고 너한테 유용할 것들도 모두, 내가 가르쳐 주마, 라고 그가 말한다, 넌 여기서 잘 지내게 될 게다, 라고 그가 말한다, 그게 내게 달려 있다면 나는 전심전력을 다할 테니까, 그리고 일은, 그래 뭐든 내가 할 수 있다면, 내가 살아 있고 그걸 해낼 수 있는 한 너와 네 아이는 잘 살게 될 게다, 라고 그가 말한다, 지금 아프지도 않고 기분이 좋지 않니, 그리고 저 밖엔 앞바다와 파도와 대해와 바람과 갈매기 소리가 있어, 모든 게 다 잘될 게다, 라고 그가 말한다, 그러나 그녀는 더 이상 갈매기 소리도, 그가 하는 말도 듣고 싶지 않다. 그리고 세월이 바람처럼 흐른 어느 날 양이, 소가, 물고기가, 알레스가 태어난다. 그녀는 무척이나 예쁜 여자아이고 머리가 나고 이가 자라면서 미소를 짓고 방긋 웃는다 그리고 아기 시그발은 자라서 알리다가 기억하는 그녀의 아버지처럼 덩치가 큰 소년이 되고, 노래를 부를 때면 아버지의 목소리를 떠오르게 한다. 그리고 오슬레이크는 고기를 잡아 배를 타고 벼리빈에 가지고 갔다가 설탕과 소금, 커피, 옷과 신발, 술과 맥주, 절인 고기를 가지고 돌아온다. 그러면 그녀는 라스페발을 만들고 그들은 고기와 생선을 훈제하고 말린다 그렇게 해가 가고 어린 여동생이 태어난다 그녀는 무척이나 곱고 금발이 아름답다 그리고 세월이 바람처럼 흐른 어느 날 추운 아침에 난로가 그들을 데운다 그리고 빛과 온기와 함께 봄이 온다 그리고 타는 태양과 함께 여름이 온다. 그리고 어둠과 눈과 함께 겨울이 온다. 그리고 비, 그다음엔 눈 그리고 다시 비 그리고 알레스는 어머니 알리다가 저기 서 있는 것을 본다. 정말 그녀가 저기 서 있어, 부엌 한가운데에, 창문 앞에 그녀가, 나이 든 알리다가 서 있어, 그녀는 그럴 수가 없는데, 이건 불가능해, 그녀는 저기 서 있을 수가 없어, 그녀는 오래전에 죽었어, 그런데 늘 차고 다니시던 새파란 진주로 장식된 금팔찌를 차고 계시구나, 아냐, 이건 불가능해,

하고 알레스는 생각한다, 그리고 그녀는 몸을 일으켜 부엌문을 열고 거실로 향하며 등 뒤로 문을 닫는다 그리고 그녀는 의자에 앉아 담요를 바싹 끌어당겨 몸을 감싸고는 부엌문을 바라보는데 그 문이 열리며 알리다가 들어와 부엌문을 닫는 것이 보인다 그러고서 알리다는 거실 창문 앞의 바닥 위에 멈춰 선다, 그녀가 저기 서 있어, 어머닌 그럴 수 없을 텐데, 하고 알레스는 생각한다, 그리고 그녀가 눈을 감아 버리는데 어머니 알리다가 비카의 마당으로 걸어 나가는 모습이 보인다, 그리고 알레스는 알리다의 손을 잡고 따라 걷고 있고, 오빠 시그발이 그들과 함께 걸어 나온다, 그들은 오두막 바깥에 서 있고 알레스는 아버지 오슬레이크가 손에 바이올린 가방을 들고 부두에서부터 길을 올라오고 있는 것을, 그리고 오빠 시그발이 오슬레이크를 마중 나가는 모습을 바라본다

여기 있다, 욘석아, 여기 바이올린 받아라, 오슬레이크가 말한다

그가 바이올린 가방을 시그발에게 건네자 시그발은 그것을 받아 드는데 바이올린 가방을 든 채로 아주 가만히 서 있다

좀 소란을 덜 피울 수는 없더냐, 오슬레이크가 말한다

어휴, 쟤가 바이올린을 사 달라고 우리한테 얼마나 졸랐는지, 알리다가 알레스에게 말한다

맞아요, 그 연주자 아저씨 연주를 듣고 나서요, 그 아저씨 바다 서쪽의 섬들 중 한 군데서 왔대요, 알레스가 말한다

믿을 수가 없구나, 알리다가 말한다

그때 이후로 오빤 틈날 때마다 그 아저씨랑 시간을 보냈어요, 알레스가 말한다

그렇구나, 알리다가 말한다

그래, 그 사람은 좋은 연주자지, 알리다가 말한다

맞아요, 분명 그래요, 알레스가 말한다

그는 연주를 잘하더구나, 알리다가 말한다

그런데요, 알레스가 말한다

그래, 시그발의 아버지는 연주자였어, 알리다가 말한다 그리고 알리다는 말을 끊는다

그리고 오빠의 할아버지도요, 알레스가 말한다

그래, 맞아, 알리다가 말한다

알리다의 목소리는 거의 무뚝뚝하게 들린다. 그러고서 그들은 오슬레이크가 몸을 돌려 다시 배로 내려가고 시그발이 바이올린 가방을 들고서 그들 쪽으로 다가오는 것을 바라본다, 그는 가방을 바닥에 놓고 열더니 바이올린을 꺼내 눈앞에 들고서 그들에게, 배를 향해, 햇빛 속에 내어 보인다, 그런데 오슬레이크가 상자 하나를 들고 그들 쪽으로 다가와 곁에 선다

버리빈에서 장을 잔뜩 봤어, 그가 말한다

심지어 바이올린도 하나 손에 넣었지, 믿을 수 있겠어, 그가 말한다

아주 좋은 바이올린인 모양인데, 그가 말한다

바이올린보단 다른 게 필요했던 연주자한테서 그걸 샀지, 그가 말한다

그렇지만 값을 잘 쳐줬어, 그가 원했던 것보다 더, 그가 말한다

그렇게 바들바들 떠는 사람은 본 적이 없는 것 같아, 그가 말한다

그러자 알리다가 그 바이올린을 봐도 되겠냐고 묻고, 시그발이 그녀에게 바이올린을 건네자 그녀는 스크롤 위에 조각된 용머리에 코가 날아가 있는 것을 바라본다

좋은 바이올린이구나, 한눈에 알겠어, 알리다가 말한다 그리고 그녀가 시그발에게 그 바이올린을 건네자 그는 바이올린을 가방에 집어넣고 그들 곁에 선다, 그렇게 그는 바이올린 가방을 들고 그들과 함께 선다 그리고 알레스는 시그발, 우리 맘씨 좋은 오빠 시그발은 연주자가 되었지, 달리 될 것도 없었지만 말이야, 그는 혼외자식인 딸이 하나 있었고, 듣자하니 그 애는 아들을 하나 낳았댔어, 그 애 이름은 욘이라

고들 했지. 그 애도 역시 연주자가 됐고 시집을 하나 출간했댔어, 그래 사람들은 이제 온갖 것들을 하지, 하고 알레스는 생각한다. 그리고 시그발은 그냥 사라져 버렸어, 이제는 그도 나이가 들었고 어쩌면 죽었을지 몰라, 그는 그냥 자취를 감춰 버렸고 아무런 소식이 없었지, 하고 알레스는 생각한다. 그런데 어째서 어머니 알리다는 저기, 거실 창문 앞에 가만히 서 계신 걸까, 그럴 수가 없는데, 어째서 그냥 떠나지 않으시는 걸까, 떠나길 원치 않으신다면 다른 방도가 없는데, 하고 알레스는 생각한다. 어머니 알리다가 여전히 바닥 가운데에 서 있는 것이 보이는데, 그곳은 알레스의 거실이기 때문에 그녀는 어머니가 그곳에 서 계시도록 둘 수가 없다. 어째서 어머니는 가시질 않는 거지, 어째서 어머니가 사라지질 않는 거야, 왜 저기 가만히 서 계시는 걸까, 왜 움직이지 않으실까, 하고 알레스는 생각한다. 어머니 알리다는 저기 서 계실 수가 없어, 이미 오래전에 돌아가셨는걸, 하고 알레스는 생각한다. 정말 어머니가 저기 계시는지, 감히 한번 만져 봐도 될까, 하고 그녀는 생각한다. 하지만 어머닌 저기 계실 수가 없는데, 어머닌 여러 해 전에 돌아가셨어, 바다로 걸어 들어가셨다고들 했어, 그렇지만 난 무슨 일이 일어난 것인지 몰랐고 사람들은 이러쿵저러쿵 말들이 많았지, 그런데 난 뒬리야에서 치러진 어

257

해질 무렵

머니의 장례식에 갈 수가 없었어, 가기엔 먼 길이었고 아이들도 많이 데리고 있었고 남편은 멀리 고기잡이를 나가 있었으니까, 어떻게 내가 갈 수 있었겠어, 어쩌면 내가 어머니의 장례식에 가지 않아서, 그래서 어머니가 저기 서서 떠나지 않는 것인지도 몰라, 그렇지만 무엇 하나 확실하게 물어볼 수가 없구나, 어머니가 정말로 바다로 걸어 들어간 것일까 하는 생각을 종종 했지만 물어볼 수가 없었지, 그렇지만 소문으로는 어머니가 해변에서 발견됐다고 했어, 그렇지만 난 그것에 대해 물어볼 수가 없어, 어머니가 여기 앉을 수 있을 거라 생각할 정도로 내가 정신이 나가진 않은 데다, 내 어머니일지라도 오래전에 죽은 사람과 이야기를 나눈다는 것은, 아냐, 그건 불가능해, 불가능해, 하고 알레스는 생각한다, 그리고 알리다는 알레스를 바라보며 내가 여기 있는 걸 저 애가 알아차렸나 보구나, 하고 생각한다, 물론 그럴 테지, 어쩌면 내가 여기 있음으로써 내 딸을 괴롭히고 있는지도 몰라, 그렇지만 난 그걸 원치 않아, 어째서 내가 내 딸을 괴롭히고 싶겠어, 난 내 딸을 전혀 괴롭히고 싶지 않아, 내 딸, 내 착한 딸, 내 장녀, 사랑하는 두 딸들 중 유일하게 잘 자라 자식을 낳고 손주들까지 본 아이를, 그런데 알레스가 일어서서 짧고 느릿느릿한 걸음으로 문을 향하더니 문을 열고 현관으로 들어선다, 그러자 알리다가 짧고 느릿느릿한 걸음으로 알레스를 따라 역시 현관에 들어선다. 그리고 알레스는 현관문을 열고 밖으로 나서고 알리다도 그녀를 따라 밖으로 나선다. 그리고 알레스는 길을 따라 걷는다. 만약 어머니 알리다가 내 집을 떠나기 싫으시다면, 그럼 내가 그렇게 하는 수밖에, 하고 알레스는 생각한다. 달리 내가 뭘 어쩌겠어, 하고 알레스는 생각한다. 그리고 그녀는 바다를 향해 내려간다. 알리다는 어둠 속에서, 빗속에서 짧고 느릿느릿한 걸음으로 비카의 집을 나와 바다를 향해 내려간다. 그녀가 걸음을 멈추고 돌아서서 집을 바라보지만 볼 수 있는 것은 어둠 속에서 더 어두운 무엇들뿐이다. 그러자 그녀는 다시 몸을 돌려 계속해서 걸어 내려간다. 그리고 그녀는 해변에 서서 파도가 치는 소리를 듣고 머릿결과 얼굴을 적시는 빗방울을 느낀다. 그런 다음 그녀는 파도 속으로 걸어 들어간다. 모든 추위는 따스함이고, 모든 바다는 아슬레다. 그녀가 더 깊이 걸어가자 될리야에서 아슬레가 처음으로 춤판의 연주를 했던, 그들이 처음 만났던 그날 밤처럼 아슬레가 그녀를 감싼다 세상에는 오직 아슬레와 알리다뿐이다 그리고 파도가 알리다를 넘어온다 그리고 알레스가 파도 속으로 걸어 들어간다. 그녀는 계속해서 걷고, 깊이 더 깊이 들어간다 그러자 파도가 그녀의 잿빛 머리를 넘어온다

욘 포세를 한국에 소개하며

욘 포세는 사뮈엘 베케트Samuel Beckett와 헤럴드 핀터Harold Pinter를 잇는 극작가로 현재 유럽 현대연극에서 가장 주목받고 있는 작가이다. 포세는 희곡 『이름』으로 노르웨이의 입센상을 수상한 것을 비롯하여, 희곡 『어느 여름날』로 북유럽 연극상과 극작가로서는 최고의 영예인 네스트로이상을 수상했다. 포세는 근래 노벨문학상 수상자로 자주 거론되는데, 추측컨대 조만간 노벨문학상 선정도 유력시되는 작가다. 이러한 관심을 반영하듯 포세의 작품들은 현재 세계 각국에서 매년 100여 개 극장에서 상연되고 있다.

내면을 다루는 드라마와 심리적 리얼리즘의 전형이었던 입센의 전통은 같은 노르웨이 사람인 포세의 희곡에도 커다란 영향을 미친 것이 사실이다. 그렇지만 포세는 입센의 심리적 리얼리즘과는 근본적으로 다르다. 포세의 희곡은 입센의 거실 리얼리즘에서 부조리 하이퍼 리얼리즘으로 발전되었고, 형이상학적인 차원을 지닌 존재론적 드라마로 발전하였다. 가족 간의 관계를 다루는 포세의 드라마는 포스트 베케트 미니멀리즘으로 축소되어 있다. 포세의 희곡 텍스트가 가진 이러한 특징은 포스트모더니즘 미학과도 통한다. 포세의 희곡은 인간적인 면에 새롭게 초점을 맞추고, 등장인물들 사이의 영역에 초점을 맞추면서 현대 북유럽 희곡을 특징짓는 척도로 자리하게 되었다. 정신적 핵심이 되는 개인과 고정된 경계선들 내의 생활은 더욱더 열린 공간 속에서 유동적이며 자유로워진 것이다. 최근 욘 포세와 라쉬 노렌Lars Norén이라는 북유럽의 거장들은 스칸디나비아 희곡 경향의 척도로서, 가족과 거실극에 뿌리를 두면서 동시에 그것으로부터 벗어나 보다 크고 열린 공간으로 나아가고 있다.

욘 포세를 대표하는 소설, 『3부작』

물론 초기에 소설을 쓰기는 했지만, 서른 편 정도의 희곡을 통해 세계적으로 유명해진 포세가 다시 소설로 장르를 옮겨 선보인 작품 가운데 대표작을 꼽는다면 단연 이 『3부작Trilogien』이라고 할 수 있다. 이 작품은 크게 호평을 받으며 2015년 북유럽 이사회 문학상Nordiska rådets litteraturpris을 수상했는데, 북유럽 이사회는 선정 사유에 대해 다음과 같이 밝히고 있다.

"올해의 수상자인 포세는 그가 새롭게 창조해 낸 형식과 시공간을 넘나드는 내용들이 어떻게 조화를 이룰 수 있는지 보여 준 더없이 좋은 본보기이다. 시적인 특질을 명료하게 담아내고 역사에 대한 의식적이고 유희적인 자세를 더한 산문으로 전시대에 걸쳐 있으면서도 영원한 사랑의 역사가 이야기된다. 작가는 자신만의 매우 독특한 문학 형태를 일궈 내는 약간 다른 능력을 지니고 있다. 세상과 역사에 맞서 서로 사랑하는 두 사람에 관한 이야기를 통하여 성경의 기조와 기독교적인 계시가 담긴 운문이 긴장감을 만드는 요소와 시적 이미지와 결합되고 있다."

새로운 창조라는 지적은 매우 적절하다. 포세는 세 개의 이야기(「잠 못 드는 사람들」,「올라브의 꿈」,「해질 무렵」)로 구성된 이 소설을 마침표 없는 문장으로 완성해 냈다. 물론 이러한 특징은 다른 소설에서도 이미 나타난 바 있지만,『3부작』을 통하여 포세는 자신만의 고유한 형식에 있어 절정에 이르렀음을 보여 준다. 작품에는 마침표가 없으며 모든 텍스트는 사람들이 내적으로 생각하고 고심하는 모습을 담아낸 길고 긴 덩어리의 형식이다. 유일하게 글의 뜻을 분명하게 하기 위해 찍는 쉼표들이 있을 뿐이지만, 그럼에도 불구하고 텍스트는 읽어 내기 어렵지 않다. 읽기 시작하면 아슬레와 알리다의 이야기 안으로 빨려 들어가는 느낌을 준다.

『3부작』의 첫 번째 이야기인 「잠 못 드는 사람들」에서는 연주자 아슬레와 임신한 알리다의 발자국 소리가 벼리빈에서 메아리친다. 17세에 불과한 연인 두 사람이 벼리빈에서 방을 찾아 헤맨다. 알리다는 언제라도 아이를 출산할 수 있는 상황이고, 비는 세차게 내리지만 어느 누구 한 사람도 이들을 받아들이지 않는다. 그러한 상황에서도 결국 알리다는 시그발이라는 아들을 출산한다. 이야기는 여러 세대들에 걸쳐 이루어지며 특정한 시대에 고착되는 것을 거부한다. 작품의 언어는 고어체적이며, 전근대적인 노르웨이 풍경이 묘사된다. 바다와 하늘은 도시와 대비를 이루고, 가장 큰 테마는 예술과 예술가이다. 존재에 대한 위안 혹은 현기증 그리고 불모지의 자연이 지닌 아름다움과 같은 영적인 차원이 함축된 음률이라고 할 수 있는 '아버지의 목소리'를, 알리다는 음악을 통해서 듣는다.

『3부작』의 두 번째 이야기는 아슬레의 결정에 관한 것이다. 스스로 찾아낸 올라브라는 이름으로 그는 반지를 사기 위해 도시를 헤맨다. 그 이유는 젊은 자신과 자신의 연인을 사람들이 업신여기거나 불신히지 않도록 하기 위함이다. 그러나 그는 금에 유혹되고 맥주를 많이 마시게 된다. 갑자기 그는 나쁜 죄를 저지른 사람으로 지목된다. 스웨덴의 극작가 스트린드베리 August Strindberg가 말하는 것처럼, "모든 것은 되돌아온다." 우리가 행한 것은 항상 결과를 만들어 낸다. 「올라브의 꿈」은 기계

주의와 유형의 욕망에 조종되는 문명의 상징으로 도시를 비판하기도 한다. 모든 것은 팔린다. 심지어 몸조차도 그리고 어쩌면 영혼조차도 그렇다. 마침내 그는 군중 앞에서 마치 예수처럼 희생된다.

『3부작』의 마지막, 「해질 무렵」은 알리다가 어떻게 오스가우트를 따라서 농장으로 가게 되는지를 묘사하고 있다. 그녀는 그곳에서 하녀가 되지만 더 많은 아이들의 어머니가 되기도 한다. 어쩌면 「해질 무렵」은 사랑의 아주 낭만적인 이미지를 담고 있기도 하다. 알리다는 이방인과 함께 살아가는 것을 선택하지만 끊임없이 아슬레의 목소리와 음악을 자연을 통해 듣는다. 그녀는 자신의 인생을 과감하게 선택하고 마침내 그녀가 항상 사랑했던 사람과 재결합한다. 죽음을 넘어서는 이러한 열정에 대한 포세의 믿음은 순진하다고 여겨질 수도 있다. 그러나 그가 의도하는 것이 바로 이것일지 모르며, 이를 사랑이라는 의미를 여는 열쇠로 생각하는지도 모른다. 그의 텍스트는 아름답다. 자연은 시간의 흐름 속에서 상상하기 어려운 것을 담고 있는 일상이기도 하다. 지구상의 삶이 작디작은 신성함을 지니고 있다면 그것이 사랑이지 않을까.

포세의 작품에서는 평범한 사람들의 사랑, 고독, 절망 등을 묘사하고 있지만, 특별한 갈등 구조가 존재하는 것이 아니다. 최소한의 인물과 최소한의 대사로 이루어지는 그의 작품들은 특별한 인위적 고안 없이 그리고 평범하기 그지없는 언어를 통해서 인간의 근본적인 존재의 고독, 원초적인 고독을 표현하고 있다. 그의 작품은 소리, 리듬, 흐름을 가지고 자신만의 문학적 언어를 구축한다. 등장인물과 시간과 장소 등 전통적인 서사적 구성 요소들을 해체시킨다. 상당 부분 배제되거나 최소화되든지 혹은 그중의 어느 한 요소가 극단적으로 과장되어 나타나는 까닭에 그 속에서 인물들은 나름대로의 현실성이나 개연성을 획득하지 못한 채 살아 있는 인물이라기보다는 오히려 환영에 가깝게 보인다.

욘 포세 작품의 기법과 언어적 특징

포세의 작품을 읽어 내는 데 유용한 방법으로 미니멀리즘 기법을 들 수 있다. 본질을 나타내는 단순성을 가장 중요하게 여기는 미니멀리즘은 포세의 작품이 갖는 두드러진 특징이다. 포세의 작품에서 사용된 어휘나 문장 구조 또는 수사, 등장인물이나 플롯, 행위 등에서도 불필요하다고 생각되는 부분은 과감히 생략되어 있다. 소박한 수사니 내용의 간결함, 단순하고 짧은 대사는 포세의 작품에서 쉽게 찾아볼 수 있는 대표적인 특징 중 하나다.

포스트 베케트 미니멀리즘으로 축소되어 있는 포세의 작품은 가족 간의 관계를 다루고 있다. 그의 작품은 '최소의 대화'를 통해 평상시의 현실적인 상황들을 구현하고 있다. 반복과 정지라는 리듬과 함께 극도로 단순화된 텍스트들을 마치 한 편의 시로 들릴 만큼 조합하여 창조해 낸다. 여기에서 중요한 것은 공간들 사이의 조합, 사람들 사이의 관계들이다. 일상적인 짧은 대화로부터, 평상시 드러나지 않고 자동적으로 행해지는 하루의 일과에서, 포세는 자신이 '기본적으로 필요한 사람들'이라고 부르는 등장인물들을 통해서 웅장한 존재론적 드라마로 발전시키고 있는 것이다. 여기에 무의미, 우울함, 그리움, 외로움 그리고 불안과 같은 비극적인 배경음이 깔려 있다.

포세는 반복 기법 즉, 동일하거나 유사한 어구를 반복하며 그 의미를 강조하고, 동시에 리듬을 살리는 수사법을 적극적으로 사용한다. '나는 그 언어를 완전한 내 고유의 방식으로 쓴다. 예를 들자면 리듬과 반복의 모델이 존재한다.'(Fosse, 2001) 욘 포세의 초창기 소설에서 사용된 문체도 매우 실험적인 이야기체의 산문 형식을 사용하고 있는데, 특히 잘 정제되고 절제된 반복 기법이 두드러진다. 윌리엄 포크너William Faulkner의 작품들과 유사한 특징을 보이는 포세의 작품에서는 반복 기법이 주로 내적 독백에서 나타나며, 기억과 회상 그리고 강박관념들로 이루어진다. 그렇다고 심리적인 면이나 사실주의적인 면이 중심인 것은 아니다. 오히려 텍스트를 특징짓는 포세의 예술성과 문체 감각이 독자에게 강한 영향을 미친다. 소설들은 서로 다른 에피

소드를 통해서 수수께끼를 증명한다든가, 실타래처럼 꼬여 있는 부분을 풀어내는데, 몇 페이지에 걸쳐 일련의 단어들이 계속적으로 반복되어 나타난다. 이는 그의 희곡에 많이 나타나는 침묵의 언어와도 깊은 연관을 맺고 있다. 인물의 짧은 언술들은 머릿속에서 일어나는 서로 다른 생각들의 충돌에 불과한 이야기의 갈래들을 훨씬 단순화시켜서 반복의 기법을 더욱 두드러지게 한다. 그러나 수많은 반복과 우회를 통해 전달되는 담화의 정보 자체는, 실은 대단히 빈약하고 불과 몇 가지 사실에 국한됨을 알 수 있다.

그렇지만 서투른 듯하고 외관상으로는 순진하거나 진부한 말대꾸들로 특징지어진 대화들은 전개되는 작품의 상황들에서 커다란 기능을 수행한다. 등장인물들의 대사들은 또 다른 무언가를 묘사하고 있는 것이다. 포세에게서 친숙한 말이나, 인용할 수 있는 말, 혹은 교훈이 될 만한 말이나 설득력 있는 말들을 찾아낸다는 것은 쉽지 않은 일이다. 대신에 대사들은 그 자체로 대단한 의미를 지닌다.

이 같은 기법의 특징은 무엇보다 동일한 어휘소니 의미소의 반복이나 변형이며, 이 같은 반복을 통해 내용의 의미 혹은 더 정확히 말하면 내용의 무의미가 더욱 강하게 부각된다. 불필요한 소리들을 제거함으로써 철저히 압축되고 축약된 형태로 그리고 조각난 문장들과 계속해서 반복되는 단어들을 통해서 포세는 삶의 본질적인 것이 파묻혀 버리는 것을 막으려고 한다.

포세의 이러한 글쓰기에 중요한 토대가 되는 몇 가지 특질들을 정리하면 다음과 같다.

첫째, 포세의 언어이다. 노르웨이는 수도 오슬로를 중심으로 표준 노르웨이어인 북몰Bokmål과 포세가 살고 있는 서해안 지방의 신新 노르웨이어Nynorska를 사용한다. 신 노르웨이어는 서해안 지방의 방언과 구舊 노르웨이어에 의거한 구성어構成語이다. 신 노르웨이어로 글을 쓰는 포세는 신 노르웨이어가 지니고 있는 소리, 리듬, 흐름을 통해 자신의 문학적 언어를 구축해 내고 있다. 감성주의가 들어설 여지가 없는, 항상 냉정하고 맑은 상태의 지적인 언어 세계가 그의 작품 속에 그리고 그의 문체에 깃들어 있다.

둘째, 죽음은 포세의 작품 속에서 늘 가까이 있는 것처럼 느껴진다. 피오르로 나갔던 등장인물이 사라지고 파도에 흔들리는 빈 배만 발견된다든가, 죽은 사람이 산 사람으로 되살아난다든가 하는 일이 포세의 작품에는 빈번하게 일어난다. 포세는 일곱 살 때 주스병을 들고 집으로 돌아오는 길에 얼음에 미끄러졌고 깨진 병에 동맥이 끊어져 죽을 고비를 넘겼다. 병원에 가는 도중 말로 표현할 수 없는 것을 보았는데, 그는 전혀 두려움이 느껴지지 않았다고 한다. 그때 그는 죽음이 가까이 와 있다는 생각을 하게 되었던 것이다. 마치 자신이 경험했던 것처럼 그의 작품은 삶과 죽음의 경계가 불분명해 보인다. 죽음이 가까이 있는 것과 마찬가지로 삶 역시 자신 가까이에 있는 것이다. 그러한 포세의 사고는 작품에 투영되어 과거, 현재, 미래의 구분 없이 동시에 진행되는 시간의 파괴가 일어나고 시간의 개념이 사라져 버린다. 그가 학창 시절 심취해 있었다던 하이데거의 『존재와 시간』도 결국 포세 작품의 근본을 이루는 주요한 토대를 마련해 주었다.

셋째로 피오르 해안에서 살고 있는 포세가 마주하는 신비스럽고 웅대하고 숭고한 자연과 주변 환경이다. 그는 자신이 쓰는 모든 것의 기초가 해변의 바에서 들려오는 소리, 가을의 어두움, 좁은 마을길을 걸어 내려가는 열두 살짜리 소년, 바람 그리고 피오르를 울리는 장대비, 불빛이 새어 나오는 어둠 속의 외딴집, 어쩌다 자동차 한 대가 지나가는 소리 같은 것들이라고 말한다.(Fosse, 2001) 끊임없이 반복되는 피오르의 파도와 거기에서 생겨나는 음악적인 리듬을 통해서, 포세는 자신의 주변에 살고 있으며 위로받지 못하는 평범한 사람들, 도망칠 수 없는 삶의 멜랑콜리를 긍정도 하지 않고 부정도 하지 않으며 있는 그대로를 글에 담아낸다. 피오르의 시골 해안은 조용하고, 사람들 역시 말을 많이 하지 않는다. 그들의 말에는 아이러니가 가득하고, 감정의 직접적인 표현이 없다. 이러한 환경과 경험으로 자신의 작품을 채워 가고, 그 속에서는 지역성과 보편성, 유럽 사상이나 종교 등, 복잡한 요소들이 중복된다.

네 번째 특질로 음악을 들 수 있다. 포세는 일찍부터 음악을 배웠다. 록밴드 활동을 했고 바이올린과 기타 등을 거의 병적으로 연주했다. 그렇지만 열여섯 살 때 음악을 끝내고 글쓰기를 시작하면서, 그는 이야기와 언어를 음악처럼 다룰 수 있게 되었다. 음악 행위에서처럼 고유한 구조와 수많은 반복을 지닌 독특한 글을 자아내는 것이다. 포세는 언어를 통해서 음악에 존재하는 여러 가지 분위기와 역동성을 만들어 내려고 시도한다.

포세는 구두점 없이 극히 제한된 형태로 고전적 글쓰기를 한다. 그의 글은 짧으면서도, 다 차지 않은 마지막 행을 지닌 일종의 자유시이다. 여기에 멈추지 않는 에너지가 있다. 모든 것이 어떤 움직임 안에 그리고 어떤 세계 속에 갇히게 된다. 또한 그것은 매우 음악적인 작품이기도 하다. 포세는 이렇게 말한다.

"내가 글을 쓴다면 그것은 하나의 원칙이다. 그런 다음 나는 내가 무엇을 쓰는가에 관해 의식하지 않으려고 노력한다. 시작하고 진행이 되면 잠시 후 나는 극작품 또는 텍스트가 존재한다는 느낌을 갖는다. 무엇인가가 오고 나는 그것을 받아 기록해야 한다. 내가 무엇인지 알려지지 않은 것 안으로 들어간다는 것은 내게 중요하다 — 이는 일의 마술이다. 나는 앉아 있다. 피오르의 내 작은 집에. 그리고 나는 여전히 아무것도

모른다." (Fosse, 2001)

이제 이 『3부작』이 유럽 현대연극의 최전선에 서 있으며, 세계 독자들의 주목을 받고 있는 포세의 문학 세계와 작품들에 대해 좀더 관심을 갖게 하는 자극제가 되고, 입센 이후 이제까지 소외되었던 노르웨이 문학을 다시 들여다보게 하는 계기가 되었으면 한다.

2019년 10월

홍재웅

참고 문헌

Fosse, Jon, Jon Fosse : Traum im Herbst und andere Stücke (trans. Hinrich Schmidh-Henkel), Hamburg, 2001.